Michael Kiesen

Halbmond über Berlin

Roman

Verlag

Umwelthinweis:
Dieses Buch wurde auf chlor- und
säurefreiem Papier gedruckt.

1. Auflage 2013

© 2013 Verlag Jürgen Wagner
Südwestbuch / SWB-Verlag, Stuttgart

Lektorat: Berit Seidel, Schmiedeberg

Titelfotos:
Gerd Altmann / www.pixelio.de, Ich und Du / www.pixelio.de
Titelgestaltung:
Sig Mayhew / mayhew edition

Satz:
Julia Karl, Oberrot / www.juka-satzschmie.de

Druck und Verarbeitung: E. Kurz + Co.
Druck und Medientechnik GmbH, Stuttgart
www.e-kurz.de
Printed in Germany
ISBN: 978-3-944264-00-4

www.swb-verlag.de

Es war ein wunderschöner Spätsommertag. Der Himmel blassblau, wolkenlos und die Luft schon am Morgen angenehm warm. Bei dieser Witterung hätte man noch mal ins Freibad gehen können. Aber ich hatte nachher einen Gerichtstermin und später kamen Mandanten, auch waren noch einige Schriftsätze zu fertigen.

Die Straßenbahn stand schon da, als ich die Endhaltestelle Botnang erreichte. Ich stieg in den vorderen Wagen und setzte mich wie üblich in die Nische an dessen hinterem Ende. Mir schräg gegenüber nahmen zwei Schülerinnen Platz; die eine hatte ein Kopftuch umgebunden und ihr enger Rock reichte bis zu den Knöcheln, die andere hatte leuchtend blondes Haar, trug ein ärmelloses Trikot und Jeansshorts. Die beiden schwatzten unaufhörlich. Das war zwar störend, weil ich noch die Prozessunterlagen überfliegen wollte, aber die nackten, wohlgeformten Beine der Blonden waren ein willkommenes morgendliches Vergnügen.

Dennoch klappte ich meinen Aktenkoffer auf, holte den Laptop heraus und öffnete den Ordner, den ich für den heutigen Termin brauchte. Ich verteidigte einen jungen albanischen Drogendealer, den einer seiner Abnehmer, ein Immobilienmakler, verraten hatte, um eine mildere Strafe zu bekommen. Beide traten heute als Angeklagte auf. Mein Mandant sagte, der andere habe mehrere Lieferanten und belaste nur ihn, weil er sich vor den anderen fürchte. Ich las nochmals die Protokolle über die Vernehmungen des Maklers, da seine verschiedenen Aussagen Widersprüche enthielten.

An der Haltestelle Vogelsang im Stuttgarter Westen stieg ein junger Südländer mit spärlich sprießendem Vollbart ein. Ich hoffte, er würde sich irgendwo im mittleren oder hinteren Bereich des Wagens niederlassen. Doch er steuerte auf mich zu. Ich starrte ihn missmutig an, hoffte, ihn damit abschrecken zu können. Er schien es zu bemerken, ging jedoch ungerührt weiter. Er wählte den Platz aus, der sich durch den Flur getrennt neben der Blonden befand. Er sah einen Moment auf deren nackte Schenkel und stellte einen Rucksack zwischen seine Beine.

Mir graute vor Typen mit Vollbart. Ich war schon oft ausgestiegen, wenn einer in meine Nähe kam, oder hatte mich wenigstens in einen weit entfernten Teil des Wagens begeben. Immer wieder gingen besonders auf Bahnhöfen oder in öffentlichen Verkehrsmitteln Sprengsätze hoch, vor allem in Berlin, Frankfurt und Köln. In Stuttgart war allerdings noch nie etwas geschehen.

Aber bald war Bundestagswahl. Und im Internet hatten die Frömmler angekündigt, Furcht und Schrecken unter den Ungläubigen zu verbreiten, bis deren gottlosem Treiben ein Ende bereitet sei.

Ich klappte den Laptop zu, verstaute ihn im Aktenkoffer. Ich sah den Bärtigen noch mal an. Seine Züge waren unbewegt, aber er schien wieder die nackten Beine der Blonden zu betrachten. Vielleicht fuhr er auch bloß zur Arbeit oder zur Schule.

Als die nächste Haltestelle angekündigt wurde, stand der Typ auf. Sehr seltsam. Er trat auf den Flur, sein Rucksack stand noch auf dem Boden.

Ich rief: »Entschuldigung, Ihr Rucksack!«

Er ging weiter. Die Straßenbahn hielt, die Tür öffnete sich und der Typ lief hinaus. Ich fuhr hoch, rannte zur Tür, sagte laut: »Da ist ein Rucksack zurückgeblieben.« Einige standen auf und drängten sich mit mir ins Freie. Der Bärtige lief über die Straße und bog um eine Hausecke. Sollte ich ihm folgen?

Die Türen der Straßenbahn gingen zu, sie fuhr an. Mehrere Leute standen um mich herum.

»Wahrscheinlich falscher Alarm«, bemerkte ein älterer Mann lächelnd.

»Warten wir halt auf die nächste!«, meinte eine Frau.

»Was war eigentlich los?«, wollte ein junger Mann von mir wissen.

»Da war so ein bärtiger Typ. Er ist ausgestiegen und hat seinen Rucksack nicht mitgenommen, obwohl ich ihn darauf hingewiesen habe.«

Da gab es einen fürchterlichen Knall. Die Straßenbahn stand an der Haltestelle Schwabstraße/Bebelstraße. Aus dem Dach der Bahn quoll Rauch.

2

»Sie haben uns das Leben gerettet«, sagte der Mann, der vorhin »falschen Alarm« befürchtet hatte.

»Ich hätte wohl richtig schreien sollen«, antwortete ich, »dann wären noch mehr Leute rausgerannt. Aber wenn dann nichts passiert, steht man als Depp da.«

Eine Frau mittleren Alters neben mir begann zu weinen. »Jetzt … jetzt fangen sie auch in Stuttgart damit an«, brachte sie mit entstellter Stimme hervor.

Ich zog das Smartphone aus der Tasche meines Jacketts und rief einen Sachbearbeiter bei der Kripo an, mit dem ich mich ab und zu stritt, weil er meine Mandanten unter Druck setzte. Ich umriss die Situation und bat, dafür zu sorgen, dass Rettungswagen und Polizisten zur Haltestelle Schwabstraße/Bebelstraße kamen. Immerhin fragte er mich, ob ich verletzt sei.

Dann rief ich den Richter an und sagte, ich würde mich wegen eines »Unfalls« verspäten. Der Richter erwiderte, das sei sehr ärgerlich, weil er heute mehrere Verhandlungen habe; und wenn sich da schon der erste Termin verschiebe … Ich sagte nun, in der Straßenbahn sei eine Bombe hochgegangen. Er war einen Moment still, dann murmelte er, das könne doch nicht wahr sein; ich solle eben so rasch wie möglich herkommen. Ob ich überhaupt in der Lage sei, heute jemand zu verteidigen.

Das fragte ich mich auch. Immerhin befand ich mich in der Situation des Reiters, dem bewusst wird, dass er über den vereisten Bodensee geritten ist. Doch ich wollte meinen Mandanten nicht weiter in der besonders unangenehmen Untersuchungshaft schmachten lassen. So antwortete ich, es gehe schon.

»Man hätte nicht so viele von denen ins Land lassen sollen«, bemerkte der Mann in meiner Nähe.

Eine junge Frau, die ein langes dunkles Gewand und ein Kopftuch trug, entgegnete: »Wenn sie nicht so viele ›von denen‹ geholt hätten, wäre die deutsche Wirtschaft zusammengebrochen.«

»Man hätte eben mehr Produktion ins Ausland verlagern sollen.«

»Dann gäb's in diesem Land noch mehr Arbeitslose.«

»Aber so, wie es jetzt ist, ist es unerträglich. Ihre Religion bringt nichts Gutes.«

»Auch Sie haben religiöse Spinner«, wehrte sich die junge Moslemin. »In den USA gibt es jede Menge Sekten, von denen man nicht genau weiß, was sie eigentlich wollen.«

»Die legen aber keine Bomben.«

»Aber sie fangen Kriege an, damit die Wirtschaft in Schwung kommt.«

»Ob dafür die Sekten verantwortlich sind, ist die Frage.«

»Diese Leute wählen die Kriegstreiber.«

Sirenen ertönten. Neben der rauchenden Straßenbahn hielten Polizeiautos und ein Wagen des Roten Kreuzes.

»Ich muss zum Gericht«, sagte ich.

Am Berliner Platz hatte ich die Möglichkeit, wieder in eine Straßenbahn zu steigen, um zur Haltestelle Neckartor zu gelangen. Doch es war nicht ratsam. Meistens explodierten in einer Stadt am gleichen Tag mehrere Sprengsätze.

Ich ging, so rasch ich konnte.

Als ich mich dem Gerichtsgebäude näherte, rief ich den Richter an.

Die gesamte Veranstaltung, auf die ich mich nun einließ, war absurd. Draußen war Terror und hier drinnen würden wir herumzetern, wer wem wann wie viel Kokain geliefert hatte.

Überhaupt war die Sache, um die es heute ging, von der Polizei inszeniert. Der Mitangeklagte meines Mandanten, ein anscheinend erfolgreicher jüngerer Immobilienmakler, besuchte vor Monaten an einem Freitagabend den »Club Royal«. Er stellte sich an den Rand der Tanzfläche und sah den überwiegend männlichen Tanzenden zu. Ein junger blonder Typ kam zu ihm her und lächelte ihn an. Der Blonde gefiel dem Makler und er fragte: »Neu hier?« »Ja, das erste Mal. Geiler Laden.« Der Makler musterte den muskulösen jungen Mann. »Treibst du Sport?« »Logo.« »Und was?« »Wasserspringen und Fußball.« »In nem Verein?« »Ja, aber nicht beim VfB.« »Ich gehe regelmäßig ins Fitness Studio.« »Mach ich auch.« »In welches gehst du?« »Eins in Cannstatt.« »Ich gehe in das Studio im Bosch Areal.« Der Blonde legte ihm die Hand auf die Schulter. »Irgendwie bin ich heut nicht gut drauf. Ich brauch n bisschen Koks. Hast du welches dabei?« »Nein, aber zu Hause.« »Gut. Gehen wir zu dir? Du musst es mir nicht schenken. Ich kauf es dir ab.«

Der Makler lud den Blonden zu einem Drink ein und ging mit ihm auf die Tanzfläche. Dann verließen sie das Lokal und wanderten zu der Tiefgarage in der Kronprinzstraße.

Als sie am Wagen des Geschäftsmanns standen, lief der Blonde ein paar Schritte weg und sagte, er müsse einem Kumpel was sagen wegen morgen.

In der Wohnung des Maklers fragte der Blonde: »Wie viel Koks hast du denn da?« »Nicht so viel. Aber zwei Linien für jeden reicht's schon.« »Ist das auch guter Stoff? Hast du nen Dealer, dem man vertrauen kann?« »Ja, n Albaner. Hat gute Kontakte nach Kolumbien.« »Geil. Kannst du mich mit dem mal bekannt machen?« »Da muss ich ihn erst fragen, ob er dich als Kunden will.«

Plötzlich flog mit einem Knall die Tür auf und fünf Polizisten stürmten mit gezogenen Pistolen herein. Sie durchsuchten die Wohnung und fanden annähernd 40 g Kokain. Den Makler führten sie in Handschellen ab.

Auf der Wache versprachen sie ihm Strafmilderung, wenn er mit ihnen zusammenarbeite. Der Makler rief meinen Mandanten an und bestellte für das nächste Mal 250 g »Mehl«. Zwei Polizisten begleiteten ihn am folgenden Abend in seine Wohnung. Dort nahmen sie meinen Mandanten fest.

Ich eilte zum Gerichtssaal. Die Staatsanwältin und der Anwalt des Mitangeklagten saßen schon da und sahen mich missmutig an.

»Ich bitte um Entschuldigung. Es gab ein Attentat in der Straßenbahn. Ich musste die ganze Strecke vom Westen bis hierher laufen.«

»Haben Sie kein Auto, Herr Kollege?«, fragte der Anwalt in spitzem Ton.

»Doch, aber das benütze ich nur, wenn es unvermeidbar ist. Umweltschutz.«

»Bei einem Gerichtstermin wäre es aber schon angebracht, ins Auto zu steigen«, beharrte der Anwalt.

»Ich fahre auch meistens mit öffentlichen Verkehrsmitteln«, bemerkte die Staatsanwältin. »Da kommt man wenigstens in keinen Stau.«

Nun führten vier Justizbeamte die beiden Angeklagten herein, die mit starren Handschellen gefesselt waren. Wie Schwerverbrecher, lachhaft. Man nahm ihnen die Handschellen ab. Die beiden nahmen bei uns Anwälten Platz.

Der Richter und die zwei Schöffen erschienen.

Der Richter bat die Staatsanwältin, die Anklageschrift zu verlesen. Als sie geendet hatte, wandte er sich an den Makler, der einen dunklen Anzug trug.

»Ist das so richtig, was die Frau Staatsanwältin vorgetragen hat, Herr Kaufmann?«

Der Makler lächelte etwas verkrampft. »Nicht so ganz.«

Der Richter runzelte die Stirn. »Wie soll ich das verstehen?«

»Na ja, der Ahmed da … er hat mir nur zweimal was gebracht. Nicht fünfmal oder zehnmal, wie ich in den Vernehmungen gesagt hab. Ich wollte den Kripobeamten nen Brocken hinwerfen, damit sie mich in Ruhe lassen. Das heißt … eigentlich war es deshalb, weil sie mir Strafmilderung versprochen haben, wenn ich andere belaste.«

»Und das sollen wir Ihnen jetzt glauben?«

Der Anwalt des Maklers schaltete sich ein. »Herr Kaufmann hat es mir so erzählt. Ich finde es glaubhaft.«

»Sie haben doch nicht nur zweimal Kokain bezogen«, sagte der Richter. »Dann haben Sie noch einen anderen Lieferanten. Wer ist das? Und sind von ihm auch die Ecstasy Pillen, die in Ihrem Badezimmer entdeckt wurden?«

»Dazu mache ich keine Angaben«, erwiderte Kaufmann mit fester Stimme.

Die Staatsanwältin reckte sich auf ihrem Stuhl. »Es ist Ihnen doch wohl bekannt, dass Sie nur dann mit einer milderen Strafe rechnen können, wenn Sie geständig sind.«

»Das lassen Sie mal unsere Sorge sein!«, bemerkte der Kollege mit zynischem Lächeln.

»Wie viel soll Ihnen dann der Mitangeklagte bei dem angeblichen ersten Treffen gebracht haben?«, erkundigte sich der Richter.

»Das weiß ich nicht mehr. Vielleicht zehn oder zwanzig Gramm.«

»In Ihrer Wohnung wurden annähernd 40 Gramm gefunden. Und Sie haben ja wohl auch was verbraucht.«

»Man hat eben möglichst eine Reserve. Als ich Ahmed angerufen habe, hat er gesagt, er hat gerade nicht viel da.«

»Das ist doch nicht glaubhaft. Als die Polizisten mit Ihnen in der Wohnung waren, hat der Mitangeklagte zweihundertfünfzig Gramm geliefert.«

»Das ist mir heute noch peinlich, dass ich den Ahmed in diese Falle gelockt habe. Die Beamten haben mich unter Druck gesetzt. Ich habe geglaubt, mir bliebe die Untersuchungshaft erspart, wenn ich das mache, was sie verlangt haben. Es ging um meine Existenz.«

In der Ferne schrillten Polizeisirenen. Vielleicht war wieder eine Bombe explodiert. Da hatte ich plötzlich genug von diesem Theater. Ich sprang auf.

»Es ist unglaublich, was sich die Kripo in dieser Sache erlaubt. Ein verdeckter Ermittler macht sich in der Disco an Herrn Kaufmann heran und tut so, als werde er mit ihm intim, wenn der ihm Kokain gebe. Nicht mal in der Disco ist man vor staatlicher Überwachung sicher. Und dann drängen sie Herrn Kaufmann, bei meinem Mandanten eine solche Menge Kokain anzufordern, wie der noch nie geliefert hat.«

»Aber er hat nun mal diese Menge beschafft und gebracht«, bemerkte die Staatsanwältin. »Das zeugt von seiner verbrecherischen Energie.«

»In diesem Land herrschen allmählich chaotische Zustände. Täglich finden unzählige Wohnungseinbrüche statt, im Internet agieren ungehindert Betrüger, moslemische Jugendliche gehen auf ›ungläubige‹ Schüler los, Skinheads und Islamisten schlagen aufeinander ein, in den Großstädten explodieren Sprengsätze, Heiliger Krieg, und so fort. Und die Polizei hat nichts Besseres zu tun, als Drogenleute zu jagen. Was für eine Relevanz hat Drogenkonsum denn? Man kann sich auch mit Kettenrauchen, Alkoholmissbrauch und Fast Food schädigen. Jeder hat ein Recht darauf, sich selbst zu ruinieren.«

»Von so einem Recht habe ich noch nie gehört«, erklärte die Staatsanwältin spöttisch lächelnd.

»Ergibt sich aus den Freiheitsrechten des Artikels 2 Grundgesetz.«

»Herr Rechtsanwalt«, hakte der Richter ein, »wir brauchen jetzt nicht über den Sinn des Betäubungsmittelgesetzes zu philosophieren. Es gilt eben. Außerdem gibt es Entscheidungen des Bundesverfassungsgerichts und des Europäischen Gerichtshofs für Menschenrechte …«

»Es geht um das unsinnige Agieren der Polizei. In der heutigen Situation müssten die Prioritäten setzen. Und sie setzen die falschen. Gemacht wird, was angenehm ist, was leicht geht. Wir haben bei der Polizei inzwischen genügend moslemische Beamte, die man in gewisse Moscheen einschleusen könnte, um zu erfahren, was dort geplant wird.«

»Das wird schon gelegentlich gemacht«, behauptete die Staatsanwältin. »Aber es ist hochgefährlich. Wenn verdeckte Ermittler auffliegen, sind sie tot. Diese Leute schrecken vor nichts zurück.«

»Genau ›diese Leute‹ sind unser größtes Problem. Das müsste die Polizei mit ganzer Kraft angehen. Vermehrte Kontrollen in Bahnhöfen und öffentlichen Verkehrsmitteln zum Beispiel.«

»Das ist alles nicht so einfach«, befand die Staatsanwältin. »Wenn man einen von denen aufgreift, ist gleich das ganze Viertel in Aufruhr.«

»Wenn die Polizei an dieser Front kapituliert, ist es trotzdem nicht angebracht, dass man sich nun bei Nichtmuslimen austobt, weil die nicht so gewalttätig sind.«

»Drogenkonsum ist grundsätzlich verwerflich. Ich bin da anderer Auffassung als Sie. Hinzu kommt, dass sich Terroristen in gewissem Umfang die Mittel mit Drogenhandel beschaffen.«

»In Afghanistan vielleicht. Jedenfalls ist Herr Kaufmann ein erfolgreicher Geschäftsmann, soweit ich das nach den Unterlagen erkennen kann. Er geht einem Beruf nach. Es droht keine Beschaffungskriminalität. Man muss davon ausgehen, dass er nur gelegentlich etwas Kokain nimmt, so wie jemand ab und zu ein Glas Wein trinkt. Das ist kein sozialschädliches Verhalten. Und wenn ihm mein Mandant eine geringe Menge geliefert hat … ich meine nicht das von der Polizei inszenierte Treffen … dann ist dies auch nicht sozialschädlich. Solche Fälle erfasst der Schutzzweck des Betäubungsmittelgesetzes nicht.«

Die Staatsanwältin ging in ihrem Plädoyer »zugunsten des Angeklagten« davon aus, dass Ahmed Herrn Kaufmann einmal 10 g geliefert habe, ein zweites Mal erwiesenermaßen 250 g, und beantragte eine Freiheitsstrafe von 3 Jahren.

Eine Unverschämtheit. Für Kaufmann beantragte sie eine Freiheitsstrafe von 1 Jahr und 3 Monaten und war mit einer Strafaussetzung zur Bewährung einverstanden.

Der Richter stufte die Umstände, in denen es in diesem Fall zu Straftaten gekommen war, als strafmildernd ein und verhängte für meinen Mandanten eine Freiheitsstrafe von 2 Jahren, für Kaufmann von 1 Jahr und setzte beide Strafen zur Bewährung aus. Die Staatsanwältin starrte grimmig auf ihre Unterlagen und fragte sich wohl schon, ob sie Rechtsmittel einlegen sollte.

3

Als ich nach der Gerichtsverhandlung unsere Kanzlei betrat, sagte mir meine Sekretärin, dass in der S-Bahnstation Schwabstraße auch eine Bombe explodiert sei. Es habe Tote und Verletzte gegeben. Die unterirdische Station sei völlig verwüstet. Die Reparaturen könnten Wochen, wenn nicht Monate dauern.

So weit hatten wir es gebracht. Seit Jahren schon war die Mehrheit der in Deutschland Lebenden moslemischen Glaubens, darunter zahllose deutsche Konvertiten. Das hatte mir mein Vater schon während meiner Jugend prophezeit. »Sie heiraten früher als die Deutschen und bekommen mehr Kinder. Die Deutschen werden eines Tages in diesem Land eine Randgruppe sein.«

Die jetzige Bevölkerungsstruktur hatte sich bisher machtpolitisch nicht ausgewirkt. Es gab zwar zwei moslemische Parteien, aber beide zusammen blieben unter 50%, und keine der anderen Parteien wollte mit ihnen koalieren. Außerdem waren beide moslemische Gruppierungen tief zerstritten. Die bei weitem größere war die Partei des rechten Weges. Ihre Anhänger galten als gemäßigt. Ihre Vorfahren stammten meist aus der Türkei. Doch die Nachkommen hatten sich von den Lehren Atatürks abgewandt, wollten also keinen strikt laizistischen Staat. Ihre weiblichen Abgeordneten trugen Kopftücher und saßen in einem Block, getrennt von den Männern. Was diese Leute genau wollten, war Außenstehenden nicht erkennbar. Es ging ihnen wohl eher darum, ihre Identität und die Interessen derer, die den gleichen Migrationshintergrund hatten, zu wahren.

Natürlich gab es auch Moslems bei den traditionellen Parteien. Viele bei der Ökologischen Partei, eine Reihe auch bei den Sozialisten, einige sogar bei der Religiösen Union, die von Katholiken und

Protestanten geprägt wurde, aber auch Menschen anderen Glaubens offenstand. Nur die Freiheitliche Partei hatte keine moslemischen Abgeordneten; es waren ultraliberale meist jüngere Deutsche, die gegen jede Bestrebung, Inhalte des Internets zu zensieren, ankämpften, überwachungsstaatliche Phänomene anprangerten und für die Entkriminalisierung des Drogenkonsums eintraten.

Besonders sie waren für die radikalere der beiden moslemischen Parteien, die Islamische Bruderschaft, wahre Ausgeburten der Hölle. Verhasst war den »Brüdern« auch die Ökologische Partei, weil sie »Abtrünnige« anzog. Ohnehin bedürfe es keiner grünen Aktivisten, denn Naturkatastrophen infolge angeblicher Klimaerwärmung seien Strafen Gottes für das sittenlose Treiben in den westlichen Ländern. Und die Sozialpartei sei auch überflüssig, weil sich die Barmherzigkeit und Hilfspflicht gegenüber Armen schon aus dem Koran ergebe; dazu brauche man keine Leute, die sich auf den jüdischen Atheisten Marx beriefen. Am mildesten waren sie gegenüber der Religiösen Union gestimmt, weil man zumindest im konservativen Flügel in gewissem Umfang ähnliche Werte vertrat wie die Islamische Bruderschaft.

Deren Vorsitzender war ein deutscher Konvertit namens Mohammed Meier. Der Bundeskanzler, der der Sozialpartei angehörte, unterstellte ihm, er hetze junge Leute auf, in den Heiligen Krieg gegen Ungläubige auf deutschem Boden zu ziehen, um hier einen Gottesstaat zu errichten. Das wies Meier empört von sich. Allerdings verstehe er, wieso junge Gläubige Anschläge begingen; sie seien von dem sündigen Tun in diesem Land zutiefst angewidert. Deutsche Frauen, jedenfalls die jüngeren, seien Huren; sie würden mit jedem ins Bett gehen, der ihnen gefiel, wollten sich meist nicht genügend um die Familie kümmern, sondern lieber arbeiten, um vom Mann unabhängig zu sein. Das widerspreche der gottgewollten Ordnung. Ebenso diese skandalösen Ehen von Schwulen und Lesben, die sogar gesetzlich erlaubt seien. Damit werde die Islamische Bruderschaft aufräumen, wenn sie an der Macht sei. Auch gehöre

Alkohol verboten; jedes Wochenende tobten in größeren Städten völlig betrunkene Jugendliche herum. Wenn man in Deutschland die Regeln des Korans befolge, werde auch der Heilige Krieg junger Muslime aufhören. Nur wenn die Islamische Bruderschaft an der Regierung sei, werde es in diesem Land Frieden geben.

4

Die Sekretärin jammerte noch, die S-Bahnstation Schwabstraße sei eine Schaltstelle. Jetzt müsse sie immer mit der Straßenbahn nach Vaihingen fahren, dort in die S-Bahn umsteigen, um nach Rohr zu gelangen. Außerdem habe sie nun richtig Angst, öffentliche Verkehrsmittel zu benützen; man wisse ja nie, ob sich wieder ein Verrückter in die Luft sprenge, weil er ins Paradies wolle.

Ich ging zum Büro meines Kollegen und Freundes Jonathan, genannt Joe, um ihm zu erzählen, was ich in der Straßenbahn erlebt hatte. Ich klopfte an und trat ein. Joe saß am Schreibtisch, Kollegin Ursula, genannt Uschi, stand davor und redete irgendetwas über Zugewinnausgleich.

Sie wandte sich mir zu. »Hast du das gehört, in der S-Bahnstation …«

»Ja, Frau Röhm hat es mir gerade gesagt.«

»Und im Westen soll auch eine Bombe explodiert sein, in der Straßenbahn.«

»Da war ich drin.«

Sie presste die Hand an den aufgerissenen Mund. Nun sprang auch Joe auf und starrte mich an.

»Bist du irgendwie verletzt?«, fragte er.

»Nein, ich habe bemerkt, wie so ein junger Bärtiger seinen Rucksack zurückließ, und bin ins Freie gelaufen.«

»Beinahe hätten wir dich zu Grabe tragen müssen«, stellte Ursula fest.

Ihr Entsetzen war echt. Sie mochte mich sehr; und ich vermutete, dass sie seit ihrer Scheidung hoffte, ich würde ihr zweiter Ehemann werden, obwohl sie meine Freundin Henriette kannte.

Die Tür ging auf und die Kollegen Martin und Hartmut kamen

herein. Martin trug eine gläserne Kanne, die mit Kaffee gefüllt war.

Ursula sagte ihnen, was sie gerade von mir erfahren hatte.

Martin stellte die Kanne auf dem Besuchertisch ab. »Na sauber.«

Ursula ergriff die Kanne und füllte die bereitstehenden Tassen.

»Das hat euer Sozikanzler zu verantworten«, behauptete Hartmut. »Seit der regiert, sind die Islamisten immer frecher geworden.«

Wir nahmen um den Tisch herum Platz und es entspann sich absurdes Theater.

»Das ist nicht mein Sozikanzler«, gab ich zurück.

»Doch, deine Ökofuzzis wollten ihn als Kanzler. So war doch der Wahlkampf: Rot und Grün an die Regierung.«

»Deine Religiöse Union ist doch mit in der Koalition.«

Martin und Hartmut waren Mitglieder dieser Partei. Martin war ein Pfarrerssohn und identifizierte sich tatsächlich mit den Werten der Union. Hartmut war der Partei aus Opportunitätsgründen beigetreten; bei den Parteiveranstaltungen lernte er Leute aus der Wirtschaft kennen und das brachte ihm Aufträge ein.

»Sonst hätten die Sozis und die Ökos mit der Partei des rechten Weges eine Regierung gebildet.«

»Diese rückständigen Leute hätte man nicht ins Land lassen dürfen«, befand Ursula und gab damit eine weit verbreitete Meinung wieder.

Martin: »Wir brauchen sie. Sie arbeiten für uns.«

Ursula: »Wenn sie denn was arbeiten. Der jüngste Sohn meiner türkischen Putzfrau hat vor Monaten die Lehre abgebrochen und tut seither nichts.«

Martin: »Und die anderen Söhne?«

Ursula: »Die sind bei Daimler, glaube ich.«

Martin: »Na also.«

Joe: »Die Zuwanderung aus dem Süden ist ein Segen für uns. Frische Gene. Besonders die aus den arabischen Ländern, aber auch viele Türken … die haben Temperament, die sind nicht so tranig wie viele Deutsche.«

Ursula: »Redest du auch noch so, wenn dir bei einem Attentat ein Bein oder ein Arm abgerissen wurde?«

Hartmut: »Ich sage es noch mal: Die Regierung hat versagt. Es wäre doch ganz einfach. Man weiß ja, in welchen Moscheen sich die Radikalen versammeln. Beim Freitagsgebet die Moschee einkreisen und alle jüngeren Bärtigen abführen.«

Ursula: »Wohin?«

Hartmut: »Da muss man eben ein paar Lager bauen wie einst die Amis in Guantanamo.«

Martin: »Dann heißt es, die Deutschen haben wieder Konzentrationslager.«

Joe: »Rechtsgrundlage für die Festnahme?«

Hartmut: »Was weiß ich? Übergesetzlicher Notstand. Oder Kriegsrecht. Die führen Krieg gegen uns. Landesverteidigung.«

Joe: »Das hält vor keinem Gericht.«

Ich: »Sag mal, Hartmut, wie wär's denn mit nem Militärputsch, wie vor Jahrzehnten in der Türkei geschehen zur Rettung des laizistischen Staats? Spricht man in der Bundeswehr über so was?«

Hartmut war Oberleutnant der Reserve und nahm immer wieder an Wehrübungen teil, und wir mussten dann seine Fälle übernehmen.

Hartmut: »Natürlich wird so was immer mal wieder unter Offizieren besprochen. Aber das Problem sind die Mannschaften. Wir haben da mittlerweile ziemlich viele Moslems. Und die meisten würden wohl nicht mitmachen.«

Joe: »Militärdiktatur! Zustände, wie's mal in Argentinien und Chile gegeben hat; darauf kann ich verzichten.«

Hartmut: »Es ginge noch einfacher. Freitags immer verdeckte Ermittler in die Moscheen schicken, und wenn ein Mullah oder Imam oder Mufti oder wie das heißt zu Gewalttaten aufruft, festnehmen wegen Volksverhetzung.«

Ich: »Bringt nichts. Die Anschläge werden in irgendwelchen Hinterzimmern vorbereitet.«

Joe: »Man darf die Schuld nicht nur bei den Zuwanderern suchen. Es gibt auch viele deutsche Konvertiten. Das sind die schlimmsten.«

Ich: »Beispiel Mohammed Meier.«

Ursula: »Also ich kann nicht verstehen, wie junge Deutsche, die hier erzogen und unterrichtet wurden, auf so eine gewalttätige Ideologie hereinfallen.«

Ich: »Das entspricht der Raubtiernatur des Menschen.«

Ursula: »Nein, so ist der Mensch nicht. Den jungen Leuten wird etwas eingeredet. Heiliger Krieg gegen die Ungläubigen und dann Paradies.«

Martin: »Sagt so was nicht laut! Man muss die Religion anderer Leute respektieren. Jeder ist eben davon überzeugt, das Richtige zu glauben.«

Ursula: »Dann hätten die Spanier auch die Menschenopfer der Azteken und Maya dulden müssen.«

Joe: »Die erzkatholischen Spanier waren im Ergebnis noch viel blutrünstiger als die Indianer.«

Ich: »Was anderes. Bald ist Bundestagswahl. Was kommt da auf uns zu? Die Umfragen sind ja erschreckend günstig für die moslemischen Parteien.«

Ursula: »Die Islamische Bruderschaft hat jede Menge Wahlplakate, bald mehr als jede andere Partei. ›Mit uns gibt's Frieden im Land‹. Die kriegen doch irgendwoher Unsummen.«

Hartmut: »Aus den arabischen Staaten. Wir sollen vollends moslemisch werden.«

Joe: »Ich hab gelesen, dass denen die Wirtschaft auch sehr viel gibt. Damit der Terror aufhört. Die Anschläge schaden dem Wirtschaftsstandort Deutschland.«

5

Am Tag der Bundestagswahl war das Wetter noch spätsommerlich mild. Das ließ eine hohe Wahlbeteiligung erwarten.

Nach dem Frühstück/Mittagessen begab ich mich zum Wahllokal und machte bei der Ökologischen Partei die Kreuzchen. Ich hatte auch Sympathien für die Freiheitlichen, aber bedingungsloser Umweltschutz hatte Vorrang.

Ich kehrte sofort nach Hause zurück. Denn Henriette hatte sich angesagt.

»I compare thee to a summer's day«, sagte ich zu ihr, als sie lächelnd vor mir stand.

Henriette war mittelgroß, schlank, hatte leuchtend blondes, volles Haar, das ein schmales, gut geschnittenes Gesicht rahmte. Besonders mochte ich an ihr, dass ihr nicht das in sich ruhende Wesen mancher Blondinen eigen war, sondern dass sie eine große Ausstrahlung hatte.

Ich küsste sie.

Henriette war eine Jugendliebe. Sie war mir schon im Gymnasium aufgefallen. Sie besuchte die Klasse unter der meinen. Ins Gespräch kamen wir auf dem Tennisplatz, als sie allein erschien, weil eine Freundin abgesagt hatte. Ich übte an der Bretterwand. Sie fragte mich, ob ich Lust hätte, mit ihr zu spielen. Ich willigte ein. Aber ich war ihr hoffnungslos unterlegen. Doch sie bewies große Geduld.

Ich wusste, wer sie war. Fast jeder an der Schule nannte sie »die Baronesse«.

Bald danach lud ich sie in die Disco ein. Und sie lud mich zu den Partys ein, die sie im Haus ihrer Eltern auf dem Killesberg gab. Fast alle Gäste waren junge Adlige.

Henriettes Eltern schienen mich zu akzeptieren. Ich war der Sohn eines Juristen. Das genügte offenbar.

»Hast du schon gewählt?«, fragte ich sie.

Sie bejahte. Ich brauchte nicht zu fragen, wie sie sich entschieden hatte. Sie wählte immer die Religiöse Union, weil sie dort die größte Wirtschaftskompetenz unterstellte und weil sie wie viele ihrer Standesgenossen davon ausging, es sei eine konservative Partei. Ich hielt ihr immer mal wieder entgegen, in der Ökologischen Partei seien die wahren Konservativen versammelt. Doch das beeindruckte sie nicht. Die Ökos waren ihr zu »links«.

Seltsam war, dass unsere Meinungen in Sachfragen meist übereinstimmten. Dennoch wählten wir verschiedene Parteien. Wir versuchten jedoch nie ernsthaft, den anderen auf die eigene politische Seite zu ziehen.

Es war abgemacht, dass wir zum Bärenschlössle wanderten.

Der Wald begann nahe bei meiner Wohnung. Wir erfreuten uns an dem noch dichten Laub der hohen alten Bäume, das sich schon herbstlich verfärbte.

Beim turmartigen königlichen Jagdpavillon am Schwarzwildgehege blieben wir stehen und beobachteten mehrere Wildschweine, die mit den Schnauzen im Dreck wühlten.

Vorfahren Henriettes hatten hier an Jagden der Könige von Württemberg teilgenommen. So hoch hinauf war meine Familie nicht gestiegen. Immerhin waren sich wohl eine Ahnfrau Henriettes, Hofdame bei den Königinnen Katharina und Pauline, und ein »Uronkel« von mir, Hofrat, Prinzenerzieher und für seine Person geadelt, »bei Hofe« begegnet.

Henriette und ich erzählten uns öfter mal Anekdoten aus dem Königreich Württemberg. Wir waren, familiär bedingt, in der Welt von vorgestern verwurzelt. Aber auch wir mussten uns in der heutigen Szenerie behaupten.

Wir erreichten das Bärenschlössle, ein Jagdschloss, erbaut unter König Wilhelm I. von Württemberg. Auf dem weitläufigen Gelände vor dem Gebäude tummelten sich unzählige Menschen. Unter ihnen nur wenige, die aus Migrantenfamilien zu stammen schienen.

Wir wanderten zur Südseite des Schlosses und stellten uns an den Abhang, der zu einem langgezogenen See hinabführte. Auf dem dunklen Wasser zogen zwei Schwäne ihre Bahn.

»Ich habe kein gutes Gefühl heute«, sagte Henriette plötzlich. »Das Wetter ist zu schön. Das lockt auch politisch wenig Interessierte aus dem Haus und kommt bestimmt den Moslemparteien zugute. Die Politiker des ›rechten Weges‹ und der ›Bruderschaft‹ tun ja immer so, als wären sie sich spinnefeind. Aber sowie die insgesamt die Mehrheit haben, rücken die zusammen. Da bin ich ziemlich sicher. Und dann kommt nichts Gutes auf uns zu.«

Auch ich empfand den ganzen Tag schon ein Unbehagen.

»Nicht zuletzt deswegen«, machte Henriette weiter, »bin ich geneigt, ein Angebot anzunehmen, das man mir in der Firma gemacht hat.«

»Ein Angebot?«

»Ja, ich kann eine Stelle in einer amerikanischen Niederlassung bekommen, zunächst mal für zwei Jahre. Ich käme dort ins Management.«

Etwas wie Schmerz durchzog mich.

»Und wo wäre das genau?«, fragte ich leichthin.

»North Carolina. In New York und Südkalifornien hat's uns doch gut gefallen.«

»Das kannst du nicht vergleichen. North Carolina ist vermutlich tiefste Provinz, wo man jeden Sonntag in die Kirche geht.«

»Ich glaube, sie erwarten, dass ich das Angebot annehme.«

Henriette hatte Betriebswirtschaft studiert und war weltweit einsetzbar. Ich als Jurist war auf Deutschland beschränkt, diplomatischer Dienst und Ähnliches ausgenommen.

Am liebsten hätte ich gesagt: Du lässt mich allein. Aber ich sprach es nicht aus.

6

Schon die erste Hochrechnung ergab, dass die Islamische Bruderschaft und die Partei des rechten Weges zusammen die absolute Mehrheit erreicht hatten. Die weiteren Hochrechnungen bestätigten dies, beide Parteien legten sogar noch zu, sodass sie eine komfortable Mehrheit hatten, sofern sie tatsächlich eine Regierung bildeten.

Stärkste Partei wurde die des »rechten Weges«, dicht gefolgt von der Religiösen Union. Die Sozialpartei hatte erheblich Stimmen eingebüßt; die vielen ungelösten Probleme im Land wurden ihr angelastet, wirtschaftliche Stagnation, ein Sozialsystem am Rande des Zusammenbruchs, Energieknappheit, Flutkatastrophen an Nord- und Ostsee, serienweise Terroranschläge, Straßenkämpfe zwischen Skinheads und jüngeren Moslems.

Der Vorsitzende der Partei des rechten Weges Osmanli erschien mit strahlendem Lächeln zum Interview. Er erklärte, alle im Bundestag vertretenen Parteien kämen als Koalitionspartner in Frage, ausgenommen die unmoralischen Freiheitlichen. Andererseits sei es schon verlockend, mit der Islamischen Bruderschaft zusammenzugehen, um einem großen Land im nördlichen Europa eine moslemische Prägung zu geben. Niemand müsse sich davor fürchten. Keinesfalls werde die Scharia eingeführt. Aber manche Leute müssten sich dann schon etwas umstellen, besonders die Frauen. Vor allem jedoch strebe er soziale Gerechtigkeit an. Man müsse sich endlich von Staats wegen ernstlich der Armen annehmen.

Mohammed Meier schrie: »Allahu akbar«, als er sich dem Reporter näherte. In Deutschland sei eine historische Wende eingetreten. Seine Partei sei der wahre Sieger, der Stimmenanteil habe sich nahezu verdoppelt. Die Leute wollten in diesen wirren Zeiten einen Halt. Und den biete der Islam. Er warte auf eine Einladung der Partei des rechten Weges zu Koalitionsverhandlungen. Natürlich werde er fordern, die Scharia einzuführen. Nur dann ruhe auf diesem Land der Segen Allahs, nur so werde alles besser. Er riss die Arme hoch und rief nochmals: »Allahu akbar!« Dann strich er sich grinsend über den blonden Vollbart.

Henriette sandte mir eine SMS: »Wir sinken ins Mittelalter ab.«

7

Am Morgen nach der Wahl hatte ich gleich eine Gerichtsverhandlung. Es ging um fahrlässige Tötung und Fahrerflucht; mehrere Zeugen würden auftreten, deren Aussagen nach den polizeilichen Protokollen ziemlich verworren waren. Diesmal hatte ich also keinen Anlass, mich wegen eines überflüssigen Gesetzes zu ereifern und sinnlose Aktivitäten der Polizei anzuprangern.

Ich kehrte erst gegen Ende der Mittagspause zurück. Die Kollegen hatten sich schon in Joes Büro versammelt.

Ursula wandte sich mir zu. »»Deutschland schafft sich ab««, zitierte sie. »Oder etwa nicht?«

»Doch. ›Der Aufstand der Massen‹ ist erfolgreich«, konterte ich.

»Am liebsten hätte ich mich heute schwarz angezogen«, ergänzte sie.

»Damit wärst du den neuen Herren sehr entgegengekommen.«

»Da passiert gar nicht viel«, prophezeite Martin. »Die Bruderschaft und die vom rechten Weg sind so zerstritten. Die finden nie zueinander. Wir bekommen jetzt eben einen türkischstämmigen Kanzler, das schon. Aber er wird mit einer der traditionellen Parteien koalieren. Wahrscheinlich mit der Sozialpartei. Die sind für großzügige Zuwendungen an ärmere Familien zu haben und neigen ohnehin dazu, mehr auszugeben, als der Staat hat.«

»Da wäre ich nicht so sicher«, entgegnete Hartmut. »Der Osmanli hat gestern Abend sehr wohl erkennen lassen, dass er eine islamische Dominanz in diesem Land wünscht.«

»Kann man da nichts dagegen tun?«, lamentierte Ursula. »Dass man im eigenen Land von Islamisten beherrscht wird!«

Hartmut lachte auf. »Willst du einen Bürgerkrieg beginnen?«

»Uschi, reg dich nicht auf!«, versuchte sie Joe zu besänftigen.

»Selbst wenn dieser frömmelnde Meier in die Regierung eintritt, kann er nicht allzu viel ausrichten. Die vom rechten Weg sind nichts anderes als eine Sozialpartei mit religiösem Anstrich. Die wollen eine funktionierende Wirtschaft. Da kann man keine fundamentalistischen Einengungen brauchen.«

»Deinen Optimismus möchte ich haben«, gab Ursula zurück.

»Ich kenne viele jüngere Moslems, privat und als Mandanten. Die sind nicht viel anders als wir und wollen auch ein angenehmes Leben haben. Sie streben nach wirtschaftlichem Erfolg, trinken auch mal ein Bier und setzen sich in ihrem Triebleben keine Grenzen. Die sind weniger verklemmt als mancher ›eingeborene‹ Deutsche. Allerdings gehen schon viele freitags in die Moschee.«

»Das hast du richtig gesagt«, legte Ursula wieder los. »Wir sind die ›Eingeborenen‹ und die sind die neuen Kolonialherren.«

8

Martin sollte nicht recht behalten.

Eine Delegation der Partei des rechten Weges führte zwar mit Religiöser Union, Sozialpartei und Ökologischer Partei Sondierungsgespräche. Reguläre Koalitionsverhandlungen kamen jedoch nur mit der Islamischen Bruderschaft zustande. Meier verlangte die Einführung der Scharia, das lehnte Osmanli ab, es entspreche nicht dem Willen der Bevölkerungsmehrheit. Nach Tagen des Streits einigten sie sich auf die Formel, die Gesetzgebung solle sich an der Scharia orientieren. Außerdem wurde eine Erhöhung der Einkommenssteuer und der Gewerbesteuer beschlossen, um den ärmeren Teil des Volkes zu fördern.

Weltweit gab es in der Presse spöttische Kommentare. Das Volk der großen Komponisten und Erfinder sei dabei unterzugehen, hieß es z.B. in der »Washington Post«.

Die konnten sich natürlich genüsslich lächelnd zurücklehnen. In den USA hatte sich der Islam in der schwarzen Bevölkerung zwar bis zu einem gewissen Grad ausgebreitet, auch gab es viele Abkömmlinge arabischer Einwanderer, aber sie alle blieben eine Randgruppe. Die Mehrheit der Einwohner war mittlerweile katholisch. Auch der Präsident war ein Latino. Die Evangelikalen, die nach wie vor die Evolution leugneten, beherrschten nur noch den Norden des Mittleren Westens, und auch Utah machte den Mormonen niemand streitig. Die Spanier als erste Eroberer der Neuen Welt holten sich den gesamten Kontinent zurück. Das hing natürlich damit zusammen, dass die Nachfahren der Spanier, die meist auch eine indianische Beimischung hatten, sexuell sehr aktiv waren. Die Folge war, dass es zahllose Arbeitslose gab, die am Rande der Städte in Slums lebten, jedenfalls in Lateinamerika. Bandenkriege und Raubüberfälle waren alltäglich, auch in Los Angeles, Houston, Chicago und in den Außenbezirken von New York.

In Europa waren die Niederlande als erster Staat dem moslemischen Ansturm erlegen, Ergebnis einer großzügigen Einwanderungspolitik. Premierminister war einer, dessen Vorfahren aus Marokko kamen. Er gab sich allerdings versöhnlich. Aber die Königin befand sich in einer schwierigen Lage. Zwar bedeckte sie ihr Haar stets mit einem Schleier, wenn sie in der Öffentlichkeit auftrat, aber es fanden immer wieder Demonstrationen gegen sie statt, weil viele Moslems nicht hinnehmen wollten, dass eine Frau Staatsoberhaupt war.

In England überboten sich Pakistanis, moslemische und hinduistische Inder sowie Schwarze gegenseitig mit zahlreichem Nachwuchs. Auf diese Weise hatte sich keine moslemische Mehrheit bilden können. Doch die weißen Briten waren inzwischen eine Minderheit. Besser gestellte Nachfahren von Pakistanis und Indern engagierten sich in den etablierten Parteien. Auch fing der König den pakistanischen und indischen Bevölkerungsteil dadurch ein, dass er deren besonders erfolgreiche Repräsentanten in den Adelsstand erhob.

Auch in den skandinavischen Monarchien hatten Moslems eine neue Heimat gefunden. Doch sie kämpften genauso wie die Blonden gegen die Kälte an. Das hielt sie offenbar in Schach.

Die osteuropäischen Staaten übten keine Anziehungskraft auf südländische Einwanderer aus. Daher prallten dort auch keine unterschiedlichen Weltanschauungen aufeinander. Nur Russland hatte als Folge der zaristischen Eroberungen nennenswerte moslemische Minderheiten, die man wie eh und je mit brutalen Mitteln unterdrückte, sobald sie aufmüpfig wurden.

In der Schweiz mit ihrer direkten Demokratie duldeten es die Bürger nicht, dass eine moslemische Partei an Wahlen teilnahm, genauso wie sie es verhindert hatten, dass Minarette gebaut wurden.

Auch Österreich war dank seiner nationalliberalen Kräfte noch nicht gekippt.

In Italien gab es viele Ghettos, in denen illegale Zuwanderer auf irgendeine Weise überlebten, zum Teil wohl auch als Gehilfen der Mafia und Camorra. Aber sie hatten keinerlei politisches Gewicht.

Ähnlich war es in Spanien. Die aus Nordafrika Stammenden verdingten sich meist als Hilfskräfte in der Landwirtschaft. Politische Rechte wurden ihnen nicht eingeräumt. Die Spanier hatten eine tief verwurzelte Abneigung gegen alles Islamische. Die Jahrhunderte, in denen Araber die iberische Halbinsel ganz oder teilweise beherrscht hatten, waren unvergessen.

Als Erbe der Kolonialepoche lebten in Frankreich unzählige Moslems. Ein großer Teil war völlig in die französische Gesellschaft integriert. Unter ihnen Schauspieler wie einst der charismatische Salim Kechiouche, Ärzte, Rechtsanwälte, Lehrer usw. Aber in größeren Städten gab es Bezirke, die kein Polizist mehr betrat; dort herrschte entweder Anarchie oder bestand eine Art Selbstverwaltung, die von Moscheen aus organisiert wurde. Ab und zu wurde berichtet, es würden Frauen gesteinigt. Da sich aus der französischen Verfassung eine strikte Trennung von Kirche und Staat ergab, waren Parteien mit religiöser Zielsetzung nicht zugelassen. Der jetzige Präsident gehörte der Nationalen Front an.

9

»Die politische Situation hat mir die Entscheidung leicht gemacht«, sagte Henriette.

Sie wollte an einem Samstag abreisen. So war es mir möglich, noch vor dem Abflug mit ihr zusammen zu sein. Es wäre umständlich gewesen, wenn ich erst zum Haus ihrer Eltern auf dem Killesberg und von dort mit zum Flughafen gefahren wäre, zumal ich dann bei den letzten Reisevorbereitungen gestört hätte. Daher wartete ich am Schalter der Lufthansa.

Dort bildete sich rasch eine Schlange und das Check-in für den Flug nach Atlanta begann.

Ich sah immer wieder umher. Doch zwischen den durcheinander laufenden Leuten entdeckte ich nirgends Henriette. Mit ihrem vollen blonden Haar wäre sie sofort aufgefallen, zumal viele der anwesenden Frauen ein Kopftuch trugen.

Ich starrte auf die verglasten Türen der Abflughalle. Endlich erschien Henriette. Bei ihr die Eltern. Sie zog einen großen Trolley. Ihr Vater hatte eine Lufthansatasche umgehängt.

Ich eilte ihnen entgegen. Henriettes Mutter gab ich einen Handkuss, der Vater reichte mir die Hand, Henriette küsste ich auf beide Wangen.

»Wir sind spät dran«, stellte Henriette in gehetztem Ton fest.

»Der Verkehr war stärker, als ich erwartet hatte«, ergänzte der Vater.

Ich umfasste den Griff des Trolley.

»Lass nur!«, wehrte Henriette ab. »In den USA muss ich auch allein damit fertig werden.«

Wir stellten uns an die Schlange vor dem Lufthansaschalter.

Henriette lächelte mich an. »Die zitieren uns bestimmt alle paar Wochen ins Stammhaus. Dann bin ich wieder einige Tage hier, und im Urlaub. Oder du kommst rüber und wir gehen nach Florida oder so. Ansonsten kommunizieren wir über den Computer. Ich melde mich bald, Daniel.«

Henriette gab den Trolley ab und bekam die Bordkarte.

»Am besten, ich gehe jetzt gleich zur Kontrolle. Weiß der Teufel, ob die wegen irgendwas Theater machen. Ich hab nicht mal gewagt, ein Parfum mitzunehmen. Könnte ja flüssiger Sprengstoff sein.«

Sie umarmte die Mutter, den Vater, dann mich und küsste mich auf den Mund. Sie nahm dem Vater die Lufthansatasche ab und eilte weg.

Wir folgten ihr langsam und blieben dann stehen.

»Wir sind jetzt ganz allein in dem großen Haus«, bemerkte Henriettes Vater.

»Na ja, unser Sohn ist ja noch in Deutschland«, tröstete ihn seine Frau. »Allerdings kommt er selten nach Hause. Er ist jedes Wochenende irgendwo eingeladen oder die Corpsbrüder machen einen Ausflug oder ist sonst was los.«

»Ich hoffe, er studiert auch zwischendurch. So ein Corps nimmt einen schon sehr in Anspruch. Nun, ich hab's auch bewältigt.«

»Ich hoffe nur, dass er nicht bei einer Mensur verletzt wird; er hat so ein hübsches Gesicht.«

»Ich habe zu ihm gesagt, er soll nicht zu viel riskieren. Das ist es nicht wert.«

Ich lächelte höflich.

»Bald ist ja Familientag; da treffen wir ihn bestimmt.«

»Wo kommen die Falkenbergs denn diesmal zusammen?«, erkundigte ich mich.

»In Potsdam«, sagte die Mutter.

»Sehr stilvoll«, fand ich.

»Im Park von Sanssouci oder im Neuen Garten kann man sich vergessen«, erwiderte der Vater, »aber die Nähe zu Berlin hebt nicht die Stimmung. Wir kriegen ja nun einen Türken als Kanzler. Ich meine, wenn's einer wie Atatürk wäre, würde es mich nicht besonders stören. Aber dieser Osmanli kehrt so seine Religion hervor. Das widerspricht unserer Tradition. ›In meinem Reich kann jeder nach seiner Façon selig werden‹, hat Friedrich der Große gesagt. Und Bismarck hat gegen den politischen Katholizismus den Kulturkampf geführt. Die Trennung von Kirche und Staat ergibt sich auch aus der Weimarer Reichsverfassung. Und die entsprechenden Artikel sind Bestandteil des Grundgesetzes. Ihnen sage ich da ja nichts Neues.«

Ich unterließ es zu bemerken, dass die Religiöse Union, die er und seine Frau stets wählten, eben doch in gewisser Weise der Politik Religion beimischte, schon indem man durch den Namen den Eindruck erweckte, mit höheren Mächten im Bunde zu sein.

»Und dann noch dieser Meier, der sich Mohammed nennt«, pflichtete Frau v. Falkenberg ihrem Mann bei. »Können Sie verstehen, mein lieber Daniel, dass sich ein Deutscher, der mit abendländischen Werten aufgewachsen ist, dem Islam zuwendet? Jesus hat gesagt: ›Liebet eure Feinde, tut wohl denen, die euch hassen! Wenn dir einer auf die rechte Wange schlägt, dann halte ihm auch die linke hin!‹ Eine bedeutendere Ethik kann man gar nicht formulieren. Was will da noch dieser Mohammed?«

»Er sagt, man soll den Dieben die Hand abhacken«, bemerkte ich lächelnd.

»Eben. ›Wer ohne Fehl ist, der werfe den ersten Stein‹, sagt Jesus. Ob er nun im wörtlichen Sinne Gottes Sohn ist, darüber kann man unterschiedlicher Meinung sein. Aber seine Ethik ist unübertroffen.«

»Er war sicher auch vom Hellenismus beeinflusst«, behauptete ich. »Sokrates sagt: ›Tut Gutes um des Guten willen.‹ Und in der stoischen Philosophie gibt es auch das Phänomen der Menschenliebe.«

Ich sah zu Henriette hin. Sie schien das Kontrollritual überstanden zu haben und winkte uns zu. Wir winkten auch.

Einige Tränen liefen der Mutter über die Wangen. »Ach ja, sie lässt uns in diesen wirren Zuständen zurück.«

»Ein Cousin von mir«, sagte Herr v. Falkenberg, »ist geneigt, sein Schlossgut und die Wälder zu verkaufen und sich stattdessen Wald in Canada zuzulegen. Er sagt, er mag nicht täglich den Ruf des Muezzin hören.«

10

Henriettes Eltern luden mich ein, in ihrem Mercedes mitzufahren. Ich nahm an, obwohl ich mit der S-Bahn wohl schneller in der Stadt gewesen wäre. Sofern keine Bombe hochging. Allerdings gab es seit der Bundestagswahl keine Anschläge mehr. Die Salafisten hatten ihr Ziel erreicht. Sie hatten sich an die Macht gebombt.

Henriettes Vater ließ es sich nicht ausreden, mich bis vor das Gebäude zu bringen, in dem meine Wohnung lag.

Ich fragte, ob sie noch hereinkommen wollten, um ein Gläschen Portwein zu trinken, zum Trost. Doch sie lehnten ab, sie wollten jetzt dann zu Mittag essen.

Henriettes Mutter bat mich, sie und ihren Mann doch mal zu besuchen, auch wenn ihre Tochter nicht da sei.

In meiner Wohnung packte ich die Sportsachen zusammen und fuhr zum Fitness Studio. Das tat ich fast jeden Samstag, sofern mich nicht irgendwelche aufwändigen Fälle daran hinderten.

Im Studio trainierte ich an den gewohnten Geräten, in der üblichen Reihenfolge. Als ich auf dem Butterflygerät saß, stand plötzlich Ahmed vor mir, den ich neulich verteidigt hatte.

Wir hatten uns in diesen Räumen kennengelernt. Manche Leute, denen ich hier begegnete, waren mir zuwider, manche fand ich sympathisch. So auch Ahmed. Im Duschraum bat er mich mal um etwas Shampoo, da seines ausgegangen sei. Von da ab grüßten wir einander und machten gelegentlich aufmunternde Bemerkungen. Einmal verließ er gleich nach mir die Sauna und setzte sich neben mich auf eine Bank im Ruheraum. Er stöhnte, er sei so müde. Er arbeitete als Barkeeper in einer Kneipe, die ich mit Henriette auch schon ab und zu besucht hatte. Freitagnacht und Samstagnacht werde es immer so spät, sagte er. Und dann wollten noch irgendwelche Tussis was von ihm und da könne er auch nicht widerstehen. Er fragte, was ich so mache; ich sei bestimmt Arzt oder so was. Als ich ihm sagte, ich sei Rechtsanwalt, erkundigte er sich nach meinem Namen und der Adresse der Kanzlei. Es sei immer gut, einen Anwalt zu kennen, man könne leicht mal in was reinrutschen.

Ahmed hatte heute eine dunkelblaue Jogginghose und ein ärmelloses weißes Trikot an. Die Muskulatur seiner Arme war gut ausgebildet. In seinem gebräunten, regelmäßigen Gesicht sprossen dunkle Bartstoppeln. Er gähnte.

»Ich hab bei Tussi übernachtet.« Er grinste. »Aber wir haben nicht viel geschlafen. Ich mache heut nicht viel an Geräten. Ich hab schon Sport gemacht, mit Tussi. Aber ich will Sauna gehen. Tut mir gut. Kommst du mit?«

Mein Trainingsprogramm war zwar noch nicht beendet, aber ich wollte ihm den Gefallen tun, zumal er mich von meinem Abschiedsblues wegführte.

Nach dem ersten Durchgang nahmen wir auf der Bank im Ruheraum Platz.

»Freust du dich, dass wir jetzt eine moslemische Regierung bekommen?«, fragte ich.

»Wieso freuen? Kanzler wird Türke. Türken haben uns überfallen und unterdrückt, Jahrhunderte.«

»Aber ihr habt ihre Religion angenommen.«

»Religion ist gut. Islam ist saubere Religion. Man wäscht sich in Moschee und beschneidet Jungen.«

»Die Islamische Bruderschaft wird mitregieren. Und die wollen die Scharia.«

»Was ist Scharia? Frauen steinigen?«

»Ja, Ehebrecherinnen steinigen und Schwule aufhängen und Dieben die Hand abhacken und diejenigen auspeitschen, die Alkohol trinken.«

»Das ist nicht Islam. Das wollen so ein paar Schiiten.«

»Dass man Dieben die Hand abhacken soll, hab ich selbst im Koran gelesen.«

»Du hast Koran?«

»Ja, eine deutsche Übersetzung. Ich hab's aber nur zu einem Drittel gelesen. Ist sehr anstrengend. In der Bibel stehen meistens Geschichten, die einen bestimmten Sinn haben. Die Suren sind Predigten Mohammeds, die man gesammelt hat unddie nach seinem Tod endgültig aufgezeichnet wurden, wenn ich das recht weiß. Und das geht dann wild durcheinander. Erst kommt eine Lobpreisung Allahs, dann eine Aufforderung, den Armen was zu geben, dann ein Satz, dass Gott keinen Sohn habe, dazu sei er zu erhaben, dann wieder eine Lobpreisung Allahs und die Aufforderung, den Armen was zu geben. Und so geht es weiter. Hast du den Koran gelesen?«

»Nein. Ich weiß, was ich in Moschee so gehört habe. Bei uns in Albanien oder in Mazedonien oder in Bosnien will niemand Frauen steinigen und Schwule aufhängen und Hände abhacken.«

»Das mit den Händen muss man aus der damaligen Situation heraus verstehen. Mohammed hat in einer Wüstenlandschaft gelebt. Wenn einem da was gestohlen wird, ein Pferd oder ein Wasserbeutel oder so, kann das lebensbedrohlich sein. So was kann man doch nicht kritiklos auf die Gegenwart übertragen. Im Alten Testament gibt es auch die Strafe des Steinigens; die Juden machen so etwas aber heute nicht mehr.«

Zwei junge Männer kamen aus der Saunakabine. Einer sah uns sehr verwundert an, wohl weil er das Wort »steinigen« aufgeschnappt hatte. Die beiden breiteten ihre Tücher auf zwei Liegen aus und legten sich hin.

»Dieser Deutsche, der mit dem blonden Vollbart …«

Ich sprach leiser als bisher. »Mohammed Meier.«

»Ja, der. Was versteht der schon von Islam? Der ist Spinner. Der sagt zu junge Männer: Spreng dich in Luft, dann kommst du ins Paradies!«

»Immerhin warten dort 72 Jungfrauen auf den, der im Heiligen Krieg gefallen ist.«

Ahmed lachte. »Was? Das ist Witz.«

»Doch, das glauben die.«

»Wie kommen die auf so was?«

»Steht wohl im Koran. Selbst habe ich das aber nicht gelesen.«

»Das steht nicht in Koran.«

»Vermutlich schon. Das wird immer wieder in der Presse erwähnt.«

»Lüge. Journalisten lügen oft.«

Ich wurde nun doch unsicher. »Vielleicht haben Nachfolger des Propheten das mit den 72 Jungfrauen aufgebracht. Auf jeden Fall warten auf den Rechtgläubigen schöne Frauen im Paradies.«

Um nicht weiter zu streiten und die beiden daliegenden Typen nicht zu stören, schlug ich vor, wieder in die Sauna zu gehen.

II

Die neue Regierung setzte ihre wichtigsten Ziele sehr rasch in die Tat um. Der Justizminister legte dem Kabinett den Entwurf eines Gesetzes »zur Wiederherstellung von Sitte und Anstand« vor, den man am Ende einer bis in die Nacht dauernden Sitzung billigte und dem Parlament vorlegte.

Bei der ersten Lesung des Gesetzes trat zunächst Bundeskanzler Osmanli auf.

»In diesem Land haben wir eine tief gespaltene Gesellschaft. Eine Mehrheit achtet Ehe und Familie als Grundlage menschlichen Zusammenlebens. Eine Minderheit setzt sich über sämtliche überkommenen Normen hinweg und lebt hemmungslos in den Tag hinein. So etwas ist wie eine Fäulnis, die sich immer mehr ausbreitet.«

Viele Abgeordnete der Opposition lachten.

»Aus dieser Spaltung der Gesellschaft«, fuhr der Kanzler fort, »ergeben sich tiefgreifende soziale Probleme. Die originären Deutschen gehen immer noch davon aus, dass Menschen, deren Familien vor Generationen zugewandert sind, die Drecksarbeit verrichten, während sie Führungspositionen innehaben.«

Ein Abgeordneter der Sozialpartei rief: »Es gibt genügend türkische und arabische Ärzte, Rechtsanwälte und Unternehmer.«

»Die originären Deutschen begegnen denen, die eine dunklere Haut als sie haben«, machte der Kanzler unbeirrt weiter, »mit Verachtung. Das spüren besonders Frauen, die ein Kopftuch tragen.«

»Stimmt nicht«, rief ein Abgeordneter der Ökologischen Partei. »Alles Unterstellungen.«

»Diese gegensätzlichen Teile der Gesellschaft müssen zueinander finden. Es kann nun aber nicht sein, dass moslemische Frauen leicht bekleidet wie Flittchen herumlaufen, Männer aufreizen und sich vor einer Heirat mit verschiedenen einlassen, um dann krank in die Ehe zu gehen, und wenn es nur Herpes oder Papillomviren sind.«

»Dafür haben wir Ärzte«, fand einer von der Freiheitlichen Partei.

»Das Ziel dieser Regierung ist, auf der Grundlage des Artikels 6 des Grundgesetzes Ehe und Familie nachhaltig zu stärken, so dieser Gesellschaft ein solides Fundament zu verschaffen und auf dieser Basis zum Wohle aller die Wirtschaftskraft zu stärken. Das neue Gesetz im Einzelnen erläutert nun der Justizminister.«

Die Abgeordneten der Koalitionsparteien spendeten anhaltenden Beifall.

Der Justizminister trat ans Rednerpult. Er war ein jüngerer Berliner Rechtsanwalt, der sofort nach der Bundestagswahl in die Islamische Bruderschaft eingetreten war. Allerdings hatte er diese Partei bereits seit Jahren in Rechtsstreitigkeiten beraten und vertreten. Er trug einen grauen Anzug mit grüner Krawatte. Er hatte keinen Vollbart, nur einen Dreitagebart.

»Wie der Herr Bundeskanzler bereits gesagt hat, geht es der Koalition darum, die deutsche Gesellschaft auf der Grundlage des Artikels 6 des Grundgesetzes neu zu ordnen.

Nach Artikel 6 Grundgesetz stehen Ehe und Familie unter dem besonderen Schutz der staatlichen Ordnung. Damit machen wir jetzt Ernst.

Wir haben im Justizministerium etwas Rechtsgeschichte betrieben und geprüft, wie denn die Rechtslage nach Inkrafttreten des Grundgesetzes war, also unter der Herrschaft der Religiösen Union beziehungsweise ihrer Vorgängerpartei. Und wir haben festgestellt, dass wir alles übernehmen können, was damals galt, und nur ein wenig ergänzen müssen.«

»Rückschritt statt Fortschritt!«, schrie ein Freiheitlicher.

»Beginnen wir mit einem Grundübel unserer Gesellschaft, einer Brutstätte für die Verbreitung von Seuchen. Also der § 175 Strafgesetzbuch. Wir haben einfach die Altersgrenze von 16 Jahren herausgenommen und den Zustand wiederhergestellt, der in der Ära des allseits geachteten Kanzlers Adenauer galt. Also jegliche sexuelle Handlungen zwischen Personen des gleichen Geschlechts werden nun strafbar sein.«

Ein Abgeordneter der Ökologischen Partei rief: »Ich habe einen Lebenspartner. Von dem werde ich mich nicht trennen nur wegen Ihres idiotischen Gesetzes.«

»Dann müssen Sie damit rechnen, dass eines Tages Ihre Immunität aufgehoben wird.«

»Das ist eine Diskriminierung von Minderheiten.«

»Wir leben in einer Demokratie. Da gilt eben der Wille der Mehrheit.«

»Es ist eine eingetragene Lebenspartnerschaft. Das ist legal.«

»Nicht mehr. Das entsprechende Gesetz wird demnächst aufgehoben.«

»Ich werde prozessieren. Bis zum Europäischen Gerichtshof für Menschenrechte.«

»Nur zu. Aber passen Sie auf, dass Sie nicht doch eines Tages im Knast landen, Herr Kollege!

Ich weise darauf hin, dass § 175 nicht nur für Männer gilt, sondern auch für Frauen. Es geht grundsätzlich um die Unterbindung der Unzucht zwischen Personen des gleichen Geschlechts.«

Eine Abgeordnete der Ökologischen Partei kreischte: »Das hat's ja noch nie gegeben.«

Viele Abgeordnete der Ökologischen Partei stimmten ihr mit lauten Rufen zu.

»Das ist nur die Folge des Gleichheitsgebots, Artikel 3 Grundgesetz. Lesen Sie's mal nach, falls Sie's vergessen haben sollten!

Wie gesagt, es geht in diesem Gesetz zur Wiederherstellung von Sitte und Anstand um die Stärkung von Ehe und Familie. Daher ist künftig auch strafbar jegliche Unzucht zwischen unverheirateten Personen, auch wenn sie verschiedenen Geschlechts sind.«

Viele Abgeordnete der Opposition schimpften laut, es schwoll zum Tumult an. Der Bundestagspräsident mahnte zur Ruhe.

Ein Abgeordneter der Sozialpartei lachte auf. »Wie wollen Sie das kontrollieren? Da bräuchte man ein Vielfaches mehr an Polizisten.«

Ein Freiheitlicher rief: »Das hat's auch noch nie gegeben. Nicht mal im Mittelalter.«

»Doch«, entgegnete der Minister, »in den USA war bis weit ins 20. Jahrhundert hinein jegliche Unzucht außerhalb der Ehe strafbar. In manchen Staaten war sogar Eheleuten nur die Missionarsstellung erlaubt.«

»Das sind auch so religiöse Spinner«, schrie der Freiheitliche.

»Unzucht zwischen Unverheirateten verschiedenen Geschlechts wird nur mit Geldstrafe belegt, das heißt, es kann für junge Leute teuer werden, wenn sie sich nicht beherrschen.«

»Schwere Fälle werden nach dem Entwurf aber mit Freiheitsstrafe geahndet«, rief ein Abgeordneter der Sozialpartei. »Was sind denn ›schwere Fälle‹?«

»So was wie eine wilde Ehe. Oder häufig wechselnde Partner. Wir sind keine Unmenschen. Wir wollen es den jungen Leuten leichter machen. Sie sollen nicht dauernd in Versuchung kommen. Dazu dient, dass sich Frauen in der Öffentlichkeit anständig kleiden. Dazu müssen Arme und Beine vollständig bedeckt sein, außerdem das Haupthaar und sonstige Körperteile selbstverständlich. Dazu haben wir § 183 Strafgesetzbuch ergänzt. ›Als Erregung öffentlichen Ärgernisses gilt auch, wenn eine Frau außerhalb ihres Wohnbereichs Kopfhaar, Arme, Beine und Leib nicht vollständig bedeckt.‹«

Eine Abgeordnete der Ökologischen Partei schrie: »Das richtet sich eindeutig gegen Frauen. Das ist verfassungswidrig.«

Der Justizminister lächelte. »Es gibt nun mal natürliche Unterschiede zwischen Männern und Frauen. Männer lassen sich durch Blößen bei Frauen erregen. Das will man vermeiden.«

»Warum?«, rief ein Freiheitlicher. »Erregung macht Spaß.«

Die Abgeordnete der Ökologischen Partei sagte: »Dann sollen sich Männer auch verhüllen. An heißen Tagen laufen auf dem Kurfürstendamm Frauen im Mantel neben Männern, die Bermudashorts, ärmellose Trikots und Flipflops anhaben. Also halbnackte Männer neben vermummten Frauen. So geht das nicht. Wenn schon, dann soll für alle das Gleiche gelten.«

Parteifreunde riefen ihr zu: »Bist du verrückt? Dann machen sie das auch noch.«

Der Justizminister lächelte spöttisch. Er schien sich zu freuen, dass nun Parteifreunde aufeinander losgingen. »Wir wollen das Versuchungspotential möglichst weit reduzieren. Daher gibt es auch wieder einen Paragraphen über Kuppelei, fast so wie er einstmals galt. Danach sind besonders Bordelle verboten und jegliche sonstige Förderung von Prostitution.«

»Sogar in Istanbul gibt es Bordelle«, wandte ein Freiheitlicher ein.

»Wir sind hier nicht in Istanbul.«

»Sondern in Neumekka«, gab der Freiheitliche zurück.

»Wie gesagt, es geht darum, junge Leute nicht in Versuchung zu führen. Daher heißt es im zweiten Absatz des Kuppeleiparagraphen: ›Als Kuppelei gilt auch die Zurverfügungstellung von Räumlichkeiten, in denen sich Personen verschiedenen Geschlechts in unmittelbarer Nähe befinden, ausgenommen sind Bahnhöfe und öffentliche Verkehrsmittel.‹«

Gelächter und Schimpfen durchzog den Plenarsaal.

»Dann können nicht einmal mehr Ehepaare miteinander in ein Restaurant gehen«, beanstandete ein Abgeordneter der Religiösen Union.

Der Minister stutzte. »Dieser Hinweis ist berechtigt. Dafür müssen wir noch eine Lösung finden. Vielleicht besondere Räume in Restaurants für Familien. Das müssen wir aber noch innerhalb der Koalition besprechen.

Ach ja, Ehebruch ist natürlich auch wieder ein Straftatbestand und wird nicht wie einst bloß auf Antrag verfolgt. Also ein Offizialdelikt. Gesteinigt wird aber niemand, falls Sie das befürchten sollten.

Ein großes Übel ist auch das Wuchern der Pornographie. Jeder Jugendliche kann sich ungehindert aus dem Internet pornographisches Material herunterladen. Das ist wie eine Seuche und hindert manchen daran, zwischenmenschliche Kontakte aufzubauen. Auch das verletzt Artikel 6 Grundgesetz. In Zukunft wird auch Verbreitung und Besitz von pornographischem Material, in dem Erwachsene mitwirken, strafbar sein. Also löschen Sie solchen Schund auf Ihrem Computer, bevor das Gesetz in Kraft tritt!«

Es war still im Saal.

»Überwachungsstaat«, sagte ein Freiheitlicher halblaut.

»Nun erwarte ich wieder wütende Proteste. Es ist allgemein bekannt, dass Alkohol enthemmt und häufig zu Verkehrsunfällen führt, aber auch zu Vergewaltigungen und Ähnlichem. Damit ist jetzt Schluss. Alkohol ist auch eine Droge, eine sehr schlimme sogar, die Menschen rasch ruinieren kann, Leberprobleme und so weiter. Daher haben wir das Betäubungsmittelgesetz entsprechend ergänzt.«

»So an Schmarrn!«, schrie ein bayerischer Abgeordneter der Religiösen Union. »Sie treiben unsere Brauereien in den Ruin.«

»Dann sollen sie alkoholfreies Bier brauen«, befand der Minister. »Die Leute werden sich rasch umstellen. Auch um die Weinbauern mache ich mir keine Sorgen. Sie sollen eben Traubensaft herstellen. Ist erheblich gesünder als Wein. Die Damen und Herren der Ökologischen Partei werden mir sicher zustimmen.«

Nun sprach der Vorsitzende der Religiösen Union. »In unserer Partei wird dieses Gesetz sehr kontrovers diskutiert. Besonders einige süddeutsche Abgeordnete haben Verständnis für die geplanten Neuregelungen. Aber die meisten Mitglieder unserer Fraktion sind der Auffassung, dass es jedem einzelnen Bürger überlassen bleiben muss, vor seinem Gewissen zu entscheiden, wie er sich auf dem Gebiet der Sexualität verhält. Der Staat sollte hier nicht kriminalisierend eingreifen. Alle unsere Abgeordneten sind sich darin einig, dass das Alkoholverbot zu nichts Gutem führt. Es schafft einen neuen Zweig der Kriminalität. Im Ergebnis wird es genauso scheitern wie die Prohibition in den USA im letzten Jahrhundert.«

»Herr Minister«, fing der Vorsitzende der Sozialpartei höflich an, »Sie haben es sorgsam vermieden, den Koran zu erwähnen. Sie ranken die Gesetzesnovellierung um Artikel 6 Grundgesetz. Aber das ist nur ein Vorwand. Es geht Ihnen darum, den ›Ungläubigen‹ in diesem Land das islamische Sittengesetz aufzuzwingen. Das ist verfassungswidrig. In diesem Land herrscht Religionsfreiheit, auch die Freiheit, keine Religion zu haben. Moslemische Frauen mögen sich kleiden, wie es ihre Religion gebietet, aber das kann für die anderen Frauen nicht verbindlich sein. Wenn das Gesetz in Kraft tritt, werden wir Klage vor dem Bundesverfassungsgericht erheben.

Ich glaube auch nicht, dass das, was Sie in diesem Gesetzentwurf fordern, dem Willen der Mehrheit in diesem Land entspricht. Ich habe genügend moslemische Freunde, die nicht viel anders leben als ich oder meinesgleichen. Ich sage Ihnen eins: Über dieses Gesetz wird man weltweit lachen. Ich lache schon jetzt.«

Mohammed Meier sprang von seinem Sitz auf der Regierungsbank auf. »Ihnen wird das Lachen schon noch vergehen.«

Die Vorsitzende der Ökologischen Partei reckte sich am Rednerpult. »Es macht mir Mühe, überhaupt zu diesem Gesetz etwas zu sagen. Es ist ein schändliches Machwerk …«

Moslemische Abgeordnete schimpften.

»… das viele Menschen in diesem Land knechtet und kriminalisiert. Was hat diese Regierung denn für Maßstäbe? Der Meeresspiegel steigt, die Regenwälder schrumpfen weiter und weiter, es herrscht Energieknappheit, die Weltbevölkerung wächst rasant und in vielen Ländern hungert man. Es gibt genügend wichtige Probleme, die man angehen müsste. Und Sie machen ein Drama daraus, was die Leute in ihrer Privatsphäre tun. Sie sind schlichtweg unfähig, einen modernen Industriestaat zu regieren.«

»Genau so ist es«, schrie der Vorsitzende der Freiheitlichen Partei. »Gehen Sie in Ihre Moscheen zurück und verschonen Sie moderne, freiheitliche Menschen mit den Ausdünstungen Ihres religiösen Wahns!«

12

»Ich soll mich anziehen wie eine anatolische Landfrau, das ist doch unglaublich«, schimpfte Ursula, als sie Joes Büro betrat, wo schon alle Kollegen versammelt waren und Kaffee oder Tee tranken.

Joe lächelte. »Ich weiß nicht, was du hast. Du trägst Hose und Pullover, Arme und Beine sind bedeckt, also alles in Ordnung.«

»Ja, jetzt im Herbst und Winter ist es kein größeres Problem. Aber im Sommer.«

»Da gibt's Hosen aus ganz leichtem Stoff. Und hauchdünne Blusen, die eben alles Notwendige bedecken. Da gewöhnst du dich dran. Nur ein T-Shirt darfst du nicht mehr anziehen.«

»Aber du.«

Joe grinste weiterhin. »An mir erregt sich eben niemand.«

»Wer weiß? Frauen haben auch gewisse Gefühle.«

Martin setzte seine Tasse ab. »Kein Grund, sich aufzuregen! Es ist alles nicht so schlimm. Du ziehst dich sowieso seriös an. Aber viele Mädchen laufen halbnackt rum. Hot Pants, freier Bauch. Denen schadet's nicht, wenn sie sich mal ordentlicher kleiden. Und ein paar Leute in diesem Land müssen sich eben etwas beherrschen. Nun kann halt nicht mehr jeder mit jeder oder jedem ins Bett gehen.«

»Da passiert gar nichts«, erklärte Joe. »Diese Gesetze nimmt doch niemand ernst. Die vom rechten Weg haben der Bruderschaft einen Brocken hingeworfen. Dann geben die ›Brüder‹ Ruhe. Und damit hat sich's.«

»Da wäre ich nicht so sicher«, meinte Hartmut, »die meinen das schon ernst. Aber es wird Widerstände geben. Das lassen sich nicht alle Leute gefallen.«

»Die können das alles doch gar nicht überwachen«, beharrte Joe. »Und wir haben hier keine riesige Unterschicht von Analphabeten, die brav alles übernimmt, was einen religiösen Anstrich hat. Für dieses Gesetz gibt es keine breite Akzeptanz. Die meisten werden dieses Gesetz einfach nicht beachten.«

»Mag ja sein«, entgegnete ich, »aber es wird kommen, wie es jetzt bei den Drogen ist. Sie greifen sich ein paar heraus und die machen sie fertig.«

»Und auf der Straße erwischen sie einen auf jeden Fall«, bekräftigte Ursula und nahm endlich Platz. »Ich muss dort ein Kopftuch umbinden. Da sehe ich ja aus wie eine Vogelscheuche.«

»Ach was«, widersprach Joe. »du breitest ein hübsches Tuch übers Haar, eher einen dünnen Schal, so wie die Inderinnen, und legst die Enden seitlich locker übereinander. Das kann ganz gut wirken.«

»Aber im Sommer …«

»Da lässt du das Tuch auf die Schultern fallen; und wenn's einer beanstandet, sagst du, es sei gerade verrutscht.«

»Ich will mich aber nicht anziehen wie eine Muslimin. Ich bin keine. Was haben die überhaupt für ein Getue?« Sie wandte sich mir zu. »Erregt es dich, wenn du das Haar einer Frau siehst?«

»Ich achte eher auf das Gesicht und die Beine. Aber das alles ist in der Tat ein großer Unsinn. Diese Verhüllung der Frauen mag damals in der Wüste einen Sinn gehabt haben. Wenn also Fremde nach einem tagelangen Ritt durch die Wüste in ein Beduinenlager kamen, ausgehungert in jeder Beziehung. Da war es wohl ratsam, sie nicht mit weiblichen Blößen aufzustacheln. Genauso die Waschungen in der Moschee. Heute duscht doch fast jeder mindestens einmal am Tag. In der Wüste konnte man sich nicht ausreichend waschen. Daher war es ein Segen, wenn es in der Moschee einen Brunnen gab. Und im Beduinenzelt ist man auf dem Boden gesessen, daher hat man das für die Moschee übernommen. Aber heut hat jeder Stühle und Sessel, und sie rutschen in der Moschee immer noch auf dem Boden rum. Sancta simplicitas.«

Es klopfte an der Tür. Meine Sekretärin kam herein.

»Entschuldigen Sie! Ich will nicht groß stören. Aber gerade kam im Radio, dass der Vorsitzende der Freiheitlichen Partei erschossen wurde, als er in Berlin sein Haus verlassen hat.«

Es war plötzlich sehr still.

Nach einer Weile murmelte Martin. »Das kann doch wohl nicht wahr sein.«

»Die schrecken vor nichts zurück«, ergänzte Ursula.

»Der neue Außenminister«, fügte die Sekretärin hinzu, »dieser Meier, hat gesagt, dass der Vorsitzende der Freiheitlichen Partei alle moslemischen Gläubigen beleidigt hat. Da braucht man sich nicht zu wundern, dass jemand ausrastet, hat er gesagt. Als Minister billigt er aber so was nicht.«

»Dabei hat er dem Mörder oder den Mördern den Auftrag gegeben«, vermutete Ursula.

»Das wissen wir nicht«, stellte Martin fest.

»Es ist einer jener Morde, die niemals aufgeklärt werden«, nahm Hartmut lächelnd an.

»Dieser Meier ist doch eine ganz verkrachte Existenz«, erwähnte Ursula. »Er hat das Studium abgebrochen und sich mit irgendwelchen Jobs durchgeschlagen. Bis er bei den Salafisten gelandet ist.«

»Ja eben«, bemerkte ich. »Vor Gott sind alle Menschen gleich. Da braucht man keinen akademischen Abschluss. ›Die Letzten werden die Ersten sein‹, hat schon Jesus von Nazareth gesagt.«

13

Im Radio wurde berichtet, der Vorsitzende der Sozialpartei verlasse sein Haus und andere Gebäude nur noch abgedeckt durch vier Leibwächter, die ihm seine Partei zur Verfügung stelle. Im Bundestag erklärte er, in diesem Land sei man als Politiker, der die Regierung kritisiere, seines Lebens nicht mehr sicher. Mord sei hier nun ein Mittel der Politik. Mohammed Meier schrie, das sei eine böswillige Unterstellung. Ein Abgeordneter der Ökologischen Partei, der in besonderem Maße für die Belange von Schwulen und Lesben eintrat, rief, das verstehe der Kollege von der Sozialpartei nicht richtig, es gehe nicht um politischen Mord, sondern um auto da fé, also einen Akt des Glaubens, wie einst bei der spanischen Inquisition. Der Vorsitzende der Sozialpartei erwiderte, ja, so weit sei man zurückgefallen. Im Übrigen seien zwei seiner Leibwächter russische Staatsbürger, und der russische Botschafter habe ihm versichert, dass die deutsche Regierung einen Konflikt mit seiner Regierung riskiere, wenn diesen Leibwächtern etwas zustoße. Mohammed Meier rief, die hätten es gerade nötig, sich aufzublasen, in Russland sei Mord schon immer ein Mittel der Politik gewesen. Ein Abgeordneter der Islamischen Bruderschaft sagte laut, der Sozi arbeite mit der Russenmafia zusammen. Einige lachten.

Der Bundestag verabschiedete das »Gesetz zur Wiederherstellung von Sitte und Anstand«. Es wurden mehr Stimmen gezählt, als die Koalition Sitze hatte. In der Presse wurde die Vermutung geäußert, einige süddeutsche Abgeordnete der Religiösen Union hätten auch für das Gesetz gestimmt.

Der Bundespräsident zögerte, das Gesetz zu verkünden. Es sei wohl zumindest in Teilen verfassungswidrig. Kanzler Osmanli und Vizekanzler Meier suchten ihn im Schloss Bellevue auf. In der Presse hieß es, dabei habe es eine lautstarke Auseinandersetzung gegeben. Doch danach unterzeichnete der Bundespräsident.

In Baden-Württemberg bestand eine Koalition zwischen der Partei des rechten Weges und der Sozialpartei, da beide in ihren sozialen Zielen übereinstimmten. Als das Gesetz in Kraft trat, kündigte die Sozialpartei die Koalition auf, da sie an der Umsetzung »dieses verfassungswidrigen Machwerks« nicht mitwirken wolle. Die Religiöse Union stellte sich nun als Koalitionspartner zur Verfügung und begründete es damit, man wolle Neuwahlen vermeiden, weil zu befürchten sei, dass dann Partei des rechten Weges und Islamische Bruderschaft eine Mehrheit bekämen.

Als Erstes wurde im Schulwesen die Koedukation beendet. Die Gesamtschulen und die wenigen Gymnasien, die es noch gab, durften entweder nur von Jungen oder von Mädchen besucht werden. Bloß bei Grundschulen und manchen beruflichen Schulen gab es noch ein gemeinsames Schulgebäude, aber nach Geschlechtern getrennte Lerngruppen. Mädchen mussten Kopftücher tragen und Hosen oder Röcke, die bis zu den Knöcheln reichten. In vielen Städten gab es Demonstrationen von Schülern und Eltern, die diese Maßnahmen ablehnten. Aber das bewirkte nichts.

In Hallenbädern und Saunen wurden an bestimmten Tagen entweder nur Männer und Jungen oder Frauen und Mädchen eingelassen. In Freibädern richtete man getrennte Zonen für die Geschlechter ein; sofern es dort nur ein Schwimmbecken gab, durften es weibliche Badegäste nicht benützen. Frauen war es untersagt, Fußballstadien und sonstige Sportveranstaltungen, an denen Männer teilnahmen, zu besuchen. Sämtliche sportliche Betätigungen wurden nach Geschlechtern getrennt durchgeführt. Wenn Frauen Sport trieben, durften keine Männer anwesend sein. Auch die Fitness Studios waren entweder Männern oder Frauen vorbehalten.

Museen und Galerien waren an den jeweiligen Tagen entweder nur für Männer oder für Frauen geöffnet.

In Theatern, Konzertsälen und Kinos wurden Zonen und sogar

Zugänge festgelegt, die entweder für Männer oder für Frauen bestimmt waren.

Besitzer von Discos und Kneipen mussten sich entscheiden, ob sie nur männliches oder weibliches Publikum einließen.

In Restaurants und Cafés wurden getrennte Bereiche für Frauen und Mädchen sowie für Männer und Jungen eingerichtet.

Dann kam die Meldung, Polizisten hätten nachts die Wohnung der Vorsitzenden der Ökologischen Partei gestürmt und sie und ihre Freundin festgenommen. Die Parteivorsitzende sei wegen ihres Bundestagsmandats wieder freigelassen worden; die Regierung habe jedoch die Aufhebung der Immunität beantragt.

Das Gleiche war in derselben Nacht dem Abgeordneten der Ökologischen Partei widerfahren, der stets für die Rechte von Schwulen und Lesben eintrat. Bei ihm traf man seinen Lebensgefährten an.

Abgeordnete der Sozialpartei, der Ökologischen Partei und der Freiheitlichen Partei kündigten an, sie würden gegen das Gesetz Verfassungsbeschwerde einlegen.

14

»Dieses Land wird zum Tollhaus«, sagte Ursula. »Ich kann nicht mal mehr mit meinem Sohn ins Restaurant gehen.«

»Ach was«, widersprach Martin, »er ist noch nicht vierzehn, da darf man ihn in den Frauenbereich mitnehmen. Es ist doch alles kein Drama. Wenn ich mit meiner Frau ins Theater gehe, dann nimmt sie den linken Eingang, ich den rechten. Und wenn das Stück zu Ende ist, treffen wir uns vor dem Gebäude und gehen nach Hause.«

»Aber ihr könnt nicht mehr auf einen Drink in ein Lokal gehen«, erwiderte Ursula.

»Das tun wir sowieso nicht. Nach dem Theater ist man müde und will möglichst rasch seine Ruhe haben.«

Ursula drehte sich zu mir hin. »Und du kannst mich auch nicht mehr zum Essen einladen.«

»Nur bei mir zu Hause, wenn ich kochen könnte.«

»Dann kommt die Sittenpolizei und ertappt euch«, warf Hartmut grinsend ein.

»Es ist schon alles überzogen«, fand auch Martin. »Mein Sohn schimpft, weil seine Freundin nicht mehr an seiner Schule ist. Und die Eltern seiner Freundin erlauben nicht mehr, dass er samstags bei ihnen im Gästezimmer übernachtet. Sie wollen kein Verfahren wegen Kuppelei riskieren. Und dass Jan mit seiner Freundin keine Disco mehr besuchen kann, passt ihm natürlich auch nicht.«

Er und Hartmut hatten unsere Kanzlei gegründet. Sie waren einige Jahre älter als Joe, Ursula und ich.

»Die beiden können nicht mehr miteinander ausgehen«, ergänzte Martin. »Es gibt kein Lokal, das sie gemeinsam betreten dürfen. Die Familie des Mädchens wohnt oben am Kräherwald. Dort geht Jan nun eben mit ihr spazieren.«

»Und wie ist eigentlich die Situation an Jans Gymnasium?«, wollte Joe wissen. »Säuberungsaktion vollzogen?«

»Na ja, die Schülerschaft ist jetzt rein männlich«, berichtete Martin. »Aber die Lehrer sind noch die gleichen, das heißt, sie haben mehrere Lehrerinnen. Die kann man nicht von jetzt auf nachher verschieben. Das geht schon wegen der Fächer nicht so ohne weiteres. Die Lehrerinnen tragen jetzt halt ein Kopftuch. Jan und seine Kameraden haben zu ihrer Lateinlehrerin gesagt, sie könne das Tuch bei ihnen ruhig weglassen. Auch die beiden türkischstämmigen Mitschüler waren einverstanden. Sie haben gesagt, ihre Mütter hätten bis jetzt auch kein Kopftuch umgebunden; das neue Gesetz tauge nichts, es sei total gesponnen.«

Joe sagte: »Ich habe schon einige Lehrer als Mandanten. Die Schülerinnen und Schüler können sie einfach so verschieben. Das ist ein Organisationsakt. Aber um Lehrer von einer Schule wegzubringen, muss man eine Versetzung verfügen. Dagegen ist ja bei Beamten Widerspruch möglich, mit aufschiebender Wirkung, bei Angestellten eine Klage beim Arbeitsgericht.«

»So ein Widerspruch nützt ja nicht viel«, meinte Ursula, »die Verwaltung kann doch den sofortigen Vollzug anordnen.«

»Davor scheut man sich. Denn dann kommen unzählige Eilverfahren in Gang. Antrag auf Wiederherstellung der aufschiebenden Wirkung des Widerspruchs. Auch Prozesse vor dem Arbeitsgericht sind für die Verwaltung sehr aufwändig.«

Ursula triumphierte. »Ich sag's ja, ein Tollhaus.«

»Damit nicht genug. An vielen Schulen protestieren moslemische Jugendliche, dass sie weiterhin von Lehrerinnen unterrichtet werden, besonders wenn sie von denen keine guten Noten bekommen haben. Und die deutschen Schüler … nein, man muss sagen, die europäischen Schüler … sie beschimpfen die Moslems, sie und ihre Eltern seien schuld, dass keine Mädchen mehr an der Schule seien, und sie hätten es satt, bloß die blöden Fressen moslemischer Mitschüler zu sehen.«

»Das ist richtig«, bekräftigte Hartmut. »Ich weiß das von meinem Sohn. Die Fronten verlaufen nicht zwischen Deutschen und Moslems, sondern zwischen Europäern und Nichteuropäern. Alle Deutschen, Italiener, Spanier, Griechen, Kroaten, Albaner, Bosnier, auch die moslemischen, treten gegen die aus der Türkei und den arabischen Ländern auf. Wobei sich einige türkischstämmige und arabische Schüler neutral verhalten. Zum Beispiel der beste Freund meines Oliver, der Erdal, ein wirklich netter Junge.«

»Mein Sohn hat mir noch nichts dergleichen erzählt«, bemerkte Ursula. »Er befürchtet wohl, ich würde sonst zu seinem Rektor laufen. Mein Sohn wird immer wieder von türkischen Mitschülern geschlagen. Ich habe mich deswegen schon beschwert, weil die Lehrer nichts dagegen unternehmen. Aber danach haben ihn die Türken erst recht verprügelt.«

Hartmut lächelte genüsslich. »In Ostdeutschland ist die Lage ganz anders. Die tun schlichtweg nichts. Sie beachten das Gesetz einfach nicht. Nur in Fußballstadien lassen sie keine Frauen mehr rein.«

In keinem der ostdeutschen Bundesländer war eine moslemische Partei an der Regierung beteiligt. Nur in der Stadt Berlin gab es eine Koalition der beiden moslemischen Parteien.

Hartmut stammte aus Dresden, hatte aber in Heidelberg studiert und sich dort in eine Romanistikstudentin aus Stuttgart verliebt, die er dann geheiratet hatte. Zu seinen Verwandten in Sachsen war der Kontakt natürlich nicht abgebrochen.

»Drüben gibt es fast täglich irgendwo Schlägereien zwischen ›ungläubigen‹ und moslemischen Jugendlichen«, berichtete Hartmut weiter.

»So was ist erbärmlich«, fand Joe. »Vermutlich fangen die Deutschen immer an. Bei denen drüben gibt's ja so viele Faschos.«

»Ist nicht verwunderlich«, entgegnete Hartmut. »Die reagieren eben auf die fortschreitende Überfremdung und jetzt auf die unverhohlene Islamisierung.«

Ich schaltete mich ein. »Bei uns in Stuttgart hat es solche Gräben zwischen den Kulturen bis jetzt nicht gegeben. Wir haben keine Ausländerghettos, alle wohnen beliebig durcheinander. Es gibt allenfalls eine gewisse soziale Schichtung zwischen den Stadtteilen. Das betrifft aber auch originäre Deutsche.«

»Das ändert sich jetzt«, nahm Hartmut an. »Die neue Regierung vermittelt besonders jüngeren Muslimen den Eindruck, sie seien nun die Herren im Land.«

»Außer an den Schulen ist von Konfrontation hier nichts zu spüren«, widersprach Joe.

Hartmut stand auf. »Ich hab gleich eine Besprechung. Aber eins sage ich noch. Man hätte schon längst gegen die Islamische Bruderschaft vor dem Bundesverfassungsgericht ein Verbotsverfahren in Gang bringen müssen. Aber eure Ökologische Partei und die Sozialpartei haben immer gezetert, so was dürfe man nicht machen, das sei fremdenfeindlich und es sei besser, sie zu beobachten, als in den Untergrund zu drängen.«

»Die Argumentation ist stichhaltig«, fand Joe.

»Gebracht hat dieses Verzögern und Beschönigen gar nichts. Die Islamisten haben trotzdem gebombt …«

»Das hätten sie erst recht getan, wenn sie in den Untergrund gegangen wären.«

»Aber jetzt sind sie in der Regierung und haben Macht über dich und mich.«

15

Vor mir Henriettes schönes Gesicht auf dem Bildschirm meines Laptops. Sie lächelte nicht. Ich berichtete ihr, welche Regelungen das neue Gesetz enthielt. Besonders empörte Henriette die strikte Geschlechtertrennung und die Verhüllungspflicht für Frauen.

Da ertönte mein Smartphone. Sollte ich den Anruf ignorieren? Es war ungehörig, das Gespräch mit Henriette zu unterbrechen. Doch es konnten meine Eltern sein, zumal es so spät war. Vielleicht gab es bei ihnen ein Problem.

»Henriette, entschuldige! Ich gehe geschwind hin, aber ich würge es ab.«

Joe meldete sich. »Daniel, es tut mir leid, dass ich so spät noch störe. Aber ich muss dringend mit dir sprechen.«

»Später, Joe. Ich rede gerade mit Henriette. Ich rufe dich nachher zurück.«

»Ich kann über die Sache nicht am Telefon sprechen. Ich möchte vorbeikommen.«

Warum nicht morgen im Büro?

Er schien meinen Einwand zu erraten. »Ich habe morgen gleich einen Gerichtstermin. Daher sollte es jetzt noch sein.«

»Dann mach dich auf den Weg!«

Ich wandte mich wieder Henriette zu. »Das war mein Kollege Jonathan. Er hat einen ganz aufgewühlten Eindruck gemacht. Er braucht von der Innenstadt ne Weile, bis er hier ist, selbst wenn er mit dem Auto fährt.«

»Seltsam«, fand Henriette, »dass der noch so spät auf dich zukommt. Es ist ja bald Mitternacht bei euch.«

»Ja, sehr seltsam.«

»Sei's drum. Es kommen ja immer wieder Berichte über islamische

Länder. Da haben viele Frauen keine Kopfbedeckung, ausgenommen Arabien und so. Und bei uns in der Firma, ich meine in Stuttgart … also einige meiner Mitarbeiterinnen kommen aus moslemischen Familien. Sie sind alle so angezogen wie wir anderen. Man merkt nur am Namen, dass sie andere Wurzeln haben. Daher glaube ich nicht, dass das, was diese Regierung macht, dem Willen der Mehrheit entspricht.«

»Das meint man auch in der Opposition im Bundestag. Aber ich bin da nicht so sicher. Es ist für Moslems in Deutschland schon verlockend zu zeigen, dass sie jetzt das Sagen haben.«

»Aber nicht auf diese Weise. Das ist ja auch für fortschrittliche Moslems eine Zwangsjacke. Ich bin sicher, dass meine moslemischen Mitarbeiter in Stuttgart stocksauer sind.«

»Vielleicht ist es so. Einen Moslem kenne ich jedenfalls, der sehr verärgert ist. Ich habe dir doch mal von diesem Gelegenheitsdealer erzählt, für den ich eine Strafaussetzung zur Bewährung erwirkt habe.«

»Der für einen anderen eingesprungen ist?«

»Ja, der. Ich treffe ihn meistens samstags im Fitness Studio. Er ist Albaner und arbeitet in einer Kneipe an der Bar. Er hat nur noch männliche Gäste. Und wenn Frauen das Lokal betreten, werden sie weggeschickt. Er sagt, sein Job sei echt langweilig geworden. Und am schlimmsten für ihn ist … wenn sein Dienst endet, haben bisher immer Frauen auf ihn gelauert und wollten ihn mit nach Hause nehmen. Er konnte sich das beste Angebot aussuchen. Aber jetzt ist da nichts mehr.«

Henriette lachte. »Sehr misslich.«

»Und wie es jetzt in unserem Fitness Studio ist, passt Ahmed auch nicht. Es gibt da keine Frauen mehr, keine gemischte Sauna. Allerdings war bei uns der Frauenanteil ohnehin höchstens zwanzig Prozent. Aber einige der jüngeren waren ausgesprochen hübsch.«

»Ich werde hier wohl auch in ein Fitness Studio gehen. Es ist die beste Möglichkeit, sich im Winter Bewegung zu verschaffen. Auch hier in den Südstaaten kann es sehr kalt werden, wenn das Wetter von Kanada herzieht.«

»Wie kommst du denn so zurecht? Ist es auszuhalten?«

»Aber sicher. Die Tätigkeit ist interessant. Ich muss mich natürlich noch einarbeiten. Die Leute, mit denen ich bisher Kontakt hatte, sind ungemein umgänglich und freundlich. Nicht so muffig wie manche in Stuttgart. Aber mein Chef hat mich gewarnt, ich soll mich von dieser Freundlichkeit nicht täuschen lassen, die Amerikaner sind knallharte Geschäftsleute. Jeder achtet auf seinen Vorteil.«

»Hast du schon eine Wohnung?«

»Ich bin noch in einem Motel. Aber es gibt dort eine Kochnische, sodass ich mir selbst etwas zubereiten kann. Ich habe auch schon einen health-food store entdeckt. Denn in die dortigen Restaurants will ich nicht gehen. Grauenhaft, was die so in sich hineinstopfen. Unsere Kantine ist allerdings in Ordnung. Wir haben einen deutschen Chefkoch.«

»Gehst du sonntags in die Kirche?«

»Die naive amerikanische Frömmigkeit ist nicht mein Fall. Außerdem gibt es in dieser mittelgroßen Stadt jede Menge Kirchen der verschiedensten Richtungen. Ich wüsste gar nicht, in welche ich gehen sollte. Jedenfalls in keine, die nur von Schwarzen besucht wird. Die sind besonders ekstatisch in ihrem Glaubenseifer.«

Es läutete an der Wohnungstür.

»Das ist Joe«, stellte ich fest.

»Dann hören wir jetzt auf. Sag ihm viele Grüße von mir! Und er soll sich vor den Sittenwächtern in Acht nehmen. Vielleicht überwachen sie euch schon übers Internet und überprüfen, welche Websites die Leute aufrufen. Und dann schlagen sie los. Bye-bye, mein lieber Daniel.«

»Ciao, Henriette. Bis bald.«

Es kam mir vor, als sei Joe heute besonders blass. Ich führte ihn ins Wohnzimmer.

»Katastrophe!«, sagte er mit düsterer Miene. »Es fängt schon an. Die sind schlimmer, als ich je geahnt hätte.«

Joe hatte mehrere Jahre mit Florian zusammengelebt. Sie hatten sich schon während des Studiums in Tübingen kennengelernt. Auch Florian war Jurist, er arbeitete als Syndikus in einer großen Firma. Vor einigen Monaten hatte er erklärt, er habe genug von dieser Dauerbeziehung, Joe errege ihn nicht mehr, er brauche Abwechslung. Er zog aus der gemeinsamen Wohnung aus. Joe litt sehr, und ich versuchte immer wieder, ihn aufzumuntern.

Trotz der Trennung telefonierten die beiden noch gelegentlich miteinander. Nach mehreren flüchtigen Abenteuern lernte Florian in der FKK-Zone des Inselbads einen jungen Mann namens Sebastian kennen, einen Diplom-Ingenieur, der als wissenschaftlicher Assistent an der Universität Stuttgart tätig war. Sie pflegten bald ein festes Ritual. Freitags am Spätnachmittag fuhr Florian zu Sebastian nach Botnang und sie joggten gemeinsam. Danach bereitete Sebastian ein Abendessen zu und Florian übernachtete bei ihm. Samstags gingen sie zum Fitness Training oder besuchten ein Schwimmbad, aßen dann in Florians Wohnung zu Abend und wanderten von dort zu einem der Lokale der gay scene; später kehrten sie in Florians Wohnung zurück.

Ich kannte Florian. Als er und Joe noch zusammenlebten, war ich des Öfteren bei ihnen eingeladen, zumal Florian sehr gut kochen konnte. Auch Henriette durfte ab und zu mitkommen. Es schien das Selbstwertgefühl von Joe und Florian zu stärken, dass sie eine Baronesse als Gast hatten.

Am heutigen Freitagabend besuchte Florian wie üblich Sebastian. Allerdings kam es nicht in Frage zu joggen, da Florian gerade einen Infekt überstanden hatte; ein Magenvirus mit Erbrechen und starkem Schwindel hatte ihn heimgesucht. Sebastian bereitete daher ein leichtes Abendessen zu, Tomatensuppe und danach Pellkartoffeln mit Quark. Florian aß und hoffte, dass er sich nicht wieder übergeben musste. Aber er schien die Speisen zu vertragen. Sebastian und Florian füllten gemeinsam die Spülmaschine. Dann kehrten sie ins Wohnzimmer zurück und unterhielten sich. Florian hatte während der letzten Tage kaum etwas gegessen, war entkräftet und nicht in der Stimmung, mit Sebastian intim zu werden.

Da läutete es. Sebastian lief in den Flur. Auf einem Bildschirm war zu erkennen, wer vor der Tür stand; es waren vier junge Männer in Lederjacken.

Sebastian rief: »Ich komme gleich. Bin gerade im Bad.« Er rannte ins Wohnzimmer zurück und zischte: »Die Bullen! Hau ab!«

Er riss die Balkontür auf und schob Florian hinaus.

Der flüsterte: »Sag nichts! Halt den Mund! Ich besorg dir einen Anwalt.«

Dann schwang sich Florian über die Brüstung und hielt sich fest. Sebastian packte ihn an den Handgelenken und ließ ihn los, als Florian noch ein Stück nach unten gerutscht war. Sebastians Wohnung lag im ersten Stock. Florian fiel auf den Rasen, der an die Terrasse der Erdgeschosswohnung grenzte. Er spürte keinen Schmerz, sprang auf und lief von dem nicht umzäunten Grundstück in eine Seitenstraße.

An der Straße, die von Botnang in die Stuttgarter Innenstadt führte, durfte er sich nicht bewegen, da fuhr nachher vermutlich das Polizeiauto. Und ein einsamer Fußgänger bei Nacht fiel auf. Auch war es nicht ratsam, in die Straßenbahn zu steigen, weil dort polizeiliche Kontrollen stattfinden konnten. Daher rannte Florian zum Kräherwald hinüber. Es strengte ihn an, aber er schaffte es. Zwischen kahlen Bäumen wanderte er in bedrohlicher Düsternis auf einem Weg bergauf. Er fror. Seine wattierte Jacke war in Sebastians Appartement zurückgeblieben. Florian trug nur Jeans und einen Pullover.

Er erreichte die Straße, die auf dem Höhenrücken verlief, überquerte sie und ging auf der Zeppelinstraße ins Tal von Stuttgart hinab.

Florian konnte nicht sicher sein, ob Sebastian dem Druck, den die Polizisten sicher auf ihn ausübten, standhielt und den Namen seines Partners nicht preisgab. Florian wagte daher nicht, seine Wohnung aufzusuchen. Auch bei seiner Schwester konnte man ihn ziemlich rasch ausfindig machen. Blieb nur Joe, obwohl es ihm widerstrebte, gerade ihn um Hilfe zu bitten, nach allem was geschehen war.

Joe und Florian gingen in eine nahegelegene Kneipe und riefen von dort Florians Schwester an. Sie war über die späte Störung nicht erbaut, fuhr jedoch zur Wohnung ihres Bruders, holte dort Wäsche, Kleidung, den Pass und die Kreditkarte und brachte alles zu Joe. Sie war überzeugt, dass ihr niemand gefolgt war. Joe versicherte ihr, dass sie sich nicht wegen Strafvereitelung strafbar machte, wenn sie ihrem Bruder half. Florian gab ihr sein Smartphone, damit man auf diesem Weg nicht feststellen konnte, wo er sich aufhielt.

Florian wollte am Morgen in seiner Firma anrufen und sagen, er habe mit der Magengrippe einen Rückfall erlitten und müsse einige Tage zu Hause bleiben. Von seiner Schwester würde er ja dann erfahren, ob Kripobeamte nach ihm fragten.

»Es ist uns ein Rätsel«, sagte Joe, »wie die nun gerade auf Sebastian gekommen sind. Übrigens stand in der Presse bisher nichts davon, dass sie Schwule jagen.«

»Henriette meint, sie würden uns übers Internet überwachen. Vielleicht hat Sebastian Websites mit Männern aufgerufen und sich dadurch verdächtig gemacht.«

»Das machen bestimmt Tausende im Großraum Stuttgart. Warum dann gerade Sebastian?«

»Das ist wie bei den Drogen. Irgendwen erwischen sie. Schönes Erfolgserlebnis. Was sollen sie sich groß um die vielen Einbrüche und Raubüberfälle kümmern?«

Joe lächelte. »Daniel, Sebastian braucht einen Verteidiger. Und zwar möglichst rasch; bevor er zu reden beginnt. Ich kann es nicht machen. Sonst beobachten sie mich und finden Florian. Er fragt sich allerdings, ob er sich stellen soll.«

»Bloß nicht! Dann haben wir zwei Beschuldigte, die unterschiedliche Angaben machen. Ich übernehme natürlich die Verteidigung von Sebastian. Das ist mir gerade recht. Ich werde es den Kripobeamten und der Justiz so schwer wie möglich machen.«

16

Am nächsten Morgen fuhr ich sofort zur Dienststelle beim Pragsattel. Dort hielten sie Leute gefangen, die sie festgenommen hatten, bis Untersuchungshaft angeordnet wurde.

Ich sagte zu dem Beamten am Empfang, ich sei der Anwalt von Sebastian Neufelder.

»Haben Sie eine Vollmacht?«, fragte er in barschem Ton.

»Ich habe Ihnen gesagt, dass ich der Anwalt des Herrn Neufelder bin. Wenn die Polizei jemand in seiner Wohnung überfallartig festnimmt, kann er keine Vollmacht ausstellen. Die wird nachgereicht. Ich will jetzt sofort mit meinem Mandanten sprechen.«

»War ja nur ne Frage«, murmelte er.

Dann starrte er auf einen Bildschirm und berührte ihn mehrmals.

»Ein Neufelder sitzt hier ein. Woher wissen Sie das denn? Der wurde erst letzte Nacht eingeliefert. Da steht auch nicht, dass er einen Anwalt beauftragt hat.«

»Ich habe eben telepathische Fähigkeiten.«

Nun führte mich ein weiterer Beamter in einen kahlen, weiß getünchten Raum, in dem ein Tisch und zwei Stühle standen.

Bald darauf kam ein blonder, sportlich wirkender junger Mann herein. Ich gab ihm die Hand.

»Ich übernehme Ihre Verteidigung, wenn Sie einverstanden sind. Sie wissen, wer mich beauftragt hat.«

»Sicher doch. Vielen Dank, dass Sie so rasch gekommen sind.«

Wir setzten uns an den Tisch. Ich schob ihm ein Vollmachtformular zu. Er unterzeichnete es.

»Wurden Sie schon vernommen?«, erkundigte ich mich.

»Ja, aber das war schnell vorbei, weil ich nichts gesagt habe.«

»Und die Polizisten, die Sie festgenommen haben ... Haben Sie zu denen etwas gesagt?«

»Nichts Wesentliches. Ich habe sie gefragt, was sie hier eigentlich wollen. Und sie haben gesagt, sie hätten Anhaltspunkte, dass in dieser Wohnung homosexuelle Handlungen stattfinden.«

»Haben Sie etwas erwidert?«

»Ich habe nur gesagt, so was müssten sie erst mal beweisen. Und hier in der Dienststelle musste ich mich sofort ganz ausziehen. Zwei Beamte waren bei mir. Einer hat meine Gesäßbacken auseinander gezogen und gefragt: ›Wann hatten Sie zuletzt Analverkehr?‹ Aber darauf bin ich nicht reingefallen. Und danach hat mich ein Arzt untersucht. Er hat einen Abstrich aus dem After genommen. Spermaspuren oder so. Da kann aber nichts sein, weil Florian in den letzten zwei Wochen so ne Magen-Darm-Grippe hatte.«

»Sehr gut. Die Polizisten haben sicher die Wohnung durchsucht.«

»Ja.«

»Haben sie Ihnen eine Durchsuchungsanordnung gezeigt?«

»Nein.«

»Nach so was sollte man immer fragen, wenn Polizisten in der Wohnung erscheinen. Haben sie was gefunden, ich meine, haben sie was mitgenommen?«

»Ja, mein Tablet und mein Smartphone.«

»Sind da irgendwelche Intimitäten mit Florian, die Sie gefilmt haben, gespeichert?«

»Nein, wir sind ja oft genug beieinander, da braucht man nichts zu filmen. Aber auf dem Tablet gibt's zwei Ordner mit Pornos.«

»Welcher Art?«

»Hetero und gay.«

»Ist neuerdings auch strafbar. Aber das ist nicht so schlimm. Sie wollten die Ordner löschen, haben's jedoch zwischendurch vergessen, weil Sie bei Ihrem Professor so viel zu tun haben. Entscheidend ist, was sich zwischen Ihnen und Florian abgespielt hat. Das idiotische Gesetz ist ungefähr einen Monat in Kraft. Seither hatten Sie mit keinem Mann Intimkontakt. Was vorher war, ist völlig irrelevant.«

»Ich weiß nicht, seit wann die mich beobachten. Vielleicht ist denen bekannt, dass Florian freitags meistens bei mir übernachtet.«

»Na und? Sie joggen zusammen, am nächsten Morgen gehen Sie miteinander zum Fitness Training. Es ist eine Sportlerfreundschaft.«

»Die haben mein Smartphone. Da ist Florians Nummer gespeichert, auch im Telefonsystem meines Tablets.«

»Kein Problem. Florian ist ein guter Kumpel von Ihnen. Nicht mehr.«

»Aber sie werden Florian finden.«

»Sofern ihnen das gelingt, wird er das Gleiche sagen wie Sie. Im Übrigen hält er sich nicht in seiner Wohnung auf.«

Sebastian sah mich flehend an. »Können Sie mich hier rauspauken? Wie wird es auf den Professor wirken, wenn er erfährt, dass ich in Stammheim sitze.«

»Ich werde es versuchen. Garantieren kann ich es Ihnen nicht. Ich erkundige mich gleich mal, wann Sie dem Haftrichter vorgeführt werden. Ich begleite Sie dann. Aber sicher ist eins: Die können Ihnen nicht nachweisen, dass Sie seit Inkrafttreten des Gesetzes mit einem Mann intim waren. Wir müssen nur in unseren Aussagen konsequent bleiben. Und Sie sind weiterhin still. Reden tue nur ich.«

Der Haftrichter eröffnete uns, dass Sebastian beschuldigt werde, mit einer männlichen Person, die freitags bei ihm übernachte und deren Identität noch nicht festgestellt sei, eine homosexuelle Beziehung zu unterhalten.

»Das bestreiten wir entschieden«, erwiderte ich. »Herr Neufelder joggt mit einem Bekannten am späten Freitagnachmittag, sie essen zu Abend und der Bekannte bleibt dann über Nacht, weil sie am nächsten Morgen zusammen zum Fitness Training gehen. Es ist eine Sportlerfreundschaft, nichts weiter.«

Der Richter blätterte in der vor ihm liegenden Akte. »Es gibt aber

Indizien, dass die Beziehung eine sexuelle Komponente hat. Zum Beispiel wurde Herr Neufelder beobachtet, wie er mit diesem jungen Mann nackt auf den Balkon trat und den Arm um den ebenfalls nackten Partner legte.«

Ich ließ mich davon nicht beeindrucken. »Der Balkon hat doch sicher eine Balustrade, sodass nur die Oberkörper sichtbar sind.«

Ich wandte mich Sebastian zu. Er nickte.

»Und selbst wenn die beiden nackt gewesen sein sollten«, machte ich weiter, »hat das gar nichts zu bedeuten. Im Sommer schlafen viele Leute nackt. Außerdem ist Nacktheit unter Sportlern etwas Alltägliches. Sie duschen zusammen, sind in der Sauna, ziehen sich im Umkleideraum aus und an. Und Sportler berühren einander auch unbefangen, zum Beispiel auf dem Fußballplatz, wenn ein Tor gefallen ist.«

»Herr Neufelder wurde nach seiner Festnahme ärztlich untersucht ...«

»Nun, der Arzt hat bestimmt kein Sperma im After meines Mandanten gefunden.«

»Das zwar nicht, aber der Arzt sagt, es sei ein After, der schon des Öfteren gedehnt worden sei.«

»In den letzten vier Wochen? Ich meine, seit Inkrafttreten des Gesetzes?«

»So genau lässt sich das nicht sagen. Neue Hämatome gibt es allerdings nicht.«

»Eben. Wodurch eine solche Dehnung hervorgerufen wird ... das kann verschiedene Ursachen haben. Zum Beispiel anale Selbstbefriedigung.«

Der Richter sah mich zweifelnd an. »Anale Selbstbefriedigung? Das ist doch eher unwahrscheinlich. Vielleicht will Ihr Mandant etwas dazu sagen.«

»Will er nicht. Die Justiz muss beweisen, dass diese Dehnung seit Inkrafttreten des neuen Gesetzes erfolgt ist, und zwar durch einen Mann. Und das kann die Justiz nicht.«

»Die Polizisten haben beobachtet, dass ein dunkelhaariger junger Mann das Haus, in dem Ihr Mandant wohnt, betreten hat. Er wurde aber in der Wohnung Ihres Mandanten nicht angetroffen. Er muss geflohen sein. Das ist ein weiteres Verdachtsmoment.«

»In diesem Gebäude wohnen verschiedene Partien. Wir wissen nicht, wen dieser angebliche junge Mann besucht hat. Die anderen Wohnungen haben die Polizisten doch wohl nicht überprüft.«

»Wir haben das Smartphone Ihres Mandanten. Und über die dort gespeicherten Nummern werden wir seinen Partner ausfindig machen.«

»Da sind viele Namen gespeichert«, behauptete ich. »Und all diese Leute will man befragen, ob sie mit meinem Mandanten intim wurden? Und Sie glauben, da würde einer mit ›ja‹ antworten, um dann ins Gefängnis zu wandern?«

»Vielleicht will der Betreffende sein Gewissen erleichtern.«

»Was für ein Gewissen? Die Moral der Salafisten ist nicht die Moral anderer in diesem Land.«

Der Richter lächelte spöttisch. »Eine Mehrheit der Abgeordneten im Bundestag hat diese Moral. Das breitet sich auch in der Bevölkerung aus. Sie wollen ein gottgefälliges Leben führen und ins Paradies kommen.«

Ich lächelte auch. »Herr Vorsitzender, es besteht kein dringender Tatverdacht. Dazu ist die Beweislage zu dünn. Die Anordnung der Untersuchungshaft wäre also nicht gerechtfertigt.«

»Man hat noch nicht alle Beweismittel ausgewertet. Interessant wird sein, was auf dem Computer Ihres Mandanten gespeichert ist.«

»Er hat mir versichert, dass es dort nichts gibt, was ihn in einer verfänglichen Situation zeigt.«

»Bis man das ermittelt hat, sollte er schon in Haft bleiben. Bei ihm besteht eben Fluchtgefahr. Ein Naturwissenschaftler wie er bekommt im Ausland sofort einen Job.«

Ich reimte mir rasch etwas zusammen. »Er ist als Assistent bei seinem Professor in eine umfangreiche wissenschaftliche Arbeit involviert. Vielleicht gibt's für den Professor auch mal den Nobelpreis. Da läuft man nicht einfach weg.« Ich drehte den Kopf zu Sebastian hin. »Sie promovieren doch wohl noch?«

»Ja.«

»Da wäre die Arbeit von vielen Monaten, wenn nicht Jahren zunichte, wenn er sich ins Ausland absetzen würde. Außerdem besteht gar kein Anlass, dass er davonläuft. Er hat nicht gegen das neue Gesetz verstoßen. Man hat nur Vermutungen, keine Beweise.«

Der Richter lehnte sich auf seinem Stuhl zurück. »Ich schlage einen Kompromiss vor. Ich ordne keine Untersuchungshaft an, aber er muss eine elektronische Fußfessel tragen, die so programmiert ist, dass der Alarm ausgelöst wird, wenn Ihr Mandant das Stadtgebiet von Stuttgart verlässt. Dann kann er weiterhin seiner Tätigkeit bei der Universität Stuttgart nachgehen.«

Ich sah Sebastian an und war überrascht, dass sich Missmut in seinen Zügen abzeichnete.

»Ich sollte nächste Woche mit meinem Professor zu einem Kongress in Hamburg fahren.«

»Dann sagen Sie ihm, es gehe nicht, Sie hätten eine Magenverstimmung oder eine Magengrippe.«

17

In Berlin sorgte Mohammed Meier erneut für einen Knalleffekt. Er forderte die Wiedereinführung der Todesstrafe. Nur wenn man bei Hadd-Verbrechen gemäß der Sunna verfahre, entspreche man der göttlichen Ordnung. Im Kabinett wurde nun heftig gestritten. Einige Minister von der Partei des rechten Weges meinten, so etwas werde auch von vielen moslemischen Bürgern abgelehnt. Bundeskanzler Osmanli befürchtete, Deutschland werde aus der Europäischen Union hinausgeworfen, wenn man hier die Todesstrafe vollziehe. Meier drohte mit dem Bruch der Koalition. Der Bundeskanzler erklärte sich nun bereit, dem Bundestag den Entwurf eines Gesetzes zur Aufhebung des Artikels 102 des Grundgesetzes zur Abstimmung vorzulegen, und sagte voraus, man werde keine Zweidrittelmehrheit erreichen.

Zu Beginn der ersten Lesung des Gesetzes kam es zu Tumulten im Plenarsaal. Viele Abgeordnete der Opposition protestierten laut. Sätze wie »Das ist Faschismus«, »Die wollen ihre politischen Gegner ausrotten«, »Die werden die Ungläubigen abschlachten« waren zu hören. Der Präsident des Bundestags mahnte energisch zur Ruhe.

Mohammed Meier äußerte sich zu der Gesetzesinitiative. »Der Sittenzerfall in diesem Land ist so weit vorangeschritten, dass es einer deutlichen Abschreckung bedarf. Außerdem ist es ein göttliches Gebot, die Strafen zu verhängen, die dem Propheten nach der Sunna von Allah für Hadd-Verbrechen genannt wurden. Das sind besonders Ehebruch und schwere homosexuelle Verfehlungen. Wir wollen allerdings niemand steinigen. Tod durch Erhängen wäre angemessen …«

»Sehr human«, rief ein Abgeordneter der Freiheitlichen Partei und lachte laut.

»Ja, es ist eine humane Tötungsart, durch die man jedoch dem göttlichen Willen gerecht wird.«

Der Vorsitzende der Sozialpartei fragte in bissigem Ton: »Und was ist denn mit Mord?«

»Tötungsdelikte sind oft vielschichtig und ergeben sich beispielsweise aus dramatischen familiären Konflikten. In solchen Fällen ist die Todesstrafe nicht angebracht.«

»Freibrief für Ehrenmorde«, sagte eine Abgeordnete der Ökologischen Partei.

Ein Abgeordneter der Freiheitlichen rief: »Er will nicht, dass seine Bombenleger hingerichtet werden.«

»Die jungen Leute, Herr Kollege, auf die Sie anspielen, haben keine Angst vor dem Tod. Sie befinden sich im Dschihad und opfern sich oft selbst. Denn sie können sicher sein, ins Paradies zu kommen.«

»Wohl eher in die Hölle«, sagte ein Abgeordneter der Religiösen Partei.

»Falls es so was gibt«, bemerkte einer der Freiheitlichen.

Der neue Vorsitzende der Freiheitlichen Partei sprang auf. »Sie wollen mit dem Instrument der Todesstrafe eine Schreckensherrschaft errichten. Wenn der Artikel 102 des Grundgesetzes aufgehoben ist, können die von der Koalition nach Belieben an Straftatbestände die Todesstrafe knüpfen, durch einfaches Gesetz. Dann kann man gleich vor dem Reichstag eine Guillotine aufstellen wie bei der französischen Revolution. Oder meinetwegen einen Galgen. Dieser Mohammed Meier da ist ein fanatischer Tugendwächter wie einst Robespierre.«

»Sie verstehen überhaupt nichts, Herr Kollege«, entgegnete Meier gelassen. »Robespierre hat für Werte gekämpft, die Menschen erfunden haben. Uns von der Koalition geht es darum, den göttlichen Willen zu befolgen. Wir vollziehen das, was Gott dem Propheten aufgegeben hat.«

»Im Koran steht nirgends, dass man Homosexuelle aufhängen soll«, rief ein Abgeordneter der Ökologischen Partei.

»Das ergibt sich aus der Sunna«, belehrte ihn Meier. »Dort ist manches überliefert, was der Prophet auf Fragen geantwortet hat, und ist ebenso verbindlich wie das, was der Koran enthält.«

Der Vorsitzende der Freiheitlichen rief: »Das ist Ihre Religion. Wir haben eine andere Weltanschauung. Es herrscht Religionsfreiheit nach Artikel 4 Grundgesetz. Und es geht nicht an, dass eine Gruppierung ihre religiösen Grundsätze in Gesetzesform ausbringt. Und falls Ihre Dschihadisten auch mich wie meinen Vorgänger abknallen wollen ... ich schieße zurück, ich bin ein guter Sportschütze.«

Viele Mitglieder der Opposition applaudierten. Meier kehrte zur Regierungsbank zurück.

Nun trat ein Abgeordneter der Religiösen Union ans Rednerpult. »Herr Präsident, meine sehr verehrten Damen und Herren, es ist nicht angebracht, Herrn Vizekanzler Meier zu dämonisieren.« An dem seltsamen Zungen-R, das ihm eigen war, konnte man erkennen, dass er aus Südwürttemberg stammte. »Der Vizekanzler repräsentiert eine Gruppierung von tiefer Religiosität und dem sollten wir Respekt zollen. Er hat recht, wenn er vom Sittenzerfall in unserem Land redet. Und eine Gesellschaft muss darauf reagieren, wenn sie nicht untergehen will, wie die verderbte römische Oberschicht.«

Ein Freiheitlicher schrie: »Jetzt fordert er dann Hexenverbrennungen.«

»Ein neuer Großinquisitor«, rief ein anderer.

Gelächter in den Reihen der Sozialpartei, der Ökologischen Partei und der Freiheitlichen.

Unbeeindruckt erwiderte der schwäbelnde Parlamentarier: »Es ist auch nicht angebracht, sich über die lustig zu machen, die bei der Inquisition in Rom und Spanien Verantwortung trugen. Auch sie waren tief gläubig. Und man sollte auch nicht so tun, als wäre die Ächtung der Homosexualität eine Erfindung der Moslems. Gott hat die Städte Sodom und Gomorrha vernichtet, weil dort sexuelle Beziehungen zwischen Männern alltäglich waren. Also auch nach der Bibel ist Homosexualität ein todwürdiges Verbrechen.«

»Altes Testament«, protestierte einer von der Ökologischen Partei. »Danach kommt noch Jesus von Nazareth.«

Ein anderer: »Der will Religiöse Union sein und hat die Lehre von Jesus nicht verstanden.«

»Von einem Atheisten brauche ich mich über Religionsverständnis nicht belehren zu lassen«, gab der Südwürttemberger zurück. »Ob man für oder gegen die Wiedereinführung der Todesstrafe stimmt, muss jeder vor seinem Gewissen verantworten. Aber die Todesstrafe hat nicht nur eine moslemische, sondern auch eine biblische Tradition.«

Schweigen im Plenarsaal.

Ein Freiheitlicher: »Der ist von Sinnen.«

Ein anderer rief zu den Abgeordneten der Religiösen Union hinüber: »Wollen Sie etwa einen neuen Volksgerichtshof?«

Der Vorsitzende der Religiösen Union erhob sich nun. »Mein Vorredner hat seine persönliche Meinung kundgetan. Mehrheitlich sind wir in unserer Fraktion der Auffassung, dass ein so rigides System, wie Herr Meier es wünscht, unserer Wirtschaft schweren Schaden zufügt. Wir werden zum Gespött der halben Welt. Kaum jemand traut sich mehr, hier zu investieren, weil man seines Lebens nicht mehr sicher sein kann.«

Ein Abgeordneter der Islamischen Bruderschaft entgegnete: »Andere Länder haben auch die Todesstrafe, und es stört niemand.«

»Doch. Ich möchte nicht wissen, wie viele Unschuldige in solchen Ländern im Laufe der Jahre hingerichtet wurden. Justizirrtümer kommen immer wieder vor. Im Übrigen ist die Mehrheit unserer Fraktion der festen Überzeugung, dass es Aufgabe des Staates ist, Leben zu schützen, nicht es zu zerstören.«

»›Achtung vor dem Leben‹, fordert Albert Schweitzer«, bekräftigte eine Abgeordnete der Ökologischen Partei.

Bei der Abstimmung über das Gesetz wurde die Zweidrittelmehrheit bei weitem nicht erreicht.

Dennoch lächelte Mohammed Meier auf der Regierungsbank seltsam entspannt.

18

Ich hatte zwar Sebastian fürs Erste aus den Fängen der Justiz befreit, aber wie es mit Florian weitergehen sollte, war noch ungeklärt.

Ich begleitete Joe gegen Abend von der Kanzlei in seine Wohnung, wo Florian ausharrte.

»Sie erwischen mich unweigerlich«, glaubte Florian. »Die Bullen haben vor dem Haus, in dem Sebastian wohnt, gelauert. Irgendwer hat ihnen gesteckt, dass zu Sebastian am Freitagabend immer ein Typ kommt. Sie haben beobachtet, wie ich in das Haus gegangen bin ...«

»Die konnten doch gar nicht wissen, ob du der Richtige bist«, unterbrach ihn Joe.

»Der Denunziant hat denen bestimmt einige Angaben über mich gemacht. Großer sportlicher Typ, Anfang dreißig, dunkles Haar. Sie haben Sebastians Smartphone. Sie prüfen jetzt alle Kontaktpersonen durch. Da gibt es natürlich einige Nummern aus Bad Homburg, wo Sebastian herkommt, und Raum Frankfurt eben. In Stuttgart hat Sebastian nicht so viele Bekannte. Auf jeden Fall stehen die spätestens in einigen Tagen vor meiner Tür.«

»Und du bist nicht da«, ergänzte Joe.

»Schon recht. Aber mit der Subtraktionsmethode werden sie sicher sein, dass dort der Gesuchte wohnt. Und mein Vermieter weiß, wo ich arbeite. Er hat eine Bescheinigung des Arbeitgebers verlangt, bevor der Vertrag unterzeichnet wurde. Und dann kriegen sie mich in der Firma.«

Nun sagte ich: »Also beim Haftrichter ist es für Sebastian recht gut gelaufen. Ich bin ziemlich sicher, dass ich einen Freispruch erreichen werde, wenn das Verfahren nicht vorher eingestellt wird. Und das Gleiche gilt für dich.«

»Du bist ›ziemlich sicher‹«, entgegnete Florian. »Die Justiz steht unter politischem Druck. Die in Berlin erwarten, dass ihr neues Gesetz auch Sinn macht. Sie brauchen Opfer.«

»Wir haben immer noch Gewaltenteilung. Die Richter sind unabhängig.«

»Die wollen auch Karriere machen.«

»Im Übrigen steht noch die Entscheidung des Bundesverfassungsgerichts aus. Vielleicht erklären sie das gesamte Gesetz für verfassungswidrig. Dann haben wir uns umsonst aufgeregt.«

»Die Verfassungsrichter haben auch Angst. Jeden Tag demonstrieren Salafisten vor dem Gerichtsgebäude und schreien ›Allahu akbar‹. Die Richter zögern ihre Entscheidung so weit wie möglich hinaus. Das können wir nicht abwarten. Nein, ich liefere mich diesem System nicht aus. Ich lasse mich nicht in Handschellen abführen, aus meiner Wohnung oder aus der Firma. Ich ziehe mich nicht vor Polizisten aus, und einer begutachtet meinen After und fragt, wie oft ich in den letzten Wochen Analverkehr gehabt habe. Ich lass mich auch nicht von einem Gefängnisarzt untersuchen, der feststellt, dass mein After schon oft gedehnt wurde, und einen Abstrich aus dem After nimmt. So wie bei Sebastian.«

»Willst du dich ewig verkriechen?«, wandte Joe ein. »Wovon willst du leben? Also durchfüttern kann ich dich schon.«

Ich fürchtete, dass auch Joe Schwierigkeiten bekommen konnte, wenn er dauernd einen Mitbewohner hatte; ich sprach es aber nicht an.

Florian lächelte, doch es wirkte verkrampft. »Ich haue ab. So schnell wie möglich. Ich war heute mit meiner Schwester bei der Bank und habe ihr Vollmacht erteilt. Ich habe mit meinem Chef telefoniert und gesagt, ich sei erschöpft, ich bräuchte einen längeren Urlaub. Fünf Wochen hat er mir bewilligt. Ich habe im Internet ein Flugticket gebucht. Gran Canaria. Morgen fliege ich. Hoffentlich ist es nicht schon zu spät.«

Joe starrte ihn an. »Ich weiß nicht, ob das alles notwendig ist. Wie

Daniel glaube ich, dass du nicht allzu viel zu befürchten hast. Und was ist nach den fünf Wochen?«

»Ich komme nicht zurück. Auch wenn Sebastian freigesprochen wird. In diesem Land kann man nicht mehr leben. Nur verheiratete Spießer können es hier noch aushalten.«

»Was heißt da: Ich komme nicht zurück. Wovon willst du im Ausland leben?«

»Ich suche mir einen Job auf den Kanarischen Inseln. Kellner oder so.«

»Die warten gerade auf dich. Die Spanier haben seit vielen Jahren eine sehr hohe Arbeitslosigkeit.«

»Dann lass ich mich von nem reichen Engländer aushalten. Du weißt doch noch, wie dieser Typ, der behauptet hat, ein Lord zu sein, auf Gran Canaria hinter mir her war.«

»Da waren wir einige Jahre jünger.«

»Es gibt auch ältere deutsche Singles, die dort ein Häuschen haben. Sie freuen sich, wenn sich einer aus der Heimat um sie kümmert. Vielleicht kann ich da bei jemand wohnen.«

»Und deswegen hast du Jura studiert?«

»Wir sind selbst schuld. Wir haben die Parteien gewählt, die in ihrer Menschenfreundlichkeit immer weitere ›arme‹ Typen aus Nordafrika und sonst woher ins Land geholt haben.«

»Hätten wir etwa die Spießer von der Religiösen Union wählen sollen?«, gab Joe zurück. »Da gibt es ja welche, die sich auf die Tradition von Sodom und Gomorrha berufen. Und wir wissen nicht, ob gerade die aus Nordafrika zur Islamischen Bruderschaft gelaufen sind. Auch sind auf diese Weise echt geile Typen ins Land gekommen.«

Florian berührte das Knie seines einstigen Lovers, der neben ihm auf dem Sofa saß. »Joe, es ist, wie es ist. Morgen bin ich fort.«

19

Mohammed Meier gab keine Ruhe. Im Wesentlichen schienen ihn »Sitte und Anstand« zu beschäftigen. Er schimpfte gegenüber Journalisten über die Gottlosen in Ostdeutschland, welche die neuen Regelungen nur in Ansätzen umsetzten; auch gebe es bundesweit viel zu wenige Verfahren wegen Alkoholkonsums und Unzucht zwischen Unverheirateten; man müsse das neue Gesetz endlich ernst nehmen, dann werde man die göttliche Gnade spüren.

Als Außenminister hatte Meier bis jetzt nur Reisen in islamische Staaten unternommen, wohl um zu betonen, dass auch in Mitteleuropa der Islam gesiegt hatte. Die Opposition kritisierte ihn deswegen; er führe unser Land in die Isolation und schade dem Wirtschaftsstandort Deutschland.

Die Regierung leitete dem Bundestag plötzlich einen Entwurf zur Änderung des Jugendgerichtsgesetzes zu, ohne dass zuvor etwas über kontroverse Beratungen im Kabinett nach außen gedrungen war.

Die »Zuchtmittel« dieses Gesetzes wurden ergänzt um »körperliche Züchtigung«. Dazu hieß es: »Körperliche Züchtigung sind Stockschläge auf das entblößte Gesäß. Diese Maßnahme setzt voraus, dass der Jugendliche ärztlich untersucht und auf dieser Grundlage bestätigt wird, dass er die geplante Züchtigung verkraften kann. Die Züchtigung wird im Polizeigewahrsam in Anwesenheit eines Arztes und eines Richters vollzogen. Auf Antrag der Erziehungsberechtigten des Jugendlichen kann sein Verteidiger oder eine andere Person seines Vertrauens ebenfalls zugelassen werden. Es werden mindestens 10 und höchstens 50 Stockschläge verabreicht. Körperliche Züchtigung ist grundsätzlich zu verhängen bei leichten Fällen des Alkoholkonsums, des Ladendiebstahls, der Unzucht zwischen Unverheirateten und bei Konsum von Pornographie.«

Der Abschnitt über »Jugendstrafe« wurde erweitert.

»Jugendstrafe ist ferner das öffentliche Auspeitschen auf der Grundlage einer ärztlichen Untersuchung entsprechend der Regelung bei Zuchtmitteln. Die Strafe wird mittels einer Peitsche, an deren Stil ein Lederriemen von 3 cm Breite befestigt ist, öffentlich vollzogen, in Anwesenheit eines Arztes, Richters und des Verteidigers oder einer sonstigen Vertrauensperson des Jugendlichen. Hierzu ist eine Öffentlichkeit mit kontrolliertem Zugang herzustellen. Bei der Bestrafung männlicher Jugendlicher dürfen nur männliche Personen anwesend sein, bei weiblichen Jugendlichen nur weibliche Personen. Sofern Minustemperaturen herrschen, ist die Bestrafung in einer Halle vorzunehmen. Die Peitschenschläge werden auf den entblößten Rücken verabreicht, bei einer höheren Zahl an Schlägen als 40 werden diese auf Rücken und Gesäß verteilt. Die Mindestzahl der Schläge beträgt 10, die höchste 100. Die Jugendstrafe des öffentlichen Auspeitschens ist grundsätzlich zu verhängen bei Unzucht zwischen männlichen Personen, schweren Fällen des Alkoholkonsums, insbesondere Trunkenheit, der Unzucht zwischen Unverheirateten verschiedenen Geschlechts, insbesondere Beischlaf und beischlafähnliche Handlungen, des Diebstahls, insbesondere Einbruch, sowie des Raubs, insbesondere Straßenraub. Vor Vollzug der Strafe werden der Tenor des Urteils und die wesentlichen Gründe verlesen.«

Die Begründung des Gesetzes lautete:

»Durch das Gesetz zur Wiederherstellung von Sitte und Anstand wurde eine Reihe von Straftatbeständen geschaffen, die besonders für Jugendliche relevant sind.

Sofern die zu erwartenden zahlreichen Gesetzesverstöße durchweg mit Freiheitsstrafe geahndet würden, wäre dies für das Wirtschaftssystem schädlich. Es käme zu Verzögerungen der Ausbildung und Abwesenheit am Arbeitsplatz. Außerdem führt ein Aufenthalt von Jugendlichen in einer Jugendstrafanstalt häufig dazu, dass sie von anderen Insassen negativ beeinflusst werden. Auch hat der Sittenzerfall unter Jugendlichen ein solches Ausmaß angenommen, dass eine deutliche Abschreckung unerlässlich ist.«

Der Vorsitzende der Sozialpartei nahm gegenüber der Presse Stellung.

»Man darf gespannt sein, zu welch unsäglichen Gesetzesinitiativen diese Regierung noch fähig ist. Körperliche Züchtigung ist eine Verletzung der Menschenrechte. Das hat der Europäische Gerichtshof für Menschenrechte vor vielen Jahren auf Großbritannien bezogen entschieden. Wenn es Herr Meier als Studienabbrecher schon nicht weiß, dann müssen es doch die Beamten seines Ministeriums wissen. Es ist auch ein eindeutiger Verstoß gegen Artikel 1 des Grundgesetzes, wonach die Würde des Menschen unantastbar ist. Auch Jugendliche haben Menschenwürde. Öffentliches Auspeitschen ... das ist ja der Gipfel! Und öffentliches Verlesen der Urteilsgründe, obwohl die Verhandlungen vor dem Jugendgericht nicht öffentlich sind. Völlig abstrus. Wenn diese Regierung wenigstens mal abwarten würde, wie das Bundesverfassungsgericht überhaupt die Verfassungsmäßigkeit des sogenannten Gesetzes zur Wiederherstellung von Sitte und Anstand beurteilt. Ich frage mich auch, ob diejenigen unserer moslemischen Mitbürger, die die Koalitionsparteien gewählt haben, Freude empfinden, wenn ihre Sprösslinge verprügelt werden.«

Journalisten fragten Mohammed Meier, was er zu den Äußerungen des Vorsitzenden der Sozialpartei sage.

»Der Mann soll sich keine Sorgen um seine moslemischen Mitbürger machen. Mir haben viele Väter, moslemische und nicht moslemische, begeistert zugestimmt, dass der Staat endlich etwas gegen saufende und hurende Jugendliche unternimmt. Und diese uralte Entscheidung des Europäischen Gerichtshofs für Menschenrechte ist uns natürlich bekannt. Aber heute ist auch Europa in weiten Teilen moslemisch geprägt und Menschenrechte werden heute anders bewertet, im Lichte des Korans. Und was Menschenwürde betrifft, so verstößt es gegen die Menschenwürde, wenn Jugendliche an Wochenenden betrunken durch die Innenstädte torkeln und wenn andere unbescholtene Mädchen verführen und entehren oder sich Freunde greifen und mit ihnen umgehen, als wären sie Frauen. Die Damen und Herren von der Opposition hängen einer Welt von gestern nach. Die Geschichte geht gnadenlos über sie hinweg.«

Auch das Gesetz zur Änderung des Jugendgerichtsgesetzes wurde im Bundestag mit mehr Stimmen, als die Koalition hatte, angenommen.

20

Ich wachte auf und empfand ein Unbehagen. Als Vertreter der »Welt von gestern« sollte ich heute gegen das Wertesystem einer neuen Mehrheit ankämpfen. Hinter dem Fensterglas schwebten weiße Flocken durchs Dunkel.

Im Radio wurden mehrere Unfälle auf schneeglatter Straße gemeldet. Und immer noch wurde nicht berichtet, das Bundesverfassungsgericht habe zum Gesetz über die Wiederherstellung von Sitte und Anstand eine Entscheidung getroffen. Seit Wochen wurde auch nicht mehr erwähnt, dass sich vor dem Gerichtsgebäude täglich bärtige Männer versammelten und Drohungen ausstießen. Das erfuhr man nur von Kollegen bei Gericht.

Ich fuhr mit der Straßenbahn zum Amtsgericht und hoffte, Sebastian würde nicht das Auto nehmen, in einen Stau geraten und sich verspäten.

Vor dem Sitzungssaal wartete ich auf Sebastian. Bärtige junge Männer gingen an mir vorbei und nahmen im Zuschauerbereich Platz. Einige hatten weiße Kaftane an. Bei den meisten war ein Teil des Haares und der Stirn mit schildlosen hellen Mützen bedeckt.

Der Staatsanwalt kam daher. Er kannte mich und gab mir die Hand. Endlich erschien auch Sebastian. Er trug Jeans, einen Pullover und eine wattierte Jacke. Ich fand, er hätte sich seriöser anziehen können, sagte es jedoch nicht, führte ihn zur Anklagebank und setzte mich neben ihn.

»Noch mal, Sie sagen nur etwas, wenn ich Sie dazu auffordere. Ansonsten bleiben wir bei unserer Linie.«

Der Richter und die beiden Schöffen betraten den Saal. Alle erhoben sich. Der Richter bat, Platz zu nehmen und forderte Sebastian auf, Angaben zu seiner Person zu machen. Ich murmelte: »Darauf können Sie antworten.«

Der Richter bat nun den Staatsanwalt, die Anklageschrift zu verlesen. Sie umfasste nur wenige Sätze. Sebastian habe von Inkrafttreten des Gesetzes zur Wiederherstellung von Sitte und Anstand bis zu seiner Festnahme zu einem jungen Mann, der jeden Freitag bei ihm übernachtet habe, eine homosexuelle Beziehung unterhalten. Dieser Vorwurf werde dadurch erhärtet, dass auf dem Computer des Angeklagten umfangreiches pornographisches Material gespeichert sei, das weit überwiegend homosexuellen Inhalt habe. Ferner seien in der Wohnung des Angeklagten Dildos verschiedener Größe gefunden worden. Auch ergebe sich aus einem ärztlichen Gutachten, dass der After des Angeklagten so beschaffen sei, wie dies bei Personen der Fall sei, die häufig Analverkehr hätten.

Zuerst wurde der Arzt, der Sebastian untersucht hatte, als Sachverständiger vernommen. Er wiederholte in Umrissen den Inhalt seines Gutachtens. Der Staatsanwalt hatte dazu keine Fragen, wohl aber ich.

»Sie haben also keine Spermaspuren im After des Angeklagten gefunden?«

»Das ist richtig.«

»Sie gehen davon aus, dass der After des Angeklagten schon wiederholt gedehnt wurde. Dies könnte natürlich auch durch Dildos geschehen sein.«

»Schon. Ist aber eher unwahrscheinlich.«

»Haben Sie im Analbereich des Angeklagten Hämatome feststellen können, die relativ neu sind?«

»Nein.«

»Können Sie mit Sicherheit feststellen, dass es in den letzten vier Wochen vor Ihrer Untersuchung zu einer Dehnung des Afters des Angeklagten gekommen ist?«

»So genau kann man das nicht sagen. Es kann innerhalb dieser vier Wochen gewesen sein oder vorher. Aber auf keinen Fall wenige Tage vor der Untersuchung.«

»Danke, keine weiteren Fragen.«

In den Ermittlungsakten hatte ich gelesen, dass die Frau des Hausmeisters bei der Polizei angerufen und den Verdacht geäußert hatte, ein Mieter im Haus, namens Sebastian Neufelder, habe eine sexuelle Beziehung zu einem sehr hübschen jungen Mann, der immer freitags bei ihm übernachte; sie müsse das wohl der Polizei melden, denn sie wolle sich nicht mitschuldig machen, wenn so was neuerdings verboten sei.

Sie wurde nun als Zeugin gehört. Eine schlanke Frau, die Hosen, Pullover und Kopftuch anhatte.

»Frau Becker, Sie haben sich ja an die Polizei gewandt«, begann der Richter. »Das hatte einen Grund. Was hat sie zu diesem Schritt veranlasst?«

»Ich habe doch schon alles bei der Polizei gesagt. Mehr weiß ich nicht.«

»Frau Becker, das Gericht will es von Ihnen selbst hören.«

»Also etwas Genaues weiß ich nicht. Ich war ja nicht bei denen im Schlafzimmer. Deswegen ist doch die Polizei gekommen, damit man sie erwischt, wie sie's miteinander machen. Aber der andere war ja plötzlich verschwunden.«

»Das versteht sich alles von selbst«, hielt ihr der Richter entgegen. »Aber Ihnen ist doch beim Angeklagten etwas aufgefallen.«

»Ja, komisch ist mir die Sache vorgekommen im letzten Sommer. Ich hab da auf meiner Terrasse den Tisch gedeckt. Es war wunderbares Wetter. Da hab ich Stimmen gehört. Oben auf einem Balkon. Ich bin ein paar Schritte auf den Rasen rausgelaufen. Ich wollte ›hallo‹ sagen. Mir ist an nem guten Kontakt mit den Hausbewohnern gelegen. Und da ist der Herr Neufelder mit seinem Freund auf dem Balkon gestanden. Beide waren nackt. Es war mir schon peinlich. Aber ich hab ihnen zugewinkt und hab's nachher meinem Mann erzählt. Und der hat gesagt: ›Vielleicht ist der Neufelder schwul. Aber das geht uns nichts an.‹«

»Frau Becker, so ein Balkon hat doch eine Balustrade, die in der Regel den Unterleib verdeckt. Wieso meinen Sie, dass der Angeklagte und sein Freund nackt gewesen seien?«

»Die Betonflächen sind nicht hoch an unseren Balkonen. Da sind so Eisenstangen darüber, an die man Blumenkästen hängen kann. Aber so was hat Herr Neufelder nicht. Die beiden waren nackt. Das weiß ich ganz bestimmt. Sie sind dann schnell ein bisschen zurückgegangen, als sie mich bemerkt haben.«

»Ist Ihnen sonst noch was aufgefallen bei Herrn Neufelder?«

»Na ja, seit der bei uns wohnt, hat den noch nie ne Frau besucht, außer seiner Mutter.«

»Woher wollen Sie das wissen?«

»Das Fenster in meiner Küche ist an der Seite, wo auch die Haustür ist. Da krieg ich schon einiges mit. Und seit ein paar Monaten … so Mitte des letzten Jahres … ist immer der gleiche Typ zu ihm gekommen. Jeden Freitag, so später am Nachmittag. Dann sind sie aus dem Haus gerannt und mit dreckigen Schuhen zurückgekommen. Und ich konnte dann die Treppe bis zur Tür von Herrn Neufelder aufwischen. Und am Samstagmorgen sind die beiden weggefahren, im Auto von Herrn Neufelder. Ich hab ja nicht behauptet, dass die zwei was miteinander haben. Ich wollte nur, dass die Polizei das mal überprüft. Mein Mann und ich sind doch verantwortlich für das, was im Haus los ist. Und wenn so was jetzt strafbar ist … Ich will da in nichts reinkommen.«

Der Richter wandte sich dem Staatsanwalt zu. »Noch Fragen?«

»Frau Becker, den Polizisten haben Sie gesagt, Herr Neufelder habe auf dem Balkon den Arm um seinen Freund gelegt. Wie war das genau? Lag der Arm auf der Schulter des andern oder um die Hüften rum?«

»Also so genau weiß ich das jetzt nicht mehr. Die beiden waren jedenfalls sehr dicht aneinander dran.«

Der Richter sagte zu mir: »Wollen Sie etwas dazu sagen?«

»Ja. Es trifft zu, dass dieser Bekannte von Herrn Neufelder freitags zu ihm gekommen ist, am Spätnachmittag, sie sind zusammen gejoggt, in diesem Waldgebiet, das den Stadtteil Botnang umgibt. Sie haben dann zu Abend gegessen und waren nun ziemlich müde vom Joggen und der Arbeit während der Woche. Herr Neufelder hat sich in sein Schlafzimmer begeben und der Bekannte hat auf dem Sofa im Wohnzimmer übernachtet. Und zwar deswegen, weil sie am nächsten Morgen zum Fitnessbereich in der Sportanlage der Universität Stuttgart fahren. Es wäre unrationell gewesen, wenn der Bekannte von seiner Wohnung in der Innenstadt aus gestartet wäre. Im Übrigen war dieser Bekannte mindestens drei Wochen vor der Festnahme von Herrn Neufelder krank, grippaler Infekt, und hat Herrn Neufelder gar nicht besucht.«

»Aber am Tag der Festnahme war er da«, entgegnete der Staatsanwalt.

Es hatte wohl keinen Sinn, die Anwesenheit Florians an jenem Freitag zu leugnen, zumal ihn die Frau des Hausmeisters wohl beobachtet hatte, als er das Haus betrat. »Erstmals wieder.«

»Und wieso ist er vor der Polizei geflohen? Das deutet nicht gerade auf ein reines Gewissen hin.«

»Man weiß ja, wie Polizisten mit Leuten umgehen, die sie verdächtigen. Leibesvisitation und so weiter. Dem wollte sich der Bekannte anscheinend nicht aussetzen.«

»Gibt es für diese angebliche Erkrankung ein ärztliches Attest?«

»Nein, der Bekannte ist trotzdem zur Arbeit gegangen. Aber Sport treiben konnte er nicht.«

»Wir sind ziemlich sicher, um wen es sich handelt. Verdächtig ist jedenfalls, dass dieser Mensch unauffindbar ist.«

»Bei dieser unangenehmen Witterung machen viele Leute Urlaub im Süden.«

Nun wurde eine Nachbarin Sebastians aufgerufen. Ihre Wohnung lag unmittelbar neben der seinen. Die Frau trug einen dunkelgrauen Hosenanzug und hatte einen dünnen Schal übers Haar gebreitet.

Der Richter starrte auf ein Blatt seiner Akten. »Frau di … di … Monte … Montebello, so ist es wohl richtig. Sie wurden von der Verteidigung als Zeugin benannt. Sie müssen uns aber trotzdem Umstände mitteilen, die für den Angeklagten ungünstig sind.«

»Selbstverständlich.«

Der Richter belehrte sie über die Pflicht zur Wahrheit und die Folgen einer Falschaussage. »Was können Sie uns über Ihren Nachbarn sagen, über sein Privatleben. Haben Sie ihn auch mal nackt auf dem Balkon gesehen?«

»Nackt? Richtig nackt? Nein. An Sommerabenden ist er schon mal nur mit Sporthose bekleidet auf dem Balkon gewesen. Mein Mann und mein Sohn aber auch.«

»War an solchen Abenden noch jemand auf dem Balkon des Angeklagten?«

»Ja, am Wochenende.«

»Wer?«

»Ich kenne diese Leute nicht persönlich.«

»Junge Männer?«

»Ja. Seit Mitte des letzten Jahres ein sehr attraktiver dunkelhaariger junger Mann. Sehr höflich. Hat immer gegrüßt, wenn ich ihm im Treppenhaus begegnet bin.«

»Sie können von Ihrem Balkon auf den des Angeklagten sehen?«

»Ja, da ist nichts dazwischen.«

»Hat der Angeklagte mit seinen Gästen irgendwelche Zärtlichkeiten ausgetauscht?«

»Zärtlichkeiten? Nein, sie haben sich eben unterhalten.«

»Haben Sie verstanden, was gesprochen wurde?«

»Darum habe ich mich nicht gekümmert. Ich habe mich mit meinem Mann befasst oder mit Sohn und Tochter.«

»Ihre Wohnung grenzt also an die des Angeklagten. Haben Sie durch die Wände etwas gehört? Besonders nachts.«

»Die Mauern in dem Haus sind ziemlich stabil. Trotzdem … der Typ, der vor Herrn Neufelder die Wohnung gemietet hatte … von dem hat man sehr wohl einiges mitbekommen. Der hatte an Wochenenden ständig Frauen bei sich und die haben gestöhnt, gekreischt und geschrien. Das ging immer wieder los, auch tagsüber. Meine Küche liegt direkt neben dem Schlafzimmer der anderen

Wohnung. Mein Sohn, damals so zehn Jahre alt, hat mich gefragt: ›Wieso schreien die Tussis von dem Türken so? Schlägt er sie?‹ Ich wusste gar nicht recht, was ich antworten sollte. Ich habe gesagt, der erzählt ihnen Witze.«

»Und wenn Sie in der Küche waren, haben Sie da irgendwelche intimen Geräusche von Seiten des Angeklagten gehört?«

»Nein«, sagte sie in festem Ton. »Von dem hört man so gut wie nichts.«

»Sind Sie sicher?«

»Ganz sicher. Der Türke hatte eine sehr laute Stimme, raumfüllend. Man hat nicht verstanden, was er sagt, aber man hat mitgekriegt, dass er spricht. Ich jedenfalls in der Küche.«

»Aber nachts waren Sie nicht in der Küche.«

»Nachts nicht. Außer wenn ich was aus dem Kühlschrank geholt habe.«

»Und da waren keine Geräusche von der Nachbarwohnung her?«

»Nein. Wie gesagt, auch am Tag nicht. Herr Neufelder spricht gedämpft, wie es unter zivilisierten Menschen üblich ist. Ich weiß sowieso nicht, wieso Sie diesen ganzen Zirkus hier veranstalten. Das geht den Staat absolut nichts an, was ein Mensch in seiner Privatsphäre macht.«

»Die Rechtslage hat sich unter der neuen Regierung eben geändert«, erklärte der Richter geduldig.

»Eine saubere Regierung.« Sie fasste sich an den Kopf. »Und sie zwingen einen, sich mit so einem Fetzen zu verhüllen, obwohl ich keine Moslemin bin. Und was sitzen hier so viele bärtige Gestalten herum? Mitten am Vormittag. Sie tun nichts und lassen sich von dieser Gesellschaft aushalten.«

Ein Zuschauer rief: »Halt's Maul, du deutsche Hure!«

Frau di Montebello wandte sich dem Publikum zu. »Ich gehöre durch Heirat mit meinem Mann der italienischen Aristokratie an. Ich habe Romanistik studiert und mein Mann ist ebenfalls Akademiker. Jemand wie Sie, der mutmaßliche Abkömmling anatolischer

Ziegenhirten, der seine Lehre abgebrochen hat, ist für mich nicht satisfaktionsfähig.«

Einer aus dem Publikum sagte: »Was ist das? Satisdingsda?«

Ein anderer antwortete: »Ich glaube, so was wie impotent.«

Nun rief einer: »Staatsanwalt, die italienische Schlampe hat mich beleidigt.«

Der Staatsanwalt sprang auf. »Für Sie bin ich immer noch der Herr Staatsanwalt. Und wenn Sie nicht wissen, was ›satisfaktionsfähig‹ bedeutet, dann recherchieren Sie erst mal im Internet. Es hat jedenfalls nichts mit Impotenz zu tun. Aber ›Hure‹ und ›Schlampe‹ sind Beleidigungen. Sie können froh sein, dass die Zeugin keinen Strafantrag stellt.«

Weder der Staatsanwalt noch ich hatten Fragen an die Zeugin.

Der Richter bat den Staatsanwalt um sein Plädoyer.

»Mit hoher Wahrscheinlichkeit steht der Angeklagte zu einem jungen Mann seit Mitte des letzten Jahres in einer homosexuellen Beziehung. Ein starkes Indiz hierfür ist der Umstand, dass er mit seinem Freund an einem Samstagmorgen nackt auf dem Balkon gestanden und den Arm um ihn gelegt hat. Es zeugt von der Eintracht und dem Hochgefühl nach einer Liebesnacht. Auch das überwiegend homosexuelle pornographische Material, das auf dem Computer des Angeklagten gespeichert ist, spricht gegen ihn. Doch in diesem Verfahren kommt es nur darauf an, ob der Angeklagten zwischen dem Inkrafttreten des neuen Gesetzes und seiner Festnahme eine homosexuelle Handlung begangen hat. Es kann dahingestellt bleiben, ob der Freund des Angeklagten in dieser Phase krank war oder ob er in diesen vier Wochen den Angeklagten tatsächlich besucht und bei ihm übernachtet hat. Jedenfalls traf die Polizei den Angeklagten, als er festgenommen wurde, nicht nackt oder spärlich bekleidet an. Allerdings ist es eigenartig, dass der Freund aus der Wohnung geflohen ist, und weist auf Schuldgefühle hin. Ob sich diese auf die Phase zwischen Inkrafttreten des Gesetzes und der Festnahme beziehen oder die Monate davor, kann nicht aufgeklärt werden. Anders wäre die Situation vermutlich, wenn die Polizisten noch eine Weile zugewartet und den Angeklagten und seinen Freund erst dann in der Wohnung überrascht hätten. Obwohl der Gesetzgeber mit der Neuregelung im Bereich der Sittlichkeitsdelikte ein wichtiges gesellschaftspolitisches Ziel verfolgt, reicht in diesem Fall meines Erachtens die Beweislage für eine Verurteilung nicht aus.«

Ich stimmte den Ausführungen des Staatsanwalts »im Ergebnis« zu. Die Beziehung des Angeklagten zu seinem Bekannten sei nach meiner Erkenntnis eine reine Sportlerfreundschaft. Und selbst wenn zwischen ihnen eine innige Zuneigung bestehe, so bedeute das nicht zwangsläufig, dass es zu einem körperlichen Vollzug gekommen sei. Ich verwies dazu auf Platons »Symposion«.

Sebastian verzichtete auf das sogenannte »letzte Wort des Angeklagten«.

Der Richter und die Schöffen zogen sich zur Beratung zurück. Wenig später kamen sie wieder. Der Richter verkündete das Urteil. Ein Freispruch, wie nicht anders zu erwarten.

Doch jetzt sprangen einige Bärtige auf und schrien: »Tod den Homosexuellen! Allahu akbar!«

»Schweigen Sie!«, herrschte der Richter sie an. »Oder ich lasse Sie aus dem Saal werfen.«

Ich legte die Hand auf Sebastians Schulter. »Sie müssen von jetzt ab sehr aufpassen. Besonders in den nächsten Wochen. Die beobachten Sie weiterhin.«

»Davon gehe ich aus.«

»Am besten, Sie nehmen gar niemand mit in Ihre Wohnung. Einen so leichten Sieg wie heute werden wir in solchen Fällen nie wieder bekommen.«

Ich schob meine Unterlagen in den Aktenkoffer und bewegte mich mit Sebastian auf den Ausgang zu. Mehrere Bärtige versperrten uns den Weg.

Wieder schrien sie: »Tod den Homosexuellen! Allahu akbar!«

Ich sagte: »Sie müssen sich noch zwei Generationen gedulden.

Dann haben Ihre Parteien vielleicht die Zweidrittelmehrheit und können das Grundgesetz ändern und die Todesstrafe wiedereinführen.«

Einer erwiderte: »Wir räumen vorher schon auf. Die schwule Sau da hängen wir noch.«

Die Stimme des Staatsanwalts hinter mir. »Sie machen jetzt sofort Platz! Gleich kommen einige Polizisten und nehmen die wegen Nötigung fest, die uns immer noch daran hindern weiterzugehen.«

21

Ich tippte die letzten Sätze einer Berufungsbegründung in einer Betrugssache. Da klopfte es und Hartmut betrat mein Büro.

»Bist du noch mitten in der Arbeit?«, erkundigte er sich.

»Nein. Ich bin fast fertig. Mir reicht's für heute.«

»Ich würde gerne was mit dir besprechen. Nicht hier, wo ständig jemand reinkommen kann. Auf einen Drink in ner Kneipe.«

»Gerne. Ich überfliege nur noch den Schriftsatz und leite ihn der Sekretärin zu. Dann komme ich bei dir vorbei.«

In der Nähe unserer Kanzlei befand sich die Kneipe, in der Ahmed arbeitete. Vielleicht hatte er gerade Dienst.

Der Kneipenraum war schwach beleuchtet, draußen verdichtete sich die Dämmerung. Nur wenige junge Typen saßen herum.

Ahmed stand tatsächlich hinter der Theke. Ich gab ihm die Hand.

Zu Hartmut sagte ich: »Das ist Ahmed. Wir kennen uns vom Fitness Club.« Ich nannte Hartmuts Nachnamen und fügte hinzu: »Ein Kollege von mir.«

Wir bestellten Orangensaft und ich bat Ahmed, keine Eiswürfel in mein Glas zu tun.

»Ich würde ja lieber n Bier trinken oder nen Whisky«, murmelte Hartmut.

Wir setzten uns auf eine dunkel gestrichene Holzbank, die vor den Glasflächen der Außenwände angebracht war.

»Mein lieber Daniel, wir geben ein kleines Fest für unseren Oliver. Und dazu möchte ich dich einladen. Kommenden Samstag in zwei Wochen. Hast du da schon was vor?«

»Nicht dass ich wüsste. Hat er Konfirmation?«

Ich wunderte mich allerdings, dass mich Hartmut in eine Kneipe mitnahm, nur um eine Einladung auszusprechen.

»Das hätte er bald«, antwortete Hartmut. »Aber wir machen was anderes.«

Er nahm einen Schluck aus dem hohen Glas, das ihm Ahmed gereicht hatte.

»Daniel, du kennst meine politische Linie. Wenn wir wie die Franzosen in Deutschland eine Nationale Front hätten, würde ich sie wählen. Aber die anderen haben gesiegt. Deutschland ist ein moslemisches Land und wird es bleiben. Wir, die ›Eingeborenen‹, sind nur noch eine Minderheit und werden prozentual immer schwächer werden. Ich bin nicht nur Jurist, sondern auch Soldat. Und als solcher weiß ich, dass es einen Moment gibt, ab dem ein Kampf sinnlos wird. Das heißt, entweder man verreckt oder man kapituliert. Und in meinem Fall geht es nicht nur um mich und meine Frau, sondern um unseren Sohn. Sogar in seiner Klasse, in der Latein unterrichtet wird, ist schon ungefähr ein Drittel der Schüler moslemischen Glaubens. Olivers bester Freund ist der Sohn eines türkischstämmigen Arztes. Oliver ist mit seinem Freund Erdal und dessen Vater schon öfter in die Moschee gegangen. Oli findet das ›irgendwie geil‹, die Waschungen und so, und auch ›ulkig‹, auf dem Boden rumzurutschen. Zwischen Oli und seinem Freund Erdal ist Religion an sich kein Thema. Sie spielen gerne Fußball, gehen ins Schwimmbad und machen zusammen Hausaufgaben. Aber je älter Oli wird, desto mehr ist er in dieser Gesellschaft ein Außenseiter. Erdals Eltern waren neulich mal wieder bei uns eingeladen, sehr nette Leute, gebildet, eigentlich nicht anders als wir. Erdals Mutter hat bis jetzt auch noch nie ein Kopftuch getragen. Ich habe sie gefragt, was sie davon halten, wenn Oli konvertieren würde. Sie fanden das natürlich ausgezeichnet, und Erdals Vater hat mich an einen Imam vermittelt, der als ziemlich liberal gilt. Mit dem habe ich schon gesprochen. Unvermeidlich ist allerdings, dass Oli beschnitten wird. Und das wollen wir in etwa zwei Wochen feiern.«

Ich bemühte mich zu lächeln. »Also ein Beschneidungsfest?«

»Gewissermaßen. Ich weiß, was jetzt in dir vorgeht. Du hältst mich für einen üblen Opportunisten. Erst Mitglied bei der Religiösen Union, obwohl ich nicht religiös bin. Und jetzt wird der Sohn Moslem, weil das die meisten Vorteile verspricht. Aber ich tue das alles auch im Interesse unserer Kanzlei. Die Großaufträge, die ich über meine Kontakte zu Mitgliedern der Religiösen Union geholt habe, kommen uns allen zugute. Und über meinen Sohn bekommen wir auch Verbindungen zur moslemischen Szene. In der Moschee des Imams spricht sich natürlich rasch herum, dass der Sohn eines Rechtsanwalts konvertiert. Auch zu dir werden neue Mandanten gehen. Mal n Ehrenmord oder so was. Hättest du damit ein Problem?«

»Jeder hat einen Anspruch auf eine angemessene Verteidigung«, antwortete ich kühl.

»Ja, da plädiert man eben auf mildernde Umstände und auf Totschlag anstelle von Mord.«

»Mir sind allerdings schon Fälle lieber, mit denen ich mich identifizieren kann.«

»Selbstverständlich. Aber kannst du nachvollziehen, dass ich für Oli nur das Beste will?«

»Befürchtest du nicht, dass er fanatisch wird?«

»Der nicht. Er ist für sein Alter erstaunlich vernünftig. Er ist in allen naturwissenschaftlichen Fächern ausgezeichnet. So einer verirrt sich nicht im Okkulten.«

»Will Oliver denn wirklich Moslem werden und wenn es nur der Form nach ist?«

»Es ist ihm egal. Dann geht er halt statt in den evangelischen in den islamischen Religionsunterricht.«

»Und wie steht er zur Beschneidung? Das ist ja auch nicht gerade ein Vergnügen. Wie alt ist er denn jetzt?«

»Vierzehn.«

»Eben. Da jagt ein Hormonschub den andern. So ein Eingriff ist da besonders belastend.«

»Das schadet nicht, dass er da mal für ein paar Wochen Pause machen muss. Im Übrigen ist es Oli recht, dass er beschnitten wird. Er hat mich ohnehin vor einigen Monaten mal gefragt, warum wir ihn nicht haben beschneiden lassen, als er jünger war. Die meisten Jungen in seiner Klasse sind beschnitten, nicht nur die Moslems. Auch bei mir in der Schule waren einige beschnitten. Das setzt sich immer mehr durch. Nicht nur wegen der Islamisierung. Es ist einfach hygienischer.«

»Zweifelsohne. In den USA ist es Standard, bei den Weißen jedenfalls.«

»Erdals Vater hat gesagt, man sollte so schneiden, dass die Innenseite der Vorhaut möglichst vollständig entfernt wird, das sei nämlich die Eintrittspforte für Viren. Die Naht wäre dann unmittelbar hinter der Eichel.«

»Der muss es ja wissen als Arzt.«

»Und er meint, man sollte es straff machen. Also keinen Vorhautsaum stehen lassen. Das erschwert die Masturbation.«

»Ich hab mal gelesen, es sei günstig, wenn Jungen häufig masturbieren, wegen der Prostata.«

»Mir war auch, dass es ungefähr so ist. Das habe ich zu Erdals Vater gesagt. Er meint, es kommt nicht auf die Masturbation an, sondern auf die Ejakulation. Und wie die bewirkt wird, ist egal. Das regelt sich dann durch vermehrte Pollutionen, auch am Tag, wenn die Masturbation eingedämmt ist. Er hat als Junge immer mal wieder beim Radfahren ejakuliert und beim Handball, da haben diese Streckbewegungen eben eine starke Reibung verursacht. Das ist zwar etwas unangenehm. Aber da muss ein Junge durch, findet er.«

»Wird Oliver bei euch zu Hause beschnitten, während des Fests?«, fragte ich zweifelnd.

»Nein, nein. Zwei Tage vorher im Krankenhaus. Ein Kollege von Erdals Vater macht es, ein sehr erfahrener Mann. Am Tag des Fests ist Oliver wahrscheinlich schon wieder wohlauf. Nun, Daniel, nimmst du die Einladung an?«

»Natürlich. Ich werde Oliver zu seinem Mut gratulieren.«

»Ich lade dich und Joe ein. Martin will nicht kommen; er findet es unschön, sich unter äußerem Druck von seiner Religion abzuwenden. Nun ja, der Pfarrerssohn. Und Ursula lade ich nicht ein; die ist ja so rabiat und wäre imstande, Erdals Vater und den Imam zu beschimpfen. Aber sag ihr nichts von unserem Fest!«

22

Die Sekretärin kam herein. »Eine Dame möchte sie sprechen, ›sofort‹, hat sie gesagt. Sie ist ziemlich aufgeregt. Eine Baronin, den Namen hab ich nicht recht verstanden, irgendwas mit ›Falke‹.«

»Falkenberg?«

»Kann sein. Was soll ich zu ihr sagen?«

»Führen Sie sie herein!«

»Sie haben aber gleich einen Termin. Und die Mandanten warten schon.«

»Die müssen sich eben etwas gedulden.«

»Wenn Sie meinen!«

Henriettes Mutter erschien. Ich stand auf, ging ihr entgegen und half ihr aus dem Mantel.

»Entschuldigen Sie, Daniel, dass ich Sie einfach so überfalle. Aber mir ist gerade etwas sehr Unangenehmes passiert. Und ich glaube, ich brauche einen Anwalt.«

Wir setzten uns an den Besuchertisch.

»Ich habe bei der Sekretärin die Baronin hervorgekehrt. Ist sonst nicht so meine Art. Aber ich habe befürchtet, die Sekretärin wimmelt mich sonst ab. Manchmal zieht so ein Name schon noch. Oft ist er aber nur hinderlich.«

Henriettes Mutter hatte einen fein gewirkten dunkelblauen Pullover an, auf dem eine dreireihige Perlenkette glänzte; auch die Hose war dunkelblau, und am rechten Handgelenk prangte ein breites goldenes Armband. Dann fiel noch ihr Siegelring auf; aber nicht das Wappen ihres Mannes war in den rotbraunen Achat eingraviert, sondern das ihrer väterlichen Vorfahren mit einer neunzackigen Krone, wie ich schon festgestellt hatte.

»Ich habe heute Morgen einiges erledigt, Wäsche und so, war

ziemlich spät dran und bin dann rasch aus dem Haus gegangen. Auf der Königstraße habe ich dann gemerkt, dass ich kein Kopftuch umgebunden hatte. War mir aber gerade egal. Da steuern doch so zwei junge Polizisten auf mich zu, ein Blonder und so ein Südländer. Der Blonde sagt in barschem Ton: ›Sie tragen kein Kopftuch. Das ist strafbar.‹ Ich antworte leichthin: ›Ach, so was! Das habe ich in der Eile vergessen. Das nächste Mal passe ich dann besser auf.‹ Der Blonde hat nun meinen Ausweis verlangt. ›Wir müssen das zur Anzeige bringen‹, hat er gesagt. Darauf ich: ›Was?! Wegen dieser lächerlichen Kleinigkeit machen Sie einen solchen Wirbel?‹ Da sagt doch dieser Dunkelhaarige, so ein stämmiger, untersetzter Typ: ›Das ist keine Kleinigkeit. Sie laufen hier rum wie eine Schlampe, mitten in der Stadt.‹ ›Hören Sie mal, junger Mann!‹, habe ich den angefahren. ›Alles, was hier herum ist, die Schlösser, die Kirchen, der Königsbau, alle Gebäude hier, haben wir errichtet. Ihre Leute haben vielleicht Kotflügel montiert und Döner verkauft. Und Sie und Ihresgleichen wollen uns jetzt Ihre Kultur aufzwingen.‹ Er hat gegrinst. ›Sie haben uns ins Land geholt, damit Sie ein bequemes Leben haben. Und jetzt sind wir an der Macht. So ist halt Demokratie.‹ Der Blonde hat mir den Ausweis zurückgegeben. ›Bitte, Frau Falkenberg.‹ Ich in leicht giftigem Ton: ›Da ist noch ein ‚von‘ dabei. Das gehört auch zum Namen.‹ Er ist ganz cool geblieben. ›Na gut, Frau von Falkenberg. Wollen Sie die ‚Freifrau‘ auch noch hören?‹ ›Nein, das können Sie weglassen‹, gab ich zurück. ›In der Anrede wird das sowieso zur ‚Baronin‘.‹ Der Blonde hat dann noch gesagt: ›Ich nehme in die Anzeige auch rein, dass Sie geltend machen, Sie hätten vergessen, ein Kopftuch umzubinden. Mal abwarten, wie's weitergeht.‹ Daniel, was wird denn jetzt? Muss ich da vor Gericht erscheinen?«

»Vermutlich gibt's nur einen Strafbefehl. Wenn wir dagegen Einspruch einlegen, müssten Sie allerdings vor Gericht erscheinen.«

»Vielleicht sollten wir's darauf anlegen. Dem Richter würde ich schon Bescheid stoßen. Bin ich dann vorbestraft? Wäre meinem Mann als Vorsitzendem Richter beim Landgericht wohl nicht so recht. Vielleicht nimmt er's auch mit Humor. Er ist ja so froh, dass er an einer Kammer für Zivilrecht ist. Seine Kollegen bei den Strafkammern stöhnen und fluchen. Sie haben schon genug zu tun mit all diesen Anlagebetrügern und Internetkriminellen. Und jetzt noch diese moslemischen Sittlichkeitsdelikte. Die Polizisten sind gerade besonders hinter Homosexuellen her. Das ist doch lachhaft. Wem schaden die denn? König Karl von Württemberg war auch homosexuell und Ludwig der Zweite von Bayern soll sich auch zu jungen Männern hingezogen gefühlt haben und Friedrich der Große hat sich in keiner Weise für Frauen interessiert. Na und? Trotzdem bedeutende Persönlichkeiten. Und diese zugewanderten Plebejer beurteilen alles nach ihren primitiven Maßstäben. Sagt doch dieser braunhäutige Polizist, dieser Parvenü, ich sei gewissermaßen eine Schlampe. Dabei ist meine Urgroßmutter immer mal wieder bei der letzten Königin von Württemberg zum Kaffee eingeladen gewesen. Oder haben sie Tee getrunken? Sei's drum. Was machen wir denn jetzt?«

»Abwarten. Wie Sie selbst sagen, sind die Strafrichter gerade sehr überlastet, natürlich auch die Staatsanwälte. So kann es gut sein, dass das Verfahren gegen Sie wegen Geringfügigkeit eingestellt wird.«

Henriettes Mutter stand auf.

»Ach, mein lieber Daniel, jetzt geht mir's schon viel besser. Ich glaube, meinem Mann sage ich erst mal nichts, sonst regt er sich bloß unnötig auf.«

23

»Diese Feiglinge!«, polterte Ursula los, als sie Joes Büro betrat.

Wir wussten, wen sie meinte. Das Bundesverfassungsgericht hatte über das Gesetz zur Wiederherstellung von Sitte und Anstand entschieden. Die Sekretärinnen hatten es während der Mittagspause im Radio gehört.

»Es ist zumindest ein Teilerfolg«, meinte Martin begütigend. »Jetzt musst du kein Kopftuch mehr umbinden.«

»Einen Teilerfolg nennst du das?«, fuhr ihn Ursula an. »Das hätten sie sich vollends schenken können. Dann wäre ihre Jämmerlichkeit so richtig deutlich geworden.«

»Was würdest denn du als Richterin tun«, argumentierte Hartmut, »wenn vor dem Gebäude eine Meute tobt und zu befürchten ist, dass sie dich lynchen?«

»Wir sind nach der Verfassung an Gesetz und Recht gebunden. Und so würde ich entscheiden. Außerdem kann man ja Polizeischutz anfordern.«

Ich lächelte spöttisch. »Fraglich, ob Polizisten den Verfassungsrichtern geholfen hätten. Der Innenminister hat ja erklärt, Polizisten hätten vor dem Bundesverfassungsgericht nichts zu suchen. Die Demonstranten seien friedlich und hätten ein Recht, ihre Meinung zu dem neuen Gesetz kundzutun.«

»Das Rad der Geschichte dreht sich weiter«, erklärte Hartmut, »und ihr haltet es nicht auf.«

Nachdem ich Tee getrunken hatte, kehrte ich in mein Büro zurück und gab in den Computer das Stichwort »Bundesverfassungsgericht« ein. Mit einer Mehrheit von nur einer Stimme hatte das Gericht entschieden, das neue Gesetz sei insoweit verfassungswidrig, als es von Frauen verlange, eine Kopfbedeckung zu tragen.

Das sei eine Sitte, die aus dem Islam stamme und andersgläubigen Frauen nicht aufgezwungen werde dürfe, weil Religionsfreiheit bestehe. Allerdings dürfe der Gesetzgeber schon festlegen, dass Frauen keine aufreizende Kleidung tragen dürften. Das entspreche zwar auch der islamischen Sittenlehre, aber unabhängig davon stehe es dem Gesetzgeber zu, einer immer hemmungsloser werdenden Sexualisierung der Gesellschaft entgegenzutreten. Dem diene auch die sehr weitreichende Geschlechtertrennung nach dem neuen Gesetz. Hier sei es indes geboten, dass der Gesetzgeber Ausnahmen zulasse, besonders im Bereich der Gastronomie. Es sei nicht angebracht, wenn nicht einmal Familien und verheiratete Paare zusammen ein Restaurant besuchen könnten. Ansonsten seien in dem Gesetz weitgehend die Normen des Sexualstrafrechts wiedereingeführt worden, die auch in der Epoche nach Inkrafttreten des Grundgesetzes gegolten hätten. Damals wie heute seien diese Normen verfassungsgemäß, wenn sie auch persönliche Freiheiten in erheblicher Weise einschränkten. Aber der Gesetzgeber habe auch hier das Ziel, die Sexualisierung der Gesellschaft einzudämmen. Ungewöhnlich sei jedoch, dass auch intime Kontakte zwischen unverheirateten Personen verschiedenen Geschlechts unter Strafe gestellt seien. Aber auch das sei zur Stärkung von Ehe und Familie legitim. Außerdem sei das Alkoholverbot nicht zu beanstanden; Alkohol sei ohne jeden Zweifel auch eine Droge mit oft verheerenden Folgeschäden.

Auch die »Mindermeinung« der unterlegenen Richter war veröffentlicht.

Das gesamte Gesetz sei mit der Verfassung nicht vereinbar. Der Gesetzgeber habe einfach Normen der Scharia bzw. des Korans übernommen, anstatt auf rationale Weise den Erfordernissen einer modernen multikulturellen Gesellschaft gerecht zu werden. Das Gesetz stelle eine religiös motivierte, völlig unangemessene Gängelung der Bürger dar und widerspreche eindeutig dem Gebot der Trennung von Kirche und Staat, wie es sich aus dem Grundgesetz, insbesondere durch Fortgeltung der entsprechenden Bestimmungen der Weimarer Reichsverfassung, ergebe; auch verletze das Gesetz die Religionsfreiheit der Nichtmuslime. Außerdem verstießen die Kleiderordnung für Frauen, die Geschlechtertrennung und die Sanktionierung von Intimkontakten zwischen Unverheirateten gegen die Menschenrechte, die seit der französischen Revolution die Grundlage für jede Normierung bildeten und auch die Rechtsprechung des Europäischen Gerichtshofs für Menschenrechte prägten.

Wenigstens hatte Henriettes Mutter nichts mehr zu befürchten. Die Anzeige gegen sie ging nun ins Leere. Aber mein Kollege Joe und seinesgleichen schwebten weiterhin in großer Gefahr.

Ich wechselte in den Bereich »Dokumente« und öffnete dort den Ordner, in dem die Ermittlungsakten über die Unterschlagungen eines spielsüchtigen Buchhalters gespeichert waren, den ich morgen ohne Begeisterung verteidigen würde.

Die Sekretärin rief mich an. Ein Herr Neufelder stehe bei ihr und wolle mich geschwind sprechen. Ich erschrak. War Sebastian wieder in eine verfängliche Situation geraten?

Doch Sebastian wirkte recht entspannt, als er hereinkam.

»Ich möchte Sie nicht groß aufhalten. Ich bin nur gekommen, um mich zu verabschieden. Auch danke ich Ihnen noch mal, dass Sie sich so sehr für mich eingesetzt haben.«

»Verabschieden? Gehen Sie weg aus Stuttgart?«

»Ja. Meine Dissertation ist gedruckt, das Rigorosum überstanden. Ich habe eine Stelle beim Massachusetts Institute of Technology angenommen.«

»Nach Boston gehen Sie! Wie haben Sie denn das geschafft?«

»Ein Studienfreund von mir ist schon am MIT; der hat mich empfohlen. Ich will in die Forschung. Da hat man in den USA ohnehin mehr Möglichkeiten als hier. Und die neue Regierung tut ja nicht gerade viel, um Wissenschaftler im Land zu halten. Und als Unverheirateter riskiert man ja jeden Tag, im Gefängnis zu landen.«

»Wohl schon. Es fragt sich, was aus einem Land werden soll, in dem bärtige Männer, die fünf Mal am Tag beten und sonst nicht viel tun, die Elite bilden.«

Sebastian lächelte. »Ich werde es von Boston aus beobachten. Erst fliege ich aber auf die Kanarischen Inseln und besuche Florian.«

»Wie geht es ihm denn?«

»Ich telefoniere mit ihm von einem Internetcafé aus. Die Nummer habe ich von seiner Schwester. Ich weiß ja nicht, ob ich weiterhin überwacht werde. Er hat einen Job als Kellner in einer Disco gefunden. Er sagt, da drunten hat er wenigstens keine Angst mehr. Und das Wetter ist meistens schön. Wenn ich mich da drüben eingelebt habe, kann er zu mir kommen. Er braucht nicht unbedingt zu arbeiten, er soll einkaufen und die Wohnung in Ordnung halten. Damit ist mir auch geholfen. Und wenn Sie hier abhauen müssen … kann ja gut sein, bei dem, was Sie riskieren … dann kommen Sie nach Boston. Ich kümmere mich dann um Sie. Auch Joe ist natürlich willkommen. Er hat ja Florian gerettet.«

»Das ist nett. Gegenwärtig habe ich aber eine Adresse in North Carolina. Meine Freundin Henriette ist dort bei einer deutschen Firma tätig.«

»Dann können wir Emigranten uns ja mal besuchen.«

24

Joe wartete in der Nähe von Hartmuts Haus auf mich.

»Wir gehen zusammen rein«, schlug er vor. »Ich weiß gar nicht recht, was ich zu dem Jungen sagen soll, bei so einer Gelegenheit. Ist doch auch leicht peinlich, weil jeder weiß, an welcher Stelle der Junge operiert wurde.«

»Peinlich? Finde ich nicht. Ein Geschenk hast du dabei?«

»Sicher doch. Aber am liebsten wäre ich nicht gekommen. Martin hat wohl recht; wenn wir jetzt reihenweise konvertieren, geben wir uns vollends auf.«

»Hartmut meint, es sei bloß so pro forma, damit's der Junge später leichter hat.«

»Ja, damit er selbst Vorteile hat.«

Ein Herr öffnete die Tür.

»Ich bin Olivers Onkel, mütterlicherseits.«

Ich lächelte. »Ah, Hartmuts Schwager.«

»Genau der. Ehrlich gesagt, lieber wäre ich zu Olivers Konfirmation gekommen als zu dem, was wir heute feiern.«

Er führte uns ins Wohnzimmer. Oliver stand neben seinem Vater vor einem hohen Bücherregal aus Schleiflack, das eine Schmalseite des Raums bedeckte. Der Junge hatte ein weißes T-Shirt ohne Aufdruck an, dunkelblaue Jogginghosen und weiße Sportschuhe. Er lächelte etwas verkrampft, der Oberkörper war leicht nach vorn gebeugt. Ich drückte seine Hand.

»Ja, Oliver, ich gratuliere dir zu dem mutigen Schritt. Du magst doch weiße Schokolade. Ich habe dir vier Tafeln mitgebracht, feinste Qualität, aus dem Naturkostladen. Und immer wenn dir was wehtut, nimmst du ein Stück Schokolade. Und in dem Kuvert da ist was drin, womit du dir einen Wunsch erfüllen kannst.«

Ich reichte ihm eine kleine Tragetüte. Er bedankte sich. Auch Joe begrüßte ihn und gab ihm ein Kuvert.

»Wie fühlst du dich denn heute?«, erkundigte ich mich. »Das Gröbste ist ja überstanden.«

»Tagsüber geht's so«, antwortete er. »Aber letzte Nacht war es übel. Ich bin n paarmal aufgewacht. Das spannt dann so und tut saumäßig weh.«

Hartmut schaltete sich lächelnd ein. »Mein Sohn ist eben ein temperamentvoller Junge. Ganz wie der Vater. Ich hab ihm gesagt, er soll ein paar Eiswürfel in ein Tuch tun und draufpressen.«

»Das mach ich heute Nacht. Wenn's wieder losgeht.«

»Und wie war die Operation? Vollnarkose?«, wollte Joe wissen.

»Nein, lokal.«

»Hast du was gespürt?«, machte Joe weiter, dem das Thema anscheinend nicht mehr peinlich war.

»Die Spritzen da unten rein, das hat echt wehgetan. Aber danach hab ich eigentlich nichts mehr gespürt.«

»Bei einer örtlichen Betäubung hast du ja zusehen können.«

»Wollt ich nicht. Ich hab an die Decke gestarrt und gehofft, dass es bald vorbei ist.«

Ich sah umher. An der Terrassentür standen drei Jungen, die wohl so alt wie Oliver waren. Einer war dunkelhaarig. Das war vermutlich Erdal. Die beiden andern waren blond und sahen sich sehr ähnlich. In ihrer Nähe stand Hartmuts Schwager und ein vielleicht achtzehnjähriger Typ, wohl sein Sohn. Der Schwager unterhielt sich mit einem südländisch wirkenden Herrn, bestimmt Erdals Vater.

»Oli, nicht von nack… schönen Frauen träumen!«, rief einer der blonden Jungen herüber.

Der andere Blonde und Erdal lachten.

»Halt's Maul, Alter!«, gab Oliver in freundlichem Ton zurück.

»Oliver! Was ist das für eine Ausdrucksweise!«, ermahnte ihn sein Vater. »So reden die miteinander. Was soll ich machen?«

Oliver sagte: »Die drei finden das witzig. Die haben's hinter sich.

Erdal hat's am leichtesten weggesteckt, der war erst neun. Fred und Finn ...«

»Sind das die beiden Blonden?«, fragte Joe.

»Ja, also die beiden ...«

»Die sehen sich so ähnlich. Sind das Brüder?«

»Zwillinge. Bei denen wurde es mit zwölf gemacht, während der Sommerferien. Die hatten das gleiche Problem wie ich, nachts. Die sind dann immer auf den Balkon raus gerannt, da war's kühl. Das hat sie beruhigt. Aber ich mag nicht auf die Terrasse laufen. Da müsste ich erst ne Jacke anziehen.«

»Allerdings«, bemerkte sein Vater. »Mach das bloß nicht! Dazu ist es noch zu kalt. Sonst erkältest du dich und hustest herum. Dann tut's erst recht weh.«

Oliver schien sich aufrecht hinzustellen, beugte den Oberkörper aber rasch wieder nach vorn. »Ich halt das schon aus. Ich bin echt froh, dass es gemacht wurde. Unbeschnitten ist voll uncool.«

Joe presste die Lippen zusammen. Olivers Bemerkung schien ihm nicht zu behagen.

Ich wandte mich Hartmut zu. »Kommt dein Bruder auch noch?«

»Der?!«

»Na ja, ist ne weite Fahrt von Dresden her.«

»Dem kann ich gar nicht sagen, was wir hier feiern. Zur Konfirmation wäre er wohl gekommen. Die leben da drüben in einer anderen Welt. Mein Bruder geht nach wie vor in Kneipen und trinkt Bier und Wodka. Oder mit seiner Frau ins Restaurant. Und die Freundin seines Sohnes übernachtet am Wochenende in dessen Zimmer. In Dresden wurde noch kein Schwuler festgenommen. Nicht von ungefähr sagt man, dass die Schwaben die Preußen Süddeutschlands sind. In Stuttgart sind viele Staatsbedienstete auf geradezu widerliche Weise pflichtbesessen.«

»Vielleicht sollten wir die Kanzlei nach Dresden verlegen«, schlug Joe lächelnd vor.

»Bringt nichts. Irgendwann zieht auch bei denen der Horror ein.«

»Ich find's gut, dass sie Alkohol verboten haben«, meinte Oliver. »Und im Fußballstadion haben Frauen auch nichts verloren. Und ich bin ganz froh, dass die Tussis aus unserer Schule weg sind. Die sind so streberisch und haben meistens bessere Noten als die Jungs.«

Hartmut schlug seinem Sohn leicht auf den Rücken.

»Au!«

»Na hör mal! Ich hab dich ja kaum berührt.«

»Das tut aber an ner anderen Stelle weh.«

»Ach so. Also ich wollte zum Ausdruck bringen, dass man in deinem Alter Alkohol und Mädchen nicht unbedingt vermisst. Im Übrigen solltest du nicht abfällig über weibliche Personen reden.«

Ich sah nochmals umher. »Ach ja, sind keine Frauen eingeladen? Und die Dame des Hauses … ist sie noch in der Küche?«

»Die Frauen sind nebenan im Esszimmer.«

»Ach so?«

»Jetzt kommt dann gleich der Imam und mit ihm ein Abgeordneter der Partei des rechten Weges. Die wollen wohl keine Frauen um sich haben. Das ist ungehörig. Und Sekt gibt's auch nicht. Mineralwasser oder Fruchtsäfte kann ich bieten. Und Häppchen. Da drüben auf dem Sideboard. Kommt mit, ich schenke euch ein! Nachher kommen noch einige Platten. Ohne Schweinefleisch natürlich.«

Zwischen uns und der Kommode standen Erdals Vater und Hartmuts Schwager. Dessen Sohn bewegte sich auf Oliver zu. Hartmut blieb bei den beiden Herren stehen. Erdals Vater gab Joe und mir die Hand.

»Haben Sie auch Söhne?«

Ich lächelte. »Noch nicht. Meine Freundin ist gerade in Amerika.«

Er lächelte auch. »Ja dann ist das nicht so einfach. Also wenn Sie dann mal welche haben … ich habe drei von der Sorte … dann kann ich als Arzt nur empfehlen, das Gleiche machen zu lassen wie bei Oliver. Ach ja, Hartmut, was ich dir noch sagen wollte … Wenn du alle Vorteile dieser Sache ausschöpfen willst, dann solltest du darauf achten, dass Oliver möglichst nicht an irgendwelche Cremes rankommt. Meine Frau lässt keine Creme im Bad stehen. Ihre Tuben und Töpfchen sind alle in unserem Schlafzimmer und da haben die Jungs nichts zu suchen. Und dann der Computer. Jeder der drei hat einen Laptop. Aber sie müssen meine Frau oder mich um Erlaubnis bitten, wenn sie ihn anschalten wollen. Und sie müssen dafür eine Begründung haben. Meistens sagen sie: Was tippen was für die Schule, was recherchieren für ein Referat. Aber man muss dann auch kontrollieren, was sie aufrufen. Computerspiele sind strikt verboten. Und Sexseiten auch. Man muss sie ablenken. Am besten mit Sport. Ich jogge mit ihnen am Wochenende, wenn ich keinen Dienst habe. Und Oliver und Erdal gehen gerne schwimmen. Und meine Frau verlangt, dass unsere Jungs immer mal wieder ein gutes Buch lesen.«

»Lassen die sich das einfach so gefallen?«, wandte Hartmuts Schwager ein. »Mein Sohn ist immer gleich patzig geworden, wenn ich ihm geraten hab, nicht so viele Computerspiele zu machen. Und Pornos ruft er natürlich auch auf. Wenn man sein Zimmer betreten will, muss man anklopfen und eine Weile warten und kann dann erst reingehen. Und dann raunzt er noch, man soll ihn nicht dauernd stören.«

»Jetzt können Sie ja zu ihm sagen, er riskiert, öffentlich ausgepeitscht zu werden, wenn er sich Pornos runterlädt.«

»Meinen Sie, die schalten sich einfach so auf private Computer auf?«

»Damit muss man rechnen«, bestätigte Hartmut. »Aber bei Pornokonsum wird man nach dem neuen Jugendgerichtsgesetz nicht öffentlich bestraft. Da bekommt man, wenn ich recht weiß, nur Stockschläge im Polizeigewahrsam, auf den bloßen Hintern. Auch nicht angenehm. So ist es doch, Daniel?«

»Ich müsste es auch erst nachlesen. Die neuen Bestimmungen hat man noch nicht so intus.«

Es läutete.

»Das wird der Imam sein«, vermutete Hartmut. »Und der Abgeordnete.« Zögernd fügte er hinzu: »Der Imam spricht dann wohl Gebete. Der Sache muss man einen religiösen Anstrich geben. Das Glaubensbekenntnis hat der Imam dem Oliver schon neulich in der Moschee abgenommen.«

Ich packte Joe am Arm. »Hartmut, wir begrüßen dann mal nebenan deine Frau und die anderen Damen.«

»In Ordnung«, erwiderte Hartmut und eilte zur Haustür.

25

Henriette kam über die Ostertage nach Stuttgart. Spät abends am Karfreitag traf sie auf dem Flughafen Echterdingen ein. Am Nachmittag des Karsamstags besuchte sie mich.

»Ich fühle mich in diesem Land nicht mehr wohl«, fing sie schon im Windfang an. »Irgendwas stimmt hier nicht mehr. ›There is something rotten in the state of Germany‹. Mein Vater ist so ernst geworden. Er sagt, Kaiser Wilhelm der Zweite hätte die Revolution von 1918 niederschlagen sollen, dann wäre Hitler nicht an die Macht gekommen und es hätte keinen Zweiten Weltkrieg gegeben, jedenfalls keinen, der so verheerend ausgegangen wäre; damit hätte man kein völlig zerstörtes Land wiederaufbauen müssen und hätte nicht so viele Fremdarbeiter gebraucht, gar noch aus gänzlich anderen Kulturen. Wenn er pensioniert ist, will er im Süden Spaniens ein Häuschen erwerben und hofft, dass er dort keinen bärtigen Männern und Frauen im Schador begegnet.«

Am Morgen hatte Henriette mit ihrer Mutter einen Einkaufsbummel gemacht. Viele Leute wirkten, als ob sie etwas bedrückte. Erstaunlich viele Frauen trugen ein Kopftuch, obwohl es nun nicht mehr verpflichtend war. Bärtige junge Männer kamen Henriette entgegen und sahen sie, wie sie meinte, feindselig an, wohl wegen ihrer leuchtend blonden unbedeckten Haare. Auch begegnete man immer wieder Doppelstreifen, die besonders jüngere Paare zur Rede stellten, wenn diese Hand in Hand gingen oder sich sonst auf irgendeine Weise berührten.

Plötzlich steuerte Henriettes Mutter auf zwei junge Polizisten zu. Einer war vermutlich türkischer Abstammung. Ihn sprach Frau v. Falkenberg an.

»Nun, junger Mann, jetzt dürfen Frauen wieder wie Schlampen herumlaufen.«

Henriette erschrak und zupfte ihre Mutter am Ärmel. »Was redest du denn da?«

»Lass nur! Er weiß schon, wieso ich das sage.«

»Diese Richter sind eben Ungläubige«, gab der braunhäutige Polizist zurück. »Die wissen nicht, was Anstand bei Frauen ist.«

»Meine Vorfahren haben am Hof der Herzöge und Könige von Württemberg verkehrt. Glauben Sie, dort hätte man keinen Anstand gehabt?«

»Was gehen mich Ihre Könige an? Das waren Ungläubige.«

»Diese Herzöge und Könige hatten auch einen Glauben.«

»Aber nicht den richtigen.«

»Wer weiß schon, welches der richtige ist? Jeder Pfarrer und jeder Imam sagt, er habe den richtigen Glauben.«

»Da hat sie recht«, warf der blonde Polizist ein.

Der andere herrschte ihn an: »Ich habe dir schon oft gesagt, konvertiere endlich, dann weißt du, was richtig ist.«

»Das kann ich meiner Mutter nicht antun.«

»Der Erzengel hat dem Propheten gesagt, was Allahs Wille ist.«

»So was sagen die Juden von Moses auch, also dass er auf dem Berg Sinai mit Gott Kontakt hatte«, entgegnete Frau v. Falkenberg.

»Mutter!«, mahnte Henriette. »Diese Streiterei hat doch keinen Sinn.«

»Doch«, widersprach Frau v. Falkenberg, »ich will erreichen, dass er toleranter wird. Menschen verschiedenster Herkunft leben in diesem Land; das geht nur, wenn man jedem seine Freiräume lässt, besonders was Religion angeht.«

Der türkischstämmige Polizist starrte Frau v. Falkenberg an. »Ich hab's Ihnen schon mal gesagt: Wir sind die Mehrheit. Und wir haben jetzt das Sagen. Das ist Demokratie.«

Der Blonde zuckte die Schultern, und die beiden Polizisten gingen weiter.

Nun erzählte Frau v. Falkenberg ihrer Tochter, dass sie mit den beiden neulich schon einen Zusammenstoß gehabt hatte.

Ich ging mit Henriette ins Wohnzimmer. Sie setzte sich aufs Sofa. Über ihr an der Wand ein Relief des Wappens meiner Familie.

»Meine Mutter meint immer noch, es hebe sie von anderen ab, dass sie als Gräfin geboren wurde, dass es unter ihren Vorfahren Generäle, Minister und Botschafter gibt. Aber diese Art von Adelsstolz hat heutzutage nur noch Witzqualität.«

Ich widersprach. »Ich finde ihren Traditionalismus sehr sympathisch.«

»Wie dem auch sei. Wir haben andere Sorgen. Hast du eigentlich keine Angst, dass plötzlich Polizisten in der Wohnung stehen wie bei Florian und seinem Freund?«

»Wieso denn?«

»Du bist bei der Justiz ganz bestimmt nicht beliebt. Erst kämpfst du für Drogenleute, dann entziehst du Schwule ihrer ›gerechten‹ Strafe. Die fragen sich bestimmt, ob sie dir nicht auch mal was anhängen können.«

Ich lächelte. »Das ist wohl nicht so einfach.«

»Heutzutage schon. Zum Beispiel, wenn du als Unverheirateter eine weibliche Person empfängst und mit ihr Unzucht treibst.«

»So genau wissen die über mein Privatleben nicht Bescheid.«

»Du bist viel zu sorglos, mein lieber Daniel. Da draußen an der Straße steht ein ziemlich großer Lieferwagen ohne Aufschrift. Da sitzen vielleicht Polizisten drin und hören mit, was wir gerade sprechen. Und wenn du sagst ›Komm, wir gehen ins Schlafzimmer!‹, dann warten sie eine Weile, brechen die Tür auf und stürmen herein.«

Vielleicht hatte sie recht, obwohl ich mir nach meinem Empfinden nicht bedroht vorkam.

»Deine Wohnung ist an sich recht günstig. Sie können nur über die Außentreppe kommen und dann durch die Wohnungstür. Du musst unbedingt …« Sie begann zu flüstern. »… den Eingang diebstahlsicher machen. Mehrere Bolzen, die in den Türrahmen gehen, und eine eiserne Querstange.«

Sie stand auf. »Wir gehen jetzt eine Weile spazieren. Die Sonne scheint so schön. Außerdem möchte ich mich mit dir unterhalten, ohne dass dieses Gesindel …« Sie wurde lauter. »… dieses üble Gesindel mithört. Ach, ehe ich's vergesse, du bist morgen zum Mittagessen bei meinen Eltern eingeladen. Und später gibt's Kuchen. Da braucht dich dieses Pack dann nicht zu belauern. Ich hoffe, sie tun das an Ostern ohnehin nicht.«

»Sie tun nur ihre Pflicht«, spöttelte ich.

»Wer Idioten dient, tut nicht seine Pflicht. Der ist selbst ein Idiot.«

26

Kaum hatte ich am Montagmorgen mein Büro betreten, erschien schon Joe. Doch er sprach kein Rechtsproblem an, sondern erzählte von seinem Besuch im Stadion des VfB am letzten Samstag.

Die Ränge füllten sich mit Menschen, das heißt Männern und Jugendlichen, als plötzlich 5 Uniformierte den Rasen betraten. Neben ihnen trotteten 5 Jungen, vermutlich 15 oder 16 Jahre alt, mit Handschellen gefesselt, wobei sich die Arme vor dem Körper befanden, Köpfe gesenkt. Sie waren nur mit Speedobadehosen und Turnschuhen bekleidet. Hinter dieser Gruppe gingen noch zwei Männer in Anzügen. Vor einem der Tore blieben alle stehen. Der vorderste Polizist sprach mit dem Jungen, der neben ihm war, und schob ihn dann an den linken Pfosten des Tors, auf den der Junge die Hände legte. Der Beamte zog aus der Halterung am Gürtel einen Stab, der wie ein Schlagstock wirkte. Er schüttelte ihn und man erkannte, dass an dem Gebilde ein Lederriemen befestigt war. Der Stadionsprecher bat um Ruhe und Aufmerksamkeit. Eine andere Stimme verkündete nun, dass gegen die 5 Jugendlichen auf dem Spielfeld ein Urteil ergangen sei, wonach sie wegen Alkoholkonsums zu je 20 Peitschenschlägen auf den entblößten Rücken an einem öffentlichen Ort verurteilt worden seien. Sie seien am Samstag zu Beginn der Osterferien auf den Stufen des Königsbaus gesessen und hätten aus einer Mineralwasserflasche getrunken, die einer dem andern weitergereicht habe. Zwei Polizisten seien misstrauisch geworden, hätten einem der Jungen die Flasche weggenommen und daran gerochen. Sie seien zu der Auffassung gelangt, dass es sich um hochprozentigen Alkohol handeln müsse. Die Jungen seien festgenommen worden und man habe dann festgestellt, dass sich in der Flasche Wodka befunden habe. Keiner der Jungen sei bereit gewesen, anzugeben, wie sie sich den Wodka beschafft hätten. Sie hätten sich damit entschuldigt, dass sie den Beginn der Osterferien hätten feiern wollen. Die Strafe des Auspeitschens werde nun vollzogen.

Im Stadion war es so still wie auf einem Friedhof. Drei der Jungen, die sehr schlank waren, bewegten die Beine auf der Stelle stehend; sie schienen zu frieren. Zwar fiel Sonnenlicht auf sie, aber es wehte ein kühler Wind.

Der Polizist, der die Peitsche hielt, holte nun aus und schlug zu. Der Lederriemen traf auf den nackten Rücken des Jungen, der am Pfosten stand. Der Junge war zunächst still, und man hatte den Eindruck, dass der Polizist nicht seine gesamte Kraft aufwandte.

Plötzlich schrie einer: »Aufhören! Ihr Faschisten!« Ein anderer rief: »Schlag stärker zu, der spürt ja nichts!« Nun sprangen Bärtige auf. Und immer wieder war zu hören: »Allahu akbar!«

Einer der Männer in Zivilkleidung zählte laut mit, sobald die Peitsche ihr Ziel erreichte. Ab dem zehnten Schlag schrie der Junge jedes Mal auf.

Als die Zahl 20 genannt wurde, trat der zweite Zivilist zu dem Jungen, begutachtete die Striemen auf dessen Rücken, sagte etwas und führte den Jungen einige Schritte vom Tor weg.

Der zweite Junge kreischte schon beim ersten Schlag auf und lief weg. Ein Polizist rannte hinter ihm her und zerrte ihn wieder zum Tor. Dort band man seine Hände mit einer Schnur an den Pfosten.

Einige Männer klatschten nun bei jedem Schlag in die Hände, zählten mit und johlten, als der Betroffene die Bestrafung überstanden hatte.

Einige schrien: »Keine Scharia auf deutschem Boden!« Und: »Islamisten haut ab!«

Noch als der letzte Junge seine Hiebe erhielt, liefen die Mannschaften des VfB und ihres Gegners auf den Rasen.

Die Polizisten führten die Jungen zum Kabinenbereich zurück, gefolgt von den beiden Zivilisten, begleitet von zustimmenden Rufen und Beschimpfungen.

Ich hatte Joe gebannt zugehört.

»Was sagst du dazu?«, fragte er mich nun.

Da ging die Tür auf und Hartmut kam herein.

Joe wandte sich um. »Warst du auch am Samstag im Stadion?«

»Ja, deswegen komme ich. So gut ich Daniel kenne, war der nicht dort, sondern hat was gelesen oder ist zum Bärenschlössle gewandert.«

Joe sagte: »Es ist doch unglaublich, dass die jetzt schon loslegen und nicht abwarten, bis das Bundesverfassungsgericht über diese Änderung des Jugendgerichtsgesetzes entschieden hat, bei so einer heiklen Sache.«

»Das Gesetz gilt«, erklärte Hartmut kühl. »Dann sollen sich die Herren beim Bundesverfassungsgericht etwas beeilen. Aber die fürchten sich mal wieder vor der Wut der Islamisten.«

»Spätestens der Europäische Gerichtshof für Menschenrechte wird das Gesetz zerreißen«, prophezeite ich.

»Und diese Regierung wird das nicht beachten«, vermutete Hartmut. »Aber seien wir mal ehrlich. Am Samstag … das war genau die richtige Methode, um mal diesem Saufen unter Jugendlichen entgegenzutreten.«

Joe starrte Hartmut an. »Erlaube mal! Das ist doch ein eindeutiger Verstoß gegen die Menschenrechtskonvention.«

»Mag ja sein. Aber eine andere Sprache verstehen diese arroganten jungen Typen nicht.«

»So kann man es jedenfalls nicht machen.«

»Joe, du hast keine Sprösslinge. Aber was würdest du tun, wenn dein Sohn oder deine Tochter an jedem Wochenende besoffen nach Hause kommt?«

Joe stutzte. »Na ja. Erst redet man mal. Und dann Hausarrest oder so.«

»Dann drehen die in ihrem Zimmer die Musik so laut, dass du schier verrückt wirst und sie dann doch gehen lässt. Eins kann ich dir sagen: Die fünf, die am Samstag ausgepeitscht wurden, trinken so schnell keinen Alkohol mehr.«

»Dann machen sie's eben heimlich«, widersprach Joe, »und nicht mehr auf dem Schlossplatz.«

»Die müssen damit rechnen, dass die Polizei sie beobachtet. Jedenfalls wissen sie, wenn sie wieder saufen, kann das richtig wehtun.«

Ich versuchte, die beiden in eine andere Richtung zu lenken. »Was sagt denn Oliver dazu? Der war doch sicher mit dir beim VfB.«

»Er und Erdal waren bei mir. Sie finden, dass die Jungs diese Abreibung verdient haben. Peinlich war mir, dass Oliver auch aufgesprungen ist und ›Allahu akbar‹ gerufen hat. Ich habe ihn sofort am Arm gepackt und nach unten gezogen. Erdal hat sich nicht anstecken lassen, der hat nur gegrinst. Wir saßen mitten zwischen so jüngeren und älteren Typen mit Bierbäuchen, die natürlich stocksauer sind, dass sie nicht mehr jede Menge in sich hineinschütten können.«

»Wie geht's Oliver denn?«, erkundigte ich mich, um vollends von den Meinungsverschiedenheiten wegen des Auspeitschens wegzukommen. »Ist inzwischen alles gut verheilt?«

»Also anfangs sah das ja übel aus. Schwellungen, verkrustetes Blut. Das ist jetzt alles schon verschwunden. Er muss aber schon noch aufpassen. Ich lasse ihn noch nicht am Sport teilnehmen.« Hartmut lächelte. »Allerdings gibt es da ein Problemchen. Oliver sagt, er hat bei jedem Schritt ein unangenehmes Gefühl.«

»Hat er noch Schmerzen?«, fragte Joe besorgt.

»Nein, das ist es nicht. Die Reibung an der Unterhose ist halt ungewohnt. Erdal sagt, es sei am Anfang schon ›irgendwie komisch‹, aber er hat sich rasch daran gewöhnt. Er trägt jetzt sogar manchmal im Sommer Jeansshorts ohne Unterhose und das ist ja wirklich ein rauer Stoff. Die Zwillinge mögen dieses Gefühl auch nicht und tragen deswegen nur Slips. Aber das lehnt Oliver ab, da werde alles so zusammengepresst.«

Ich fragte: »Bereut er es denn jetzt? Und gibt dir vielleicht die Schuld?«

»Nein, gar nicht. Er ist stolz, dass es jetzt so ist, und es ist unvermeidlich, wenn er als Moslem akzeptiert werden will. Er sagt, er hält das schon aus.«

Joe murmelte: »Verdammt! Zu mir kommen Mandanten. Die sind bestimmt schon da.«

Er verließ mit raschen Schritten den Raum.

Hartmut sagte: »Ich muss auch weiter.« Lächelnd fügte er hinzu: »Manches ist gar nicht so übel, was der Mohammed Meier, dieser blöde Hund, in Gang bringt.«

27

Dieses Auspeitschritual, von dem mir Joe berichtet hatte, bedeutete, dass jedenfalls in Baden-Württemberg die Justiz gewillt war, das Alkoholverbot energisch durchzusetzen. Besonders gefährdet erschien mir daher Ahmed. Die Kneipe, in der er arbeitete, hatte infolge der neuen Rechtslage erheblich weniger Gäste. Da war die Versuchung groß, sich durch Handel mit Alkohol eine zusätzliche Einnahme zu verschaffen, zumal Ahmed nicht davor zurückgeschreckt war, gelegentlich Drogen zu verkaufen.

Am folgenden Samstag zog ich Ahmed daher in eine Ecke des Trainingsraums, um warnend auf ihn einzuwirken.

»Du hast wohl mitgekriegt, was letzten Samstag im Stadion des VfB los war?«

»Hab's gelesen. Diese Spinner wollen sein wie in Saudi-Arabien. Genauso streng.«

»Eben. Man muss sehr aufpassen, dass man nicht bei irgendwas erwischt wird.«

»In Türkei ist besser als hier. Ich war letzte Herbst dort, Südküste. Ich habe keine Frau gesehen mit Kopftuch. Und sie peitschen niemand aus.«

»Das hat ihnen Atatürk ausgetrieben. Er hat sie von der Religionshörigkeit weggeführt.«

»Was ist das?«

»Religionshörigkeit?«

»Ja.«

»Dass man nur auf das achtet, was im Koran steht oder in der Bibel, und sich danach richtet, anstatt selbständig zu entscheiden, was gut oder schlecht für einen ist.«

»Woher soll man wissen?«

Diese Frage verblüffte mich. Irgendetwas musste ich antworten. »Es gibt fürs Erste einen einfachen Grundsatz. Alles, was Spaß macht und anderen nicht schadet, ist in Ordnung. Natürlich sollte man auch nicht die Grundlage des eigenen Lebens schädigen oder zerstören. Dafür holt man sich Erkenntnisse aus den Naturwissenschaften. Und neben der Religion gibt es noch die Philosophie, zum Beispiel die griechischen Philosophen, Sokrates, Epikur, die Stoiker. Daran kann man sich auch orientieren, aber freiwillig, nicht aus Angst vor der Hölle oder so was.«

Ahmed sah mich verwundert an.

»Noch mal zum Alkohol«, fing ich wieder an. »Gibt es bei euch in der Kneipe noch welchen? So unter der Theke?«

Er grinste. »Du bist Anwalt. Dir kann ich sagen. Wir haben noch Wodka und so in Wasserflaschen.«

»Die Jungen, die ausgepeitscht wurden, hatten den Wodka auch in einer Wasserflasche und die Polizisten haben's gemerkt.«

»Unser Wodka steht mitten in Kiste zwischen andere Flaschen. Polizei kann nicht alle aufmachen. Wir geben Alkohol nur an Stammgäste, so bisschen in Cocktail rein, wenn sie wollen. Polizisten können Gast ja nicht Glas wegnehmen und trinken. Und bei Cocktail riecht man nicht, was alles drin ist.«

»Hoffentlich geht das gut.«

»Ich glaube in Kneipe kann nicht viel passieren. Da ist auch keine große Menge. Das läuft anderswo. Du kennst doch noch reicher Schwule, der mich verpfiffen hat?«

»Der Mitangeklagte in deinem Prozess, dieser Kaufmann?«

»Ja, der. Fatmir liefert ihm Sekt, Wein, Whisky.«

»Ausgerechnet dem, der gleich umkippt, wenn ihn die Kripo verhört.«

»Fatmir hat zu ihm gesagt: Wenn du noch mal verpfeifst, kannst du gleich Sarg bestellen.«

»Die Kripo kann Fatmir auch so auf die Schliche kommen.«

»Wie Schliche?«

»Beispielsweise Fahrzeugkontrolle, und er hat was im Auto. Oder hören sie Telefongespräche ab und so weiter.«

»Dieser Schwule und Fatmir treffen sich alle zwei Wochen in Sauna. Der Schwule sagt, was er will, und Fatmir beschafft. Dann tut er Flaschen in Rucksack und fährt mit Straßenbahn. Aber nicht zu Haus von Schwule. Der hat Keller gemietet bei alte Frau und dort tut Fatmir alles hin. Ganz einfach.«

»Diese ganzen Verteilwege haben sicher irgendwo eine Schwachstelle. Halt dich da raus!«

Ahmed lächelte. »Der Schwule hat zu Fatmir gesagt, ich bin geiler Typ, er will gerne mit mir machen. Aber ich will nicht. Ich mache nicht mit Männern. Da muss ich kotzen.«

»Sowieso alles gefährlich heutzutage. Aber wenn du schon das Thema Sex ansprichst … Was ist denn mit Tussis? Kriegst du noch manchmal eine ab? Obwohl keine mehr in deine Kneipe kommt und man in der Disco nur noch Typen trifft.«

»Ich habe noch ein paar Telefonnummern. Aber klappt meistens nur am Wochenende. Und Puff gibt auch nicht mehr. Aber ich habe Arbeit. In Albanien keine Arbeit.«

28

Wie fast jeder im Großraum Stuttgart sympathisiere auch ich mit dem VfB und meine Stimmung sinkt, wenn die Mannschaft besiegt wird, besonders wenn dies auf dem eigenen Platz geschieht. Nur wenn das nicht der Fall ist, bin ich geneigt, am späten Samstagabend die Sportsendung im ZDF einzuschalten oder am Sonntagabend »Sport im Dritten«.

An jenem Wochenende hatten die Jungs des VfB in Dortmund ein Unentschieden erzielt. Immerhin. So ließ ich am Sonntagabend einige Szenen dieses Spiels auf mich wirken. Danach wurde Nuri Sheref interviewt, ein Mittelfeldspieler, der immer mal wieder vorpreschte und ein Tor schoss oder die Stürmer mit präzisen Pässen versorgte; er war daher sehr beliebt, auch wegen seiner angenehmen Ausstrahlung. Während des Gesprächs mit dem Moderator wurden einige Äußerungen von Mannschaftskameraden eingeblendet, die nach ihrer Meinung zu Sheref gefragt wurden. Einer, der mir noch nicht aufgefallen war, sagte: »Nuri ist ein sehr ordentlicher Mensch. Ich war schon bei ihm zu Hause. Da war alles schön aufgeräumt. Aber er lebt mit seiner Freundin zusammen; vielleicht hat auch die das gemacht.«

Obwohl ich allein im Wohnzimmer war, schrie ich auf. »Nein! Ist der wahnsinnig geworden?! Wie kann der so was sagen?!« Sancta simplicitas. Nächsten Sonntag würde ich es Henriette erzählen, heute hatte ich schon mit ihr gesprochen.

Ich war noch nicht müde. So las ich in einer umfangreichen Biographie über Katharina die Große und Potemkin weiter, ein Geschenk Henriettes.

Da läutete das Telefon. So spät noch? Meine Eltern? Aber mit ihnen hatte ich heute auch schon telefoniert. Ich nahm ab. Ohne dass ein Name genannt wurde, sprach jemand sofort los.

»Entschuldige die späte Störung, Daniel!« Es war Hartmuts Stimme. Er wirkte gehetzt. »Ich muss etwas mit dir besprechen, so rasch wie möglich. Wir können nicht bis morgen warten. Es geht auch nicht am Telefon. Aus einem bestimmten Grund kann ich nicht zu dir kommen. Also setz dich in dein Auto! Nicht Straßenbahn aus ökologischen Gründen, das ist zu umständlich. Also bei mir dann. Und zieh dich nicht um! Völlig egal, was du anhast.«

»Ich bin schon unterwegs«, antwortete ich und legte auf.

Ich hatte eine graue Jogginghose und ein blassblaues T-Shirt an. Unwichtig. Ich streifte einen Regenmantel über, da die nächtliche Frühlingsluft recht kühl war, schlüpfte in Sportschuhe und verließ die Wohnung.

Doch ich begab mich nicht zur Tiefgarage, die sich auf der gegenüberliegenden Straßenseite befand, sondern lief zu einem Weg hinunter, der an einem Bach entlangführte. Falls man mich überwachte, dann lauerten sie oben an der Straße.

Ich rannte an der oberirdischen, aber leeren U-Bahnhaltestelle vorbei bis zu einem Taxenbereich. Erleichtert stellte ich fest, dass dort ein Wagen stand. Ich stieg ein und bat den Fahrer, mich nach Möhringen zu bringen. Was war geschehen? War etwa Joe selbst in Bedrängnis geraten, wegen irgendeines Typs, und hatte sich nicht getraut, mich schon wieder zu behelligen?

Hartmut öffnete die Tür.

»Wunderbar! Vielen Dank, dass du so rasch gekommen bist.« Besorgt fügte er hinzu: »Hast du dein Smartphone dabei?«

»Nein, ist zu Hause. Die Schergen des Systems brauchen ja nicht zu wissen, wo ich bin.«

»Sehr gut. Hast du vorhin ›Sport im Dritten‹ drin gehabt?«

»Ja.«

»Ist dir was aufgefallen?«

»Sicher. Dieser Idiot hat gesagt, Sheref lebt mit einer Freundin zusammen.«

»Genau darum geht's. Jetzt komm erst mal rein und gib mir den Mantel! Da drin sitzt der Präsident des VfB und Nuri Sheref.«

»Was?!«

»Kein Witz. Ich kenne den VfB-Präsidenten gut. Ich habe schon mehrere Mandate vom VfB bekommen, zivilrechtlich eben. Aber jetzt brauchen wir unter Umständen einen Verteidiger. Einen mit Biss wie du.«

Bestimmt hatte Hartmut den Präsidenten des VfB bei Veranstaltungen der Religiösen Union kennengelernt. Dort wurden die Fäden zwischen Politikern und Wirtschaftsleuten gesponnen.

Hartmut führte mich ins Wohnzimmer, wo ich mich zuletzt während des Beschneidungsfests aufgehalten hatte.

Auf dem Sofa tatsächlich der Fußballstar, neben ihm der VfB-Präsident, der auch schon in »Sport im Dritten« aufgetreten war.

Sie standen auf. Ich ging zu ihnen hin und begrüßte sie. Dann setzten wir uns alle.

Hartmut sagte: »Mein Kollege weiß, worum es geht. Er hat vorhin auch mitgekriegt, was dieser Depp gesagt hat.«

»Der kriegt nächstens was von mir zu hören«, drohte der VfB-Präsident. »Ich weiß nicht, ob der tatsächlich so blöd ist oder ob er Nuris Position anstrebt.«

»Es kann ja sein, dass wir uns umsonst Sorgen machen«, meinte Hartmut. »Aber höchstwahrscheinlich haben eben doch einige Polizisten und Staatsanwälte die Sendung gesehen. Und es wäre ein Wunder, wenn alle stillhalten würden. Gerade wenn man einem Prominenten was anhängen kann … das sind die Sternstunden der Justiz. So ist es doch, Daniel?«

»Leider.«

»Das habe ich mir auch gesagt«, bekräftigte der Präsident des VfB. »Sofort als der Satz gefallen war, habe ich den Leiter der Sportredaktion angerufen. Den kenne ich natürlich gut. Ich habe zu ihm gesagt: ›Wie könnt ihr so nen Mist senden? Aber jetzt ist es mal passiert und ich brauche Ihre Hilfe.‹ Wir haben dann besprochen, dass er den Nuri sofort nach der Sendung in ein Archiv oder so führt, dass man an der Pforte sagt, der Sheref sei schon weggegangen, wenn jemand nach ihm fragt. Und der Nuri soll warten, bis ich komme. Ich bin dann sofort losgefahren und hab den Nuri aus dem SWR-Gebäude rausgeholt. Dann hab ich Ihren Kollegen angerufen und gesagt, dass wir zu ihm kommen. Aber er macht ja nur Zivilrecht, daher brauchen wir Sie. Vorhin haben wir Nuris Freundin angerufen. Sie muss sofort raus aus der Wohnung und möglichst viel von ihren Sachen mitnehmen. Meine Frau hilft ihr dabei.«

»Das ist so ein Appartementhaus«, erklärte Hartmut. »Es gibt viele Mitbewohner. Alle kennen natürlich Herrn Sheref; sie wissen auch, dass so ne Blondine seine Freundin ist, aber näheren Kontakt mit ihr hat niemand im Haus.«

»Sie ist berufstätig und kümmert sich nicht um Nachbarn«, warf der VfB-Präsident ein. »Wie Nuri sagt, kennen auch die Mannschaftskameraden nur ihren Vornamen.«

»Mir erscheint es wichtig«, ergänzte Hartmut, »dass man diese Frau ganz aus dem Verfahren raushält. Das vereinfacht die Sache.«

Der VfB-Präsident zog ein Smartphone aus der Tasche seines Jacketts und drückte eine Taste. »Seid ihr noch in der Wohnung? … Ihr könnt nicht alles mitnehmen. … Sie soll sich nicht so haben. Ihr müsst jetzt weg. Sofort. Und nicht den Haupteingang nehmen, da lauft ihr denen vielleicht gerade in die Arme.«

»Und nicht den Aufzug«, empfahl Nuri Sheref.

»Nicht den Aufzug nehmen! … Ach so, wegen des Koffers und der Taschen. Dann fahrt bis zum ersten Stock und dort geht ihr raus und lauscht, ob im Erdgeschoss irgendwas los ist. Und du gehst voraus. Und dann runter ins Untergeschoss, dort gibt es einen zweiten Ausgang. … Das weiß die dann schon. Raus aus der Wohnung jetzt! Sofort! Tschüss.«

Er steckte das Smartphone ein. »So ein Drama!« Er wandte sich wieder mir zu. »Was würden Sie jetzt an Nuris Stelle tun?«

»Was Sie bis jetzt unternommen haben, ist richtig«, antwortete ich. »Die Freundin sollte für die Justiz nicht greifbar sein.«

»Soll er in seine Wohnung zurückkehren und abwarten, ob Polizisten kommen? Und dann sagen, er lebt da allein.«

»Die befragen die Hausbewohner, und die werden zumindest sagen, dass da immer wieder eine Frau mit Nuri Sheref im Treppenhaus war oder in seine Wohnung gegangen ist. Nein, Nuri Sheref muss für die Justiz auch erst mal nicht erreichbar sein.«

»Aber wir brauchen ihn beim Training und beim nächsten Spiel.«

»Wenn er verletzt wäre, hätten sie ihn auch nicht. Ich werde mit dem Staatsanwalt verhandeln.«

Plötzlich ging die Tür auf. Oliver tappte herein, nur mit Boxershorts bekleidet, das dunkelblonde Haar zerzaust.

»Oliver!«, rief der Vater aus. »Warum schläfst du denn nicht?«

Mit verwaschen wirkender Stimme sagte der Junge: »Ich hab gehört, dass da geredet wird. Will nur wissen, was los ist. Ich hab geglaubt, du streitest mit jemand.« Er starrte aufs Sofa. »Der sieht aus wie Nuri Sheref. Das gibt's doch nicht! Ist das Nuri Sheref?!«

»Er ist's«, antwortete sein Vater. »Aber jetzt geh wieder ins Bett! Wir haben was zu besprechen. Und du darfst morgen in der Schule niemand sagen, wer hier war. Das ist ein Geheimtreffen.«

Oliver näherte sich dem Sofa und sagte zu Nuri Sheref: »Darf ich dich berühren? Damit ich weiß, dass ich nicht träume.«

Hartmut lächelte. »Er bewundert Sie sehr. In seinem Zimmer hängt ein Poster von Ihnen.«

Nuri Sheref lächelte auch. »Natürlich darfst du mich berühren. Komm her!«

Oliver legte die Hand auf Nuris Schulter. »Ich bin auch Moslem.«

Hartmuts Heiterkeit zerfiel. Der VfB-Präsident starrte ihn an.

»Nun, Oli, wir reden heute Abend nicht über Religion.« Hastig fügte Hartmut hinzu: »Sein bester Freund ist Moslem. Da wollte er auch …«

»Ich bin beschnitten«, machte Oliver weiter.

Nuri Sheref stand auf, umarmte den Jungen und küsste ihn auf die Stirn. »Mein Bruder«, murmelte er. Lauter ergänzte er: »Ich freue mich immer, wenn auch Deutsche zum wahren Glauben finden. Ich kenne einige.«

»Aber Mohammed Meier wäre am besten geblieben, was er war«, bemerkte ich.

»Das ist der totale Arsch«, erwiderte Nuri Sheref. »Man kann's auch übertreiben. Religion ist Privatsache. Das hat in der Politik nichts zu suchen.«

»Ich bin ganz Ihrer Meinung«, bestätigte ich.

Nuri Sheref schob Oliver etwas von sich weg, hielt jedoch dessen Oberarme umspannt. »Spielst du auch Fußball?«

»Ja, aber nicht im Verein. Mit meinen Kumpels halt und in der Schule.«

»Ich nehme dich mal mit in unser Training. Dann lernst du was dazu.«

»Versprochen?«

»Versprochen.«

Hartmut sagte energisch: »Oliver, Abmarsch! Und begrüße noch den VfB-Präsidenten und Onkel Daniel.«

Oliver gab den Gästen seines Vaters folgsam die Hand und verschwand.

Ich umriss nun meine Strategie. »Ich werde also mit dem Staatsanwalt verhandeln. Ich werde sagen, Nuri Sheref ist bereit, sich der Justiz zu stellen. Aber ohne Untersuchungshaft. Die Alternative ist, er verlässt das Land. Er ist Nationalspieler und kommt jederzeit bei einem ausländischen Verein unter. So könnten wir's machen. Aber, Herr Sheref, wollen Sie das überhaupt? Wollen Sie sich einem Gerichtsverfahren unterziehen? Oder sollen wir Sie sofort über die Grenze fahren? Ich habe einen Bekannten. Der würde das bestimmt machen.«

»Bloß das nicht!«, rief der VfB-Präsident aus. »Nuri ist für uns unentbehrlich.«

»Er ist erst neunzehn, soviel ich weiß. Er riskiert, ausgepeitscht zu werden. Auf ihn als ›Heranwachsenden‹ kann das Jugendstrafrecht angewandt werden.«

Nuri Sheref wirkte unbeeindruckt. »Auspeitschen ist besser als Knast. Das ist dann vorbei, und ich kann wieder spielen. Ich halte Schmerzen aus. Beim Fußball wird man getreten, knallt mit nem andern zusammen, kriegt nen Ellbogen in die Rippen oder ins Gesicht, ne Stiefelspitze auf die Eier. Das ist echt das Schlimmste. Von richtigen Verletzungen wie Zerrungen, Muskelriss will ich gar nicht reden. Also so ein paar Peitschenschläge stecke ich weg, mit links.«

»Das ist ein Wort!«, freute sich der VfB-Präsident.

»Ich werde natürlich versuchen, eine möglichst geringe Strafe zu erreichen. Wie wir da vorgehen, müssen wir dann noch besprechen. Wichtig ist erst mal, dass die Polizei Sie nicht erwischt, damit ich dem Staatsanwalt etwas bieten kann. Und wo wären Sie sicher?«

»Ich habe viele Kumpels.«

»Wo ist übrigens Ihr Smartphone?«

»Das haben wir beim SWR gelassen«, antwortete der VfB-Präsident. »Damit sie erst mal zum SWR gehen und dort nach ihm suchen.«

»Dann haben sie die Nummern seiner Kumpels und rasch auch deren Adressen.«

Hartmut sagte: »In diesem Haus gibt's ein Gästezimmer und ein Gästebad. Herr Sheref, Sie können gerne hier bleiben.«

Nuri Sheref runzelte die Stirn. »Ich will Ihnen nicht zur Last fallen.«

»Nein, es ist uns eine Ehre, einen so bekannten Sportler als Gast zu haben. Nur mein Sohn Oliver … wenn er morgen Nachmittag von der Schule kommt, wird er nicht von Ihrer Seite weichen.«

»Macht nichts. Ich geh mit ihm joggen. Ich muss ja fit bleiben.«

»Joggen? Da könnte dich jemand erkennen«, wandte der VfB-Präsident ein.

»Ich brauche eine Kapuzenjacke, große Sonnenbrille und einen dünnen Schal. Dann erkennt mich niemand.«

»Wird geliefert«, sagte der VfB-Präsident beflissen. »Gleich morgen früh.«

Er stand auf. Das Wesentliche schien besprochen zu sein.

Da sagte ich: »Wie wär's, wenn Sie die junge Dame rasch heiraten würden? Das wirkt sich bestimmt strafmildernd aus.«

»Ich kann sie nicht heiraten. Sie ist eine Hure.«

»Wie?!«

»Für meine Eltern ist sie eine Hure. Ich darf nur eine Jungfrau heiraten.«

»Sie sind volljährig. Sie können heiraten, wen Sie wollen.«

»Das ist bei uns anders. Ich will keinen Stress mit meinen Eltern und mit meinen Brüdern. Mit einer solchen Frau gehöre ich nicht mehr zur Familie.«

Der VfB-Präsident reichte Nuri die Hand. »So sind die eben. Aber mit ihr zusammenleben darfst du?«

»Das ist was anderes. Eben nicht heiraten.«

»Das bedeutet einige Peitschenschläge mehr«, bemerkte ich.

»Macht mir nichts aus.«

29

Am nächsten Morgen telefonierte der ehrenamtlich tätige Präsident des VfB von seinem Büro in der Chefetage eines bekannten Unternehmens aus mit dem Trainer.

»Wie fanden Sie ›Sport im Dritten‹ gestern Abend?«

»Ist gut gelaufen. Nuri hat sich nicht zu kritischen Äußerungen über den Trainer oder die Vereinsführung verleiten lassen, trotz der Fangfragen des Moderators.«

»Und sonst? Sein Kumpel zum Beispiel.«

»Sie meinen, weil er gesagt hat, dass Nuris Freundin die Wohnung in Ordnung hält? War wohl eher witzig gemeint.«

»Er hat gesagt: Nuri lebt mit seiner Freundin zusammen.«

»Ja, kann er doch. Nuri ist ja alt genug.«

»Das ist strafbar.«

Der Trainer lachte.

»Kein Witz.«

»Wie? Ist das irgendwie das neue Gesetz? Wie ich das mitgekriegt hab, geht das nur gegen Schwule.«

»Nicht nur. Unzucht Unverheirateter verschiedenen Geschlechts ist neuerdings auch strafbar.«

»Das kann doch nicht wahr sein! Fast alle unsere Spieler haben Freundinnen. Nur die älteren sind verheiratet. Meine beiden Töchter leben auch mit ihren Freunden zusammen.«

»Dann sollten sie schleunigst heiraten.«

»Das ist nicht so einfach. Bei der jüngeren ist ein Student eingezogen. Aber sie weiß gar nicht, ob sie den auf Dauer will. Der ist so launisch und unordentlich.«

»Dann soll sie diesen Typ rauswerfen, bevor Polizisten die beiden erwischen.«

»Da müssten sie ja das halbe Volk einsperren. Wer heiratet denn heute schon noch?«

»Bei Nuri ist es aber öffentlich ausgesprochen, dass er mit ner Frau zusammen ist. Bestimmt haben auch Polizisten und Staatsanwälte die Sendung verfolgt. Die werden reagieren. Nuri ist in Gefahr.«

»Die sollen den bloß nicht verhaften. Sonst raste ich aus.«

»Wir müssen mal abwarten, was passiert. Jedenfalls kann er in den nächsten Tagen nicht zum Training kommen.«

»Was?! Ich kann auf den nicht verzichten. Nächsten Samstag haben wir wieder ein wichtiges Spiel. Ich übe da ganz bestimmte Spielzüge ein.«

»Dann üben Sie eben mit den andern. Nuri könnte auch verletzt sein. Sagen Sie der Mannschaft, er hätte einen grippalen Infekt! Und sie sollen ihn bloß nicht besuchen, sonst stecken sie sich an. Und wenn ein Polizist nach Nuri fragt, dann rufen Sie mich sofort an. Und lassen Sie sich von meiner Sekretärin nicht abwimmeln! Sagen Sie ihr, es hat höchste Priorität.«

»Und was soll ich zu dem Polizisten sagen?«

»Nuri hat sich krank gemeldet. Und wenn der Polizist sagt, der sei aber nicht zu Hause, dann sagen Sie: Vielleicht ist er im Krankenhaus. Dann kontaktieren die alle Krankenhäuser in der Region Stuttgart. Da sind die ne Weile beschäftigt.«

Am Montagnachmittag ging ein Mann auf den Trainer zu, der am Rand des Sportplatzes stand, und fragte, ob Nuri heute nicht mitmache oder ob er noch in der Kabine sei. Der Trainer fragte den andern, ob er von der Presse sei. Der antwortete lächelnd, es interessiere ihn halt. Der Trainer sagte barsch: »Dann stellen Sie sich hinter den Zaun und warten mal ab, ob er noch kommt!« Er entfernte sich einige Schritte von dem Typ und wählte auf seinem Smartphone die Nummer der Sekretärin des VfB-Präsidenten.

Eher amüsiert informierte mich der Präsident über das erste Gespräch mit dem Trainer. Beunruhigt war er über den Mann, der auf dem Trainingsgelände erschienen war und seine Identität nicht hatte preisgeben wollen.

Ich durchsuchte im Internet den neuen Geschäftsverteilungsplan der Staatsanwaltschaft und rief den Zuständigen an. Er war nicht erreichbar, wohl bei Gericht. Dann erkundigte ich mich beim dortigen Sekretariat, wann der Staatsanwalt wieder im Haus sei. Am Mittwoch. War vielleicht ganz gut, dass ich ihn nicht sofort erreicht hatte. So konnte ich meine Strategie noch überprüfen und eventuell mit Hartmut besprechen.

30

Einmal im Monat waren Ursula, Joe und ich abends in ein Restaurant gegangen, die Singles der Kanzlei. Das war seit einigen Monaten wegen der Geschlechtertrennung in den Lokalen nicht mehr möglich. So setzten nur Joe und ich die Tradition fort.

Als ich mein Tagewerk beendet hatte, scheuchte ich Joe von seinem Computer weg. Wir bummelten auf der Calwer Straße; alle anderen, die an uns vorbeizogen, schienen in Eile zu sein. An den Tischen vor den Restaurants und Kneipen saß kaum jemand. Es war abends immer noch recht kühl.

Kaum saßen wir in unserem bevorzugten Restaurant an dem weiß gedeckten Tisch, begann Joe zu sprechen.

»Ich habe einen neuen Lover.«

»Oh!«, erwiderte ich mit gespielter Bewunderung. »Und wie hast du den kennengelernt? Wohl gar nicht so einfach in diesen Tagen.«

»Im Mineralbad. Ich war in der Sauna, so ne Weile vor dem Aufguss. Es ist ja nicht mehr so voll dort, seit es nicht mehr gemischt ist. Die Tür ging auf und ein junger Typ kam rein. Ich hab ihn für achtzehn gehalten, er ist aber schon dreiundzwanzig. Es sind ja immer so viele alte Männer da, da fällt jeder jüngere auf. Und der besonders. So n Mittelgroßer, schlank und trotzdem muskulös, bräunliche Haut, auch jetzt noch nach dem Winter, schmales Gesicht. Ich hab ihn für nen Italiener oder so was gehalten. Aber er war beschnitten. Also eher Libanon oder Tunesien. Er sieht umher, es gibt einige freie Strecken. Aber ich hoffe, er kommt in meine Nähe. Er bemerkt, dass ich ihn ansehe, und spürt auch, dass er mir gefällt. Da steigt er zu mir herauf, oberste Stufe, lächelt und sagt: ›Hier oben ist es schön warm.‹ Er breitet sein Handtuch neben mir aus und setzt sich. Dann der Aufguss. Kaum ist das vorbei, stehe ich auf und sehe ihn an. Ich laufe aus der Saunakabine raus, er folgt mir. Unter der Dusche sprechen wir miteinander. So das übliche Blabla. Das erste Mal hier und so. Irgendwie turnt mich der Typ unheimlich an und ich werde erregt. Er merkt das und sagt: ›Da muss man was dagegen tun.‹ Wir binden die Handtücher um und gehen im Umkleidebereich in ne Kabine. Er bläst mir einen und ich dann ihm.«

Der Kellner kam her und wir bestellten.

»Wir verlassen die Kabine, einer nach dem andern, mit einem gewissen Abstand. Er fragt, ob er noch mit zu mir kommen soll. Und bei mir ist's dann richtig abgegangen. Der ist echt gut drauf. Dann hat er mir gesagt, dass er dreiundzwanzig ist, verheiratet, Sohn, Tochter, arbeitet in nem großen Lebensmittelmarkt, verdient aber nicht viel. Er hat gefragt, ob er bei mir putzen kann. Das war mir gleich recht. Wieso soll ich das immer selbst machen? Ich schieb das meistens vor mir her. Also er putzt jetzt einmal in der Woche bei mir. Ich gebe ihm natürlich viel mehr als üblich. Er kommt aber gewöhnlich zweimal in der Woche. Er sagt, seiner Frau ist es lästig, wenn er so oft will. Und bei mir kann er sich austoben.«

Die Getränke wurden gebracht.

Wenn mir Joe diese Geschichte vor einem Jahr erzählt hätte, wäre ich amüsiert gewesen. Aber jetzt beunruhigte es mich.

»Du weißt, welche Risiken du eingehst?«

»Das ist überhaupt kein Problem. In unserem Haus wohnen fast nur jüngere Leute. Da kümmert sich keiner darum, was die anderen tun. Außerdem putzt er ja bei mir. Und meine Tür ist einbruchsicher.«

»Sollte ich auch mal machen lassen. Henriette hat mir sehr dazu geraten.«

»Und wir benützen natürlich Kondome. Also kein Sperma im Körper nachweisbar.«

Ich wollte ihm seine Freude nicht weiter trüben und sagte nur noch: »Ist er nun Tunesier oder Libanese?«

»So n Mischmasch. In der väterlichen Linie ist er Türke, die Mutter hat arabische Eltern.«

»Und wie moslemisch ist er?«

»Davon hab ich bis jetzt nichts gemerkt.«

Wenigstens hatte Joe jetzt die Trennung von Florian endgültig verwunden.

31

Das Gesicht des zuständigen Staatsanwalts erschien auf meinem Bildschirm. Wir kannten uns von mehreren Verfahren her, aber wir gingen stets sehr förmlich miteinander um.

»Herr Staatsanwalt, es tut mir leid, dass ich Sie störe. Sie waren zwei Tage außer Hauses, da türmt sich die Arbeit.«

»So ist es«, bestätigte er mit etwas verdrießlicher Miene.

»Aber die Sache, um die es mir geht, ist brisant.«

»Welchen Fall meinen Sie denn?«

»Ich weiß nicht, ob es schon ein ›Fall‹ ist. Ein Polizeibeamter hat sich beim Trainer des VfB nach Nuri Sheref erkundigt.«

»Ein Polizeibeamter?«, fragte er mit gespieltem Gleichmut.

»Davon gehen wir aus. Wieso hat er nach diesem Spieler gefragt?«

»Wenn Sie meinen, es sei ein Polizeibeamter gewesen, dann ahnen Sie wohl, wieso er sich für diesen Mann interessiert.«

»Ich ahne es vielleicht, aber ich weiß es nicht.«

»Um Drogendelikte geht es vermutlich nicht, Ihrem Spezialgebiet.«

»Bedeutet das Auftreten des Polizeibeamten, dass man gegen Nuri Sheref ermittelt?«

»Haben Sie von ihm ein Mandat, wenn Sie das fragen?«

»Habe ich.«

»Eine unterzeichnete Vollmacht?«

»Wird nachgereicht.«

»Dann wissen Sie sicher, wo er sich aufhält.«

»Falls ich es wüsste, würde ich es Ihnen nicht sagen.«

Die Stimme des Staatsanwalts wurde aggressiv. »Sie sind ein professioneller Strafvereiteler. Das ist mir schon öfter aufgefallen. Passen Sie auf, dass Sie sich da mal nicht übernehmen!«

»Ich bitte Sie, Herr Staatsanwalt, als Anwalt bin ich zur Verschwiegenheit verpflichtet. Wenn ich alles ausplaudern würde, was mir ein Mandant sagt, würde ich mich strafbar machen.«

»Oder wenn Sie seine Lügen als Wahrheit deklarieren oder ihm diese Lügen einflüstern.«

»Das lassen Sie mal meine Sorge sein! Es geht jetzt nicht um mich, sondern um einen prominenten VfB-Spieler. Was will die Justiz von ihm?«

»Nun, ein Mitspieler verkündet öffentlich, dass Sheref eine unzüchtige Beziehung zu einer Frau hat.«

»Also geht es um die letzte Sendung von ›Sport im Dritten‹ und um den Satz: Er lebt mit seiner Freundin zusammen.«

»Ja, in ganz Baden-Württemberg weiß man nun, dass dieser VfB-Spieler Unzucht treibt.«

»Sie unterstellen Unzucht einfach so. Der VfB-Kamerad hat nur eine Vermutung geäußert. Er ist nicht dauernd in der Wohnung von Sheref und war erst recht nicht nachts in dessen Schlafzimmer.«

»Das ist mal wieder einer Ihrer Winkelzüge. Es ist doch eindeutig ein Fall von Unzucht, wenn ein unverheirateter Mann mit einer Frau zusammenwohnt.«

»Nichts ist da eindeutig. Nicht einmal ich weiß Näheres. Diese Frau ist vielleicht nur gelegentlich in die Wohnung Sherefs gekommen.«

»Ob die dauernd bei ihm gewohnt hat, kriegen wir über die Nachbarn raus.«

»In so einem Appartementhaus machen die Leute nur sporadische Beobachtungen. Da erhalten Sie keine gesicherten Erkenntnisse.«

»Der Mannschaftskamerad wird's wissen.«

»Wie ich gesagt habe, war der nur gelegentlich in der Wohnung und hat die Frau womöglich nie dort angetroffen.«

»Wir werden ihn befragen. Aber man kann fast davon ausgehen, dass die im Verein auf ihn einreden, er soll bloß den Mund halten.«

»Wie dem auch sei. Der kann nichts Genaues über die Art der

Beziehung Sherefs zu dieser Frau wissen. Vielleicht ist es nur eine platonische Beziehung.«

Der Staatsanwalt lachte auf. »Der Herr Rechtsanwalt belieben zu scherzen. Ein Südländer lässt nicht die Finger von einer Frau, die in seine Nähe kommt.«

»Sie müssen das im konkreten Fall nachweisen. Im Übrigen ist Nuri Sheref Moslem. Für ihn gelten bestimmte Tabus. Und man kann nicht einfach davon ausgehen, dass er diese verletzt hat.«

»Nun, im Interesse der Wahrheitsfindung würden wir gerne mit Sheref selbst sprechen.«

»Das würde wenig bringen. Er würde Ihnen nicht die Beweise liefern, die Sie selbst beibringen müssen.«

»Wenn er gesteht, bekommt er eine mildere Strafe.«

»Nachdem er sich selbst belastet hat, ziehen Sie ein bisschen was ab. Dazu kann ich ihm nicht raten.«

»Wenn er mit uns spricht, hat er die Möglichkeit, die Sache aus seiner Sicht darzustellen. Das ist auch eine Chance für ihn.«

»Und was geschieht dann mit ihm, wenn er bei der Kripo erscheint? Soll er in Untersuchungshaft kommen?«

»Könnte schon sein. Es besteht dringender Tatverdacht und Fluchtgefahr. Er könnte ja gut bei einem ausländischen Verein unterkommen.«

»Eben. Ich kann es nicht akzeptieren, dass mein Mandant wegen so was in Untersuchungshaft kommt. Sie haben zwei Alternativen. Er ist bereit, sich einem Prozess zu stellen, aber ohne vorherige Haft. Wenn sich die Justiz nicht darauf einlässt, verlässt er Deutschland. Und kein anderes europäisches Land wird Sheref an die deutsche Justiz ausliefern, weil man dort der Meinung ist, und zwar zu Recht, dass dieses Gesetz die Menschenrechte verletzt.«

Wieder wurde sein Ton härter. »Wollen Sie mich nötigen?«

»Ich habe nur die beiden Wege genannt, die Sheref gehen kann. Und die Justiz hat Einfluss darauf, wie er sich entscheidet.«

»Ob Untersuchungshaft beantragt wird, hängt nicht allein von mir ab. Ich kann eine Weisung vom Generalstaatsanwalt oder dem Justizministerium bekommen. Das ist nicht irgendein Fall. Der Beschuldigte ist prominent. Und die Presse hat auch schon Wind bekommen. Sie haben natürlich auch mitgekriegt, was in der Sendung gesagt wurde, und wollen wissen, was wir nun tun.«

»Die Situation ist ja ziemlich absurd. In Stuttgart und Umgebung gibt es sicher zehntausende jüngerer Leute, denen man das Gleiche nachsagen kann wie Nuri Sheref. Gegen die müssten Sie auch ermitteln.«

»Aber bei Sheref ist es öffentlich geworden. Glauben Sie mir, wir Staatsanwälte sind nicht erfreut über diese neuen Gesetze. Sie bedeuten nur viel Arbeit ohne zusätzliches Personal. Die in Berlin wissen auch, dass man nicht alle, die gegen die neuen Bestimmungen verstoßen, verfolgen kann. Der Zweck dieser Gesetze ist Abschreckung. Dazu dient ein solches Verfahren wie gegen den bekannten Fußballspieler Sheref.«

»Sie können ihn nicht zum Messias hochstilisieren, der für sämtliche Sünden der andern büßen soll.«

Der Staatsanwalt lächelte boshaft. »Sie sollten mit Ihrem Mandanten nicht allzu viel Mitleid haben. Es ist doch ganz gut, wenn eines der ersten Verfahren in dieser Richtung einen der ihren trifft. Wahrscheinlich hat der Sheref auch eine moslemische Partei gewählt.«

»So Sportler sind eher unpolitisch«, versuchte ich dagegenzuhalten.

»Täuschen Sie sich nicht! Diese Moslems halten zusammen. Die haben eine ganz andere Mentalität als wir. Wir beide sind in erster Linie Europäer und dann Deutsche. Die sind erst mal Nachfolger des Propheten, dann kommt eine Weile nichts und dann fühlen sie sich als Türke oder sonst was, wo ihre Vorfahren eben herkommen, und so ein bisschen, wenn's Vorteile bringt, sind sie auch Deutsche.«

Ich lächelte höflich. »Mag sein. Aber Nuri Sheref ist auch einfach ein Mensch, ein sympathischer junger Mann, der sich dem Anschein nach so verhalten hat, wie ihm die Natur in seinem Alter vorgibt. Es fehlt nur der Trauschein.«

»Mein lieber Herr Kollege, ganz unter uns, diese Gesetze haben auch ihr Gutes. Die Verwahrlosung junger Leute ist allmählich erschreckend. Sie saufen bis zur Besinnungslosigkeit, sie leben ihre Sexualität mit Beginn der Pubertät hemmungslos aus ... Meine Tochter ist vierzehn, fast alle ihre Freundinnen übernachten am Wochenende im Haus der Familie des Freundes oder der Freund bei ihnen. Die Jungen kommen von der Schule nach Hause, schalten den Computer ein, laden einen Porno hoch und masturbieren bis zum Abendessen. Und mit all dem soll jetzt Schluss sein. Und deswegen ist das Verfahren gegen Nuri Sheref sehr wichtig. Es ist ein Warnsignal an alle anderen Sexbesessenen. Dass wir einige Jungen wegen Alkoholkonsums öffentlich ausgepeitscht haben, hat einen heilsamen Effekt. Die Polizei trifft kaum mehr auf betrunkene Jugendliche in den Innenstädten. Weiß Sheref eigentlich, dass eine Körperstrafe auf ihn zukommen könnte? Er ist neunzehn, also Heranwachsender. Und wird wohl nach Jugendstrafrecht abgeurteilt.«

»Er rechnet damit. Aber wäre er nicht besser gestellt, wenn er als Erwachsener behandelt würde, vorausgesetzt, Sie können ihm etwas beweisen? Dann bekäme er wohl Strafaussetzung zur Bewährung.«

»Nein, nein, das würden wir keineswegs beantragen. Entweder Knast oder Peitschenhiebe. Wir brauchen Abschreckung. Immerhin geht es um eine wilde Ehe, nicht um einen einmaligen Ausrutscher. Das ist ein schwerer Fall.«

Jetzt kamen wir endlich zum Kern der Sache. »Wie gesagt, sofern beweisbar. Wie viele Peitschenhiebe schweben Ihnen da vor?«

Er zögerte. »Na ja. Da gibt es keine Erfahrungswerte. Es ist eine Abfolge von Sittlichkeitsdelikten. Vielleicht würde ich so achtzig Schläge beantragen. Mehr sicher nicht.«

»Achtzig Schläge?!«, rief ich entsetzt aus. »Das ist völlig überzogen. Er ist zum einen Ersttäter und nicht vorbestraft. Zum andern gibt es Verstöße, die viel schwerer wiegen, und für die brauchen Sie noch eine Zone, in der eine Steigerung möglich ist. Also Diebstahl; nach dem Koran wäre da die Hand abzuhacken; wenn Sie das durch Peitschenhiebe ersetzen ... Dann Raub; Ehebruch, nach der Sunna wäre da eine Steinigung angebracht, dann homosexuelle Kontakte, nach der Sunna todeswürdig. Höchststrafe hundert. Sie brauchen für diese schweren Delikte also den Bereich zwischen, sagen wir, fünfzig und hundert Schlägen.«

Er sah mich eine Weile an. »Da haben Sie wohl recht. Also ich werde dann wohl für Sheref fünfzig Schläge beantragen.«

»Nun ja, ich dann erheblich weniger oder Freispruch. Und das Gericht verhängt dann irgendwas dazwischen. Gut, Herr Staatsanwalt. Ich kann Ihnen versichern, dass er sich dem Verfahren stellen wird. Aber er kann nicht in der Untersuchungshaft herumsitzen. Er muss Fußball spielen. Wenn er ausfällt, wird sich die Volkswut gegen die Justiz richten.«

Er lächelte wieder. »Dann muss ich eben Polizeischutz beantragen. Also ich werde von mir aus keinen Haftbefehl beantragen und wenn ich angewiesen werde, werde ich dagegen argumentieren.«

»Vielen Dank, Herr Staatsanwalt. Dieses Verfahren wird Ihrer Karriere sehr förderlich sein. Man wird über Sie in der Presse berichten. Wohl auch im Ausland.«

»Jugendgerichtsverfahren. Grundsätzlich nicht öffentlich.«

»Nuri Sheref ist Heranwachsender. Da ist das Verfahren doch wohl öffentlich.«

»Ja, aber es geht um Sittlichkeitsdelikte. Da kann die Öffentlichkeit ausgeschlossen werden.«

»Warten wir's ab! Aber wenn bekannt wird, dass es ein Verfahren gegen Nuri Sheref gibt, und wenn Sie den Gerichtssaal verlassen, werden Sie bestimmt interviewt.«

Der Staatsanwalt lächelte immer noch. »Nun, Ihnen und Ihrer Kanzlei wird dieses Verfahren mehr bringen als mir.«

32

Mohammed Meier genoss es wieder, die Opposition zu reizen. Er sprach über einen Gesetzentwurf der Bundesregierung, der nur aus einem Absatz bestand, um den der Paragraph über Körperverletzung ergänzt werden sollte.

»Als Körperverletzung gilt nicht die Beschneidung von Minderjährigen, sofern diese in medizinisch vertretbarer Weise durch Ärzte oder geschulte Fachkräfte durchgeführt wird. Die Entscheidung über die Beschneidung und deren Umfang treffen die Erziehungsberechtigten.«

»So ein Quatsch!«, rief ein Abgeordneter der Freiheitlichen Partei. »Kein Mensch regt sich mehr über die Beschneidung von Jungen auf, also keine Regelung erforderlich. Und die Beschneidung von Mädchen ist eine schwere, durch nichts zu rechtfertigende Körperverletzung und damit ein Verstoß gegen Artikel 2 Absatz 2 des Grundgesetzes.«

Meier blieb ruhig. »Jetzt lassen Sie mich mal ausreden! Bei Juden bedeutet die Beschneidung von Jungen den Bund mit Gott. Das hat Jesus von Nazareth nicht in Frage gestellt, er stand in der jüdischen Tradition. Daher beschneiden zum Beispiel auch Kopten. Aber Paulus erklärte die Beschneidung für überflüssig, wohl damit sich die neue Lehre rascher im Römischen Reich ausbreitet. Und bei den Moslems enthält der Koran zwar keine Aussage dazu, aber aus dem allgemeinen Reinheitsgebot heraus, dem auch die Waschungen vor dem Moscheebesuch entspringen, ist Beschneidung im Islam zur festen Tradition geworden. Und auch viele Ungläubige lassen ihre Söhne beschneiden, weil es hygienischer ist und das Ansteckungsrisiko senkt. Soweit können Sie mir, werte Kollegen, sicher zustimmen.

Aber die Beschneidung von Jungen hat einen weiteren Vorteil, wenn sie entsprechend ausgeführt wird. Sie erschwert die Masturbation, die sowohl im Islam als auch bei Katholiken und gewissen protestantischen Gruppierungen eine schwere Sünde ist.«

»Soll das Wichsen auch noch strafbar werden?«, schrie ein weiterer Abgeordneter der Freiheitlichen.

Gelächter in den Reihen der Opposition.

»Keinesfalls. Das ließe sich auch durch strafrechtliche Sanktionen nicht ganz verhindern. Nein, manchen Eltern ist es ein Anliegen, dass ihre Jungen sich nicht an dieses Laster verlieren, und lassen daher eine straffe Beschneidung durchführen.«

»Na und?«, schrie der Abgeordnete der Freiheitlichen. »Das wird doch heute schon oft genug gemacht. Dafür braucht man kein Gesetz.«

»Da wäre ich nicht so sicher«, entgegnete Meier. »Irgendwelche verrückten Richter meinen dann, man dürfe nicht straff beschneiden, Jungen hätten ein Menschenrecht auf Masturbation. Um solche Urteile zu vermeiden, enthält der Gesetzentwurf die Formulierung ›und deren Umfang‹.

Jetzt zur Beschneidung von Mädchen.«

»Ein Skandal und ein Verbrechen«, kreischte die Vorsitzende der Ökologischen Partei.

»Sie versuchen immer, uns gläubige Politiker zu dämonisieren. Aber wir sind keine Unmenschen. Wir wollen nicht, dass Mädchen die Schamlippen aufgeschnitten und zusammengenäht werden. So etwas ist ›medizinisch nicht vertretbar‹. Was wir allerdings für zulässig erachten, ist die Entfernung der Klitoris.«

»Unglaublich!«, sagte die Vorsitzende der Ökologischen Partei.

»Missverstehen Sie mich nicht! Niemand ist gezwungen, seine Tochter beschneiden zu lassen. Aber es gibt Eltern, die nicht wünschen, dass ihre Tochter von Lustgefühlen getrieben wird, sich dem nächst besten Typ an den Hals wirft, um ihre Lust zu befriedigen, in der Ehe den Mann bedrängt, wenn dieser seine Ruhe braucht, sich zum Ehebruch verleiten lässt und so weiter. Frauen ohne Klitoris führen ein ruhiges Leben, können ihrer Aufgabe als Mutter und Ehefrau voll gerecht werden und tragen so zu einem harmonischen Familienleben bei.«

»Sie rauben der Frau einen wesentlichen Teil ihrer Persönlichkeit«, hielt ihm die Vorsitzende der Ökologischen Partei entgegen. »Sie degradieren sie zum Befriedigungsobjekt der Männer ohne eigene Ansprüche.«

Meier grinste spöttisch. »Meine Damen und Herren von der Opposition, was regen Sie sich eigentlich auf? Das neue Gesetz betrifft nicht Ihre Wähler. Es soll moslemischen Eltern, die ihren Glauben ernst nehmen, ermöglichen, ihren Töchtern und Söhnen eine Richtung zu geben, die dem Islam gerecht wird.«

33

Ich verabredete mich mit dem VfB-Präsidenten, um ihn und Nuri Sheref über mein Gespräch mit dem Staatsanwalt zu informieren. Es war mir schon etwas peinlich, dass ich mein eigentliches Ziel nicht erreicht hatte, eine Zusage des Staatsanwalts, Nuri nicht in Haft zu nehmen. Aber nun war zu beraten, wie sich Nuri verhalten sollte.

Wir wollten uns in Hartmuts Haus treffen. Diesmal empfing mich seine Frau.

»Der Präsident ist noch nicht da«, sagte sie.

»Und wie geht's Ihrem Gast? Kommen Sie mit ihm zurecht?«

Wir blieben im Flur stehen. Sie sprach mit gedämpfter Stimme.

»Ein netter Mensch. Er schläft jetzt natürlich mal richtig aus nach all der Aufregung. Ich stelle ihm Brötchen, Honig und Käse hin und fahre zum Einkaufen. Wenn ich zurück bin, hilft er mir, die schweren Tüten ins Haus zu tragen. Er hilft mir auch beim Abwasch. Ein Problem ist, dass ich Vegetarierin bin und keine Lust habe, ihm jeden Tag ein Schnitzel zu braten. Gestern gab's Broccoliauflauf mit reichlich Käse überbacken. Da hat man genügend Eiweiß. Das habe ich ihm erklärt und er hat's brav gegessen. Ebenso heute das Linsengericht. Ich habe ihm noch etwas Lachs dazu gestellt. Gestern Nachmittag kam ein Nachhilfeschüler zu mir. Da ist Nuri dann nach unten gegangen, in den Tischtennisraum. Dort steht auch ein Fahrradsimulator. Das nutzt er natürlich. Dann kommt auch schon Oliver von der Schule. Die beiden verstehen sich bestens. Sie joggen dann und kicken hinterm Haus auf der Wiese rum. Ein bisschen schwierig ist, sich mit ihm zu unterhalten. Von ihm kommt da wenig. Er hat natürlich ganz andere Interessen als ich, da kann man nicht mit Literatur, Oper und Theater kommen. Und ich interessiere mich für Fußball gar nicht, im Gegensatz zu meinem Mann und meinem Sohn. Damit's nicht zu still wird, frage ich Nuri dann halt so ein paar Sachen. Woher seine Familie ursprünglich kommt, ob er schon in Konstantinopel war, ob er gut Türkisch spricht und so. Und er ist so dankbar. Gestern Abend hat er meine Hand und dann die meines Mannes in beide Hände genommen und sich ganz rührend bedankt, dass wir ihm helfen und so viel seinetwegen riskieren.«

Hartmuts Frau öffnete die Tür zum Wohnzimmer. Nuri saß auf dem Sofa, ein Buch lag aufgeschlagen auf seinen Oberschenkeln.

Er las: »Kommen.«

»Venire«, antwortete Oliver, auf einem Sessel sitzend.

»Der Bauch?«

»Venter.«

»Der Wind?«

»Ventus.«

Sie bemerkten mich und standen auf. Beide trugen Jogginghosen, T-Shirts und weiße Socken.

»Errare est humanum«, sagte Nuri zögernd. »Oli hat mir schon ein bisschen Latein beigebracht.«

»Ah ja. Errare humanum est. Goethe sagt es ungefähr so: ›Es irrt der Mensch, solange er strebt.‹ Das kann man besonders von der Regierung in Berlin sagen.«

Er lachte. Dann deutete er auf seine Kleidung. »Alles geliehen.«

»Ich geb ihm ein paar Sachen von meinem Mann«, erklärte Hartmuts Frau. »Nuri hat ja nichts zum Wechseln. Aber das ist kein Problem. Hartmut und Nuri sind beide schlank und ähnlich groß. Und mein Mann ist ja so eitel. Der hat stapelweise Klamotten. Ich glaube, mehr als ich.«

Als der VfB-Präsident erschien, im dunkelblauen Nadelstreifenanzug, zogen sich Hartmuts Frau und Oliver zurück.

Ich bekannte, dass ich wenig erreicht hatte, außer der Ankündigung des Staatsanwalts, höchstens 50 Peitschenhiebe zu beantragen.

»Wie ist das zu verstehen?«, hakte der VfB-Präsident nach. »Muss man damit rechnen, dass Nuri festgenommen wird, wenn er am Training teilnimmt oder an einem Spiel?«

»Das ist durchaus möglich.«

»Schöne Pleite. Wir brauchen Nuri doch. Jedes Spiel ist wichtig, wir wollen an einem internationalen Wettbewerb teilnehmen und sind auf gutem Weg dorthin.«

»Als Fan des VfB wünsche ich natürlich auch nur das Beste für die Mannschaft. Aber der Staatsanwalt steht in einer Hierarchie und kann nicht frei entscheiden. Auf jeden Fall müssen wir vermeiden, dass Nuri in Untersuchungshaft kommt. Dann hat's die Justiz nicht mehr eilig. Die Presse fragt nun alle paar Tage, wie weit man in der Sache Sheref mit den Ermittlungen gekommen ist. Und der Staatsanwalt äußert sich hinhaltend und freut sich, dass er so oft in den Medien erscheint. Und wenn Nuri in Stammheim sitzt, ein grauenhafter Laden, besucht ihn immer wieder ein Kommissar und schlägt ihm vor, doch endlich ein umfassendes Geständnis abzulegen und sein Gewissen zu erleichtern, dann bekomme er eine mildere Strafe. Und Nuri gibt irgendwann nach und erzählt, an welchen Wochentagen er es üblicherweise mit seiner Freundin gemacht hat und wie oft. Das berichtet der Kommissar dem Staatsanwalt und der schreit entsetzt: ›Was so oft?! Da muss ich die Höchststrafe beantragen, hundert Hiebe.‹ Der Kommissar wird Nuri erneut bedrängen und sagen, er bekommt die Kronzeugenregelung, wenn er angibt, welche seiner Mannschaftskameraden auch mit einer Freundin zusammenleben oder gar mit einem Freund. Und der Staatsanwalt ermäßigt dann auf neunzig oder achtzig Hiebe. Und die halbe Mannschaft des VfB wird festgenommen.«

Der VfB-Präsident schien blasser geworden zu sein. »Was machen wir denn jetzt? Er kann ja nicht über Wochen hinweg in diesem Haus bleiben. Das ist ja auch ein Risiko für Ihren Kollegen. Wie sind Sie denn hergekommen?«

»Mit der U-Bahn.«

»Haben Sie darauf geachtet, ob Ihnen jemand folgt?«

»Ja, auf dem Weg von der Haltestelle hierher habe ich mich immer wieder umgedreht und mein Smartphone habe ich im Büro gelassen.«

»Gut. Und ich habe mit unserem Direktionsassistenten die Phones getauscht und seinen Wagen genommen, er den meinen. Ich habe gesagt, ich hätte ein wichtiges Meeting, von dem die Konkurrenz nicht Wind bekommen dürfe. Er hat so verständnisvoll gelächelt. Bestimmt meint er, ich fahre zu meiner Geliebten.«

Ich entschuldigte mich, stand auf und ging in den Flur hinaus. Ich rief nach Hartmuts Frau. Sie kam aus der Küche. Ich fragte sie, ob Sie wohl bereit sei, Nuri noch eine Weile zu beherbergen. Sie bejahte lächelnd, Oliver werde begeistert sein; aber sie müsse es mit ihrem Mann besprechen. Ich bat sie, am Telefon Nuris Namen nicht zu nennen. Sie kehrte in die Küche zurück. Nach einer Weile erschien sie wieder. Er sei einverstanden; sie habe ihn gefragt, ob er was dagegen habe, dass der Neffe noch ein paar Tage bleibe.

Diese Nachricht schien den VfB-Präsidenten sehr zu freuen. »Die Familie bekommt von uns Freikarten, mindestens für dieses Jahr.«

»Ich bin gerne hier«, bekannte Nuri. »Olis Mutter kocht so gut. Leichte Sachen, da kann man bald drauf Sport machen. Und der Junge ist echt nett. Ich lerne ein bisschen Latein bei ihm. Schola ist Schule, porta die Tür, homo der Mensch, nicht n Schwuler, und solche Sachen. Errare humanum … humanum est.«

Der VfB-Präsident starrte ihn an. »Nuri, ich staune.«

»Wir müssen dafür sorgen, dass sich der Staatsanwalt auch irrt. Daher wäre es wichtig, dass Nuris Mannschaftskameraden der Kripo nichts sagen. Sie sind nicht verpflichtet, Polizisten Auskunft zu geben. Nur vor Gericht müssen sie eventuell aussagen, sofern sie nicht geltend machen können, sich selbst damit zu belasten.«

»Ich sage zu dem Trainer, wenn einer noch irgendwas über das Privatleben eines Mitspielers sagt, fliegt er fristlos raus, wegen Störung des Betriebsfriedens. Die haben jetzt voneinander nichts mehr zu wissen.«

Ich wandte mich Nuri zu. »Kennen die Kameraden Ihre Freundin näher?«

»Sie interessiert sich für mich, aber nicht für Fußball. Sie geht nur ganz selten mal zu einem Spiel, und dann setzt sie sich nicht zu den Spielerfrauen. Sie will in der Presse nicht als Nuris Bettgenossin rumgeschmiert werden. Sie war nur bei der letzten Weihnachtsfeier dabei …«

»Ja, ist mir aufgefallen«, warf der VfB-Präsident ein, »eine sehr hübsche Person. Aber dass so was zum Problem wird, hätte ich nicht geahnt. Ich meine, im Gesetz steht viel, und die Leute kümmern sich nicht darum.«

»Und bei dem Fest«, machte Nuri weiter, »hat man sich nur mit Vornamen angeredet. Auch der Holger, dieser Arsch, der in der Sendung diesen Satz losgelassen hat, hat sie nur an diesem Abend getroffen. Wenn er bei mir war, war sie nicht da. Die hat ja nen Ganztagesjob. Er kommt halt immer mal wieder zu mir, wenn ich ein Problem mit meinem Computer hab. Der ist da gut drauf. An sich n netter Kerl. Er hat mich bestimmt nicht reinreiten wollen.«

Der VfB-Präsident sagte: »Nuri, wenn du merkst, dass die Bullen an der Gartentür stehen … der Zaun ist hoch, die bleiben erst mal dort vorn hängen … dann haust du über die Terrasse ab. Du kletterst über den Zaun in den nächsten Garten, Richtung Parallelstraße. Und dort gehst du unauffällig weiter und irgendwo steigst du in die Straßenbahn und kommst zu mir. Am besten, du wartest in der Nähe des Hauses, bis ich komme. Und immer aufpassen, ob Bullen irgendwo lauern. Die können auch in einem Auto sitzen. Mann, ist das ein Affentheater, weil ein junger Typ seine altersgemäßen Körperfunktionen betätigt hat.«

»Das haben wir den Frömmlern zu verdanken«, bemerkte ich und hätte am liebsten hinzugefügt: die es auch in der Religiösen Union gibt. »›Sancta simplicitas‹, kann man da nur sagen. Ach ja, Nuri, ›sancta simplicitas‹ ist auch eine nette lateinische Formulierung. Das sagt man, wenn man jemand für ziemlich blöd hält.«

Nuri sah mich neugierig an. »Wie war das? Sancta …«

»Sancta simplicitas.«

Nuri lächelnd: »Sancta simplicitas. Das sage ich bald mal zu meinem Kumpel Holger.«

34

Ursula betrat mein Büro. Ihr Gesichtsausdruck ließ ahnen, dass sie mir eine interessante Neuigkeit mitteilen wollte. Ich stand auf und verneigte mich leicht. Wir nahmen am Besuchertisch Platz.

»Ich war mit Frau Waldmann beim Essen«, begann sie. »Sie hat doch ihren Dreißigsten gefeiert. Die Einladung ins Restaurant war mein Geschenk.« Ursula lächelte genüsslich. »Die Waldmann hat mir so allerlei erzählt. Hartmut korrespondiert ja dauernd mit Wirtschaftsbossen und Politikern der R U. Aber neuerdings … du wirst es nicht glauben … auch mit solchen vom ›rechten Weg‹. Ausgerechnet der, der immer so deutschnational tut.«

Ich tat erstaunt. »Das ist ja ein Hammer! Er erhofft sich wohl Mandanten aus dieser Ecke. Non olet.«

»Ich habe ja in meinen Familienrechtsstreitigkeiten auch viele moslemische Mandanten. Die behandle ich natürlich wie alle anderen auch. Aber ich locke diese Leute nicht an. Allerdings vertrete ich gerne moslemische Frauen. Die tun mir so leid. Ihre Männer oder Väter sind meistens echte Kotzbrocken. Trotzdem, bei der Partei des rechten Wegs würde ich mich nicht anbiedern, um Mandanten zu bekommen.«

»Gefolgsleute von denen durchsetzen auch unser Wirtschaftssystem. Für Hartmuts Fachgebiet sind solche Kontakte schon wichtig.«

Ursula lehnte sich zurück und lächelte triumphierend. »Sie hat mir noch was viel Schöneres verraten. Sie schwärmt ja immer wieder von Hartmut. Was für ein Gentleman der ist und immer elegant gekleidet und verständnisvoll, wenn sie mal nen Fehler macht. Und ab und zu legt er den Arm um sie, wenn er sie lobt. Und neulich, als er ihr spät abends noch einen Schriftsatz diktiert hat, was ganz Eiliges, da ist sie aufgestanden und er auch; er ist auf sie zugegangen, und da ist es passiert; sie haben sich umarmt und heftig geküsst. Und dann gab's kein Halten mehr.«

Ich starrte Ursula an. »Ob die Waldmann da nicht übertreibt! Die ist doch auch verheiratet. Und Hartmuts Frau ist ausgesprochen attraktiv.«

»Er behauptet, dass ihn seine Frau meistens abwehrt. Sie sagt, es sei ihr lästig; sie seien jetzt so viele Jahre verheiratet, da habe das einfach keinen Reiz mehr.«

»Seltsam«, fand ich. »So was macht doch immer Spaß.«

»Ehrlich gesagt, ich verstehe das. Ich konnte meinen Ex auch nicht mehr ertragen, zumal er immer fetter wurde.«

»Du wirst ihm das entsprechende Essen hingestellt haben.«

»Er hätte ja nicht alles in sich hineinzustopfen brauchen. Außerdem hat er jede Menge Bier dazu getrunken.«

»Sag mal, Uschi, macht die Waldmann das jetzt regelmäßig mit Hartmut?«

»Ich glaube ja.«

»Aber da kommt doch die Putzfrau abends.«

»Die Waldmann sagt, wenn die Putzfrau mit Hartmuts Büro fertig ist, dann ruft er sie rüber.«

»Der Putzfrau fällt so was vielleicht auch auf. Die hat orientalische Wurzeln, so wie sie aussieht. Und dann sagt sie's ihrem Mann, und der erzählt's in der Moschee. Und plötzlich stürzen abends Polizisten in die Kanzlei und nehmen Hartmut und die Waldmann fest. Und dann fehlt uns eine Sekretärin und ein Kollege. Wer soll all die Arbeit erledigen? Und wenn man einen Vertreter einstellt, braucht es Monate, bis er eingearbeitet ist.«

Aber das beunruhigte mich nicht so sehr. Vielmehr würde es die Kripo zum Anlass nehmen, auch gleich Hartmuts Haus zu durchsuchen, obwohl es bei einer solchen Konstellation keinen Sinn machte. Aber danach fragten Polizisten nicht. Sie hielten sich an eingefahrene Grundmuster. Nuri war in Hartmuts Haus vielleicht gar nicht mehr sicher.

»Die beiden hat es eben gepackt«, stellte Ursula fest. »Da meint man, es passiert schon nichts.«

»Aber der Mann von der Waldmann wird sich wundern, dass seine Frau noch öfter als bisher spät nach Hause kommt und dann womöglich keine Lust hat, ihm zu Willen zu sein. Und er wird misstrauisch, geht eines Abends zur Kanzlei, die Putzfrau lässt ihn rein ...«

»Mal den Teufel nicht an die Wand! Martin und mich trifft's als Erste. Wir vertreten Hartmut. Du und Joe, ihr müsst dann aber auch ein paar Fälle übernehmen.«

Ich spielte wieder den Ahnungslosen. »Wissen wir, was Joe so treibt? Bei dem kann auch mal was schiefgehen. Dann haben wir zwei Ausfälle.«

»Sei froh, dass Henriette in Amerika ist, sonst hättest du auch ein Problem!«

»Allerdings. Fuck Vizekanzler Meier!«

Ursula lächelte kokett. »Wenn der uns nicht mit seinen mittelalterlichen Gesetzen drangsalieren würde, könntest du die Gelegenheit nutzen und mit mir eine kleine Affäre beginnen.«

Ich lächelte höflich.

»Du stehst heute in der Zeitung, hat Frau Waldmann noch gesagt.«

»In welcher?«

»Du weißt ja, was die Sekretärinnen lesen. Ein Staatsanwalt sagt, du verteidigst einen Fußballspieler, so einen mit türkischem Namen. Die Waldmann kennt den natürlich. Sei ein ganz bekannter. Stimmt das?«

»Wenn der Staatsanwalt das so verkündet, wird's schon stimmen.«

»Du hast mir gar nichts davon gesagt.«

»Die Sache ist im Anfangsstadium.«

»Der Typ soll abgetaucht sein. Weißt du, wo er ist?«

»›Nie sollst du mich befragen‹.«

»Du weißt es also. Pass bloß auf, dass sie dir nicht auch was anhängen! Strafvereitelung oder Beihilfe zur Unzucht, wenn seine Freundin weiterhin zu ihm geht.«

35

Die Tür zu Martins Büro stand offen. Ungewöhnlich. Er saß am Schreibtisch. Ich winkte ihm zu. Er sprang auf, lief zu mir her, zog mich in den Raum und warf die Tür zu.

»Ich brauche deine Hilfe.«

»Aber sicher doch.«

»Es ist etwas Furchtbares geschehen.«

Ich erschrak. »Was mit Hartmut?«

»Wieso Hartmut?«

»Ich meine nur.«

»Nein, mein Sohn.«

»Ein Unfall?«

»Nein, das wäre ja noch schlimmer. Sie haben ihn gestern Abend festgenommen.«

»Das wundert mich nicht.«

Martin trat einen Schritt von mir weg. »Erlaube mal! Jan ist …«

»So war's nicht gemeint. Ich will nur sagen: Was vor einigen Monaten alltäglich war, ist heute strafbar. Hat er sich einen Porno reingezogen und die haben sich auf seinen Computer geschaltet?«

»So was Ähnliches.«

Ja, ja, Martin. Alles nicht so schlimm. »Sowie man heutzutage eine sexuelle Regung hat, steht ein Polizist neben einem.«

»Jan hat doch diese Freundin.«

»Aber ihre Eltern dulden nicht mehr, dass er dort übernachtet.«

»Ich Idiot habe ihnen selbst dazu geraten. Wären Jan und seine Freundin im Haus geblieben, hätte niemand was gemerkt.«

»Hat er sonst wo mit ihr rumgemacht? Und jemand hat ihn denunziert? In diesem Land gibt es wohl schon wieder jede Menge Denunzianten.«

»Nein, so war's nicht. Seine Freundin hat gestern Abend angerufen, dass sie bei den Matheaufgaben hängt, ob er ihr helfen kann. Jan ist dann gleich zu ihr hochgefahren. Dann haben sie halt noch einen Spaziergang gemacht. In den Kräherwald rein. Da haben sie sich geküsst. Plötzlich sind zwei Polizisten auf sie zugestürmt und haben behauptet, sie hätten Unzucht getrieben, haben ihnen Handschellen angelegt und die beiden in einen Polizeiwagen gestoßen. Jan durfte mich von der Dienststelle aus anrufen. Sie haben ihn über Nacht dort behalten. Das ist doch allmählich lächerlich.«

»Typisch württembergische Polizei. Das sind die stursten. Wo ist Jan denn jetzt?«

»In dem Revier am Pragsattel.«

»Da fahr ich gleich hin.«

»Hast du heute Morgen keinen Termin?«

»Nein, erst am Nachmittag. Bis dahin bin ich wieder hier. Ich bring ihn mit. Ich versuch's jedenfalls.«

»Ich könnte das alles ja auch selbst machen.«

»Nein, nein, kein Problem für mich.«

»Aber für den Haftrichter bin ich eben in erster Linie der Vater, dem die genügende Distanz fehlt. Und Jan bespricht ... na ja, solche Sachen leichter mit dir als mit mir.«

»Sicher. Noch was, du solltest die Eltern des Mädchens kontaktieren und fragen, welchen Anwalt sie beauftragt haben. Ich muss mich mit ihm abstimmen.«

Ein Polizist führte Jan ins Besprechungszimmer. Der Junge war mit Handschellen gefesselt.

»Nehmen Sie ihm sofort die Handschellen ab!«, fuhr ich den Polizisten an. »Das ist doch kein Verbrecher.«

»Doch, der hat Unzucht getrieben und öffentliches Ärgernis erregt.«

»Was man heutzutage so als Unzucht bezeichnet. Und wenn Polizisten behaupten, es sei Unzucht oder Erregung öffentlichen Ärgernisses, bedeutet das keinesfalls, dass es stimmt.«

»Doch, zwei Kollegen haben ihn beobachtet.«

»Audiatur etiam altera pars.«

»Was?«

»Erst muss ich mal hören, was er dazu zu sagen hat.«

»Und regen Sie sich nicht künstlich auf, Herr Rechtsanwalt! Ich hätte ihm jetzt sowieso die Dinger da abgenommen.«

Er steckte einen kleinen Schlüssel in die Metallverstrebung und entfernte die Handschellen. Dann verließ er grußlos den Raum.

Jan stand verlegen lächelnd vor mir, ein strohblonder, schlanker, hochgewachsener Typ, der seinem Vater wenig ähnelte, zumal dieser zur Korpulenz neigte. Wir setzten uns an den kleinen Tisch in der Mitte des Raums.

»Jan, hast du hier schon irgendeine Aussage gemacht?«

»Nein, mein Vater hat bei unserem Telefonat gesagt, ich soll jegliche Aussage verweigern, bis ich mit Ihnen gesprochen habe.«

»Ein guter Rat.«

»Die Bullen haben schon versucht, was aus mir rauszukriegen. Wie oft ich es in den letzten Wochen mit ihr gemacht habe und so. Ich hab sie aber bloß angegrinst.«

»So ist's recht. Jan, jetzt erzähl mir mal ganz genau, was da gestern Abend passiert ist!«

Er zögerte. »Es ist ja schon irgendwie peinlich.«

»Das muss dir nicht peinlich sein. Du bist ein junger Mann, ich bin ein Mann, jeder hat im Grunde die gleichen Empfindungen.«

»Also ich war bei meiner Freundin wegen der Matheaufgaben. Aber das hat sie bloß so zu ihren Eltern gesagt. Sie war damit schon fertig, als ich gekommen bin. Dann haben wir einen Spaziergang gemacht, weil wir im Haus der Eltern nichts mehr machen dürfen. Die haben Angst wegen Kuppelei und so. Na ja, wir sind ein Stück in den Wald reingelaufen … Samstags treiben sich da schon Polizisten rum, das weiß man. Aber eigentlich nicht unter der Woche.«

»Haben diese Menschen nichts Besseres zu tun?«

»Das macht ihnen halt Spaß. Wahrscheinlich geilt es sie auf, wenn sie junge Leute beobachten. Also wir haben echt nichts befürchtet und uns halt ne Weile geküsst.«

Mein Smartphone summte. Martin sandte mir eine SMS, die Name und Smartphonenummer des Anwalts von Jans Freundin enthielt.

»Sorry, Jan. Erzähl weiter!«

»Meine Freundin ist dann runter auf die Knie. Und sie hat ... sie hat den Mund auf den Stoff meiner Jeans gepresst. Sie hat den Reißverschluss runtergezogen. Da ist sie aufgestanden und hat geflüstert: ›Da ist jemand. Es hat so geknackt.‹ Ich hab nichts bemerkt, ich war schon so heiß. ›Ach was! Das bildest du dir ein‹, hab ich ganz leise geantwortet. Sie ist aber stur geblieben. ›Doch. Komm, wir hauen ab!‹ Ich hab rumgeschaut und gelauscht. Wir waren ein gutes Stück von der Straße entfernt. Es war ziemlich düster. Ich konnte nichts Verdächtiges erkennen. Sie hat dann auch gemeint, dass sie sich vielleicht getäuscht hat. Sie ist wieder runter, ihre Hände waren an meinen Hüften ... Und da hat es heftig geraschelt und zwei Typen sind auf uns zugestürzt. Meine Freundin ist aufgesprungen und wollte weglaufen. Aber einer von denen hat sie erwischt. Dann haben sie uns mit Taschenlampen angeleuchtet ...«

»Jan, war es genauso oder war da ein bisschen mehr?«

»Nein, echt nicht. Die Bullen behaupten, sie hätte mir einen geblasen. Das stimmt aber nicht. Wie ich gesagt hab ... ihre Hände waren an meinen Hüften und ihr Mund in der Nähe von meinem Unterleib. Ich hab in dem Moment jedenfalls nicht gespürt, dass ihre Lippen auch nur am Stoff der Jeans dran gewesen wären.«

»Die Polizisten haben Taschenlampen angeschaltet. Wo war da dein Penis? In der Hose? Oder?«

»Innen. Die Bullen sagen, ich hätte ihn rasch reingeschoben, als ich sie gehört hab. Aber das hätte ich so schnell gar nicht geschafft. Er war ... war knochenhart. Aber Sie ... Sie sagen das nicht alles meinem Vater?«

»Keinesfalls. Das bleibt unter uns. Du bist mein Mandant, nicht er. Und nachher beim Haftrichter bist du still und ich erzähle es so, wie du es mir gesagt hast.«

»Aber die Bullen lügen.«

»Das wäre nicht das erste Mal. Ist deine Freundin noch Jungfrau?«

Er sah mich an und lächelte. »Eigentlich nicht.«

»Hast du das gemacht oder ein anderer?«

»Ich.«

»Wann?«

»Im letzten Sommer. Da ist's halt so über mich gekommen. Sie wollte es eigentlich nicht.«

»Das war vor Inkrafttreten der neuen Gesetze. Also unerheblich.«

»Aber das ging noch weiter mit den Bullen. Sie haben von mir verlangt, dass ich die Jeans runterschiebe und die Shorts. Und einer hat mich angeleuchtet mit der Taschenlampe und der andere hat mich mit dem Smartphone von oben bis unten gefilmt. Und er hat gesagt, das sei der Beweis, dass ich Unzucht getrieben habe.«

»Völlig absurd.«

»Und dann haben sie uns Handschellen angelegt und vor zur Straße geführt und in nen Polizeiwagen geschubst. Und hier in der Dienststelle musste ich mich ganz ausziehen; ein Polizist ist an der Tür gestanden und ein anderer hat meine Sachen durchwühlt. Und natürlich hat er in meinen Jeans Kondome gefunden. Der Typ hat gesagt, die bräuchte ich jetzt nicht mehr, das seien Beweismittel.«

»Wie viele Kondome waren es?«

»Zwei. Für den Abend halt.«

»Also gut. Das Gesetz ist im November in Kraft getreten. Da war es schon kühl und im Haus der Eltern der Freundin durftet ihr nichts mehr machen. Es ist erst seit einigen Tagen abends so mild, dass man Lust hat, sich im Freien zu vergnügen. Also ihr habt gestern Abend erstmals seit Inkrafttreten des Gesetzes versucht, intim zu werden. Und da sind die Polizisten dazwischen gegangen. Auf dieser Basis werde ich mit dem Haftrichter verhandeln. Und du antwortest nur, wenn ich dich was frage.«

Ich rief den Anwalt des Mädchens an. Ich kannte ihn flüchtig, ein etwas zögerlicher Typ, aber zu Kompromissen bereit. Ich umriss meine Strategie. Er fand die Vorgehensweise gut und wollte ähnlich verfahren.

Der Haftrichter lächelte spöttisch. »Sie ziehen die Unzuchtsfälle ja magisch an. Erst der VfB-Spieler und jetzt dieser junge Mann da.«

»Nun ja, Duplizität der Ereignisse.«

»Den da konnten Sie nicht verstecken, ihn haben wir erwischt.«

»Die Stuttgarter Polizei hat seltsame Prioritäten. Es gibt serienweise Wohnungseinbrüche und nächtliche Raubüberfälle, besonders in der Nähe von Diskotheken. Und diese beiden Beamten haben nichts Besseres zu tun, als im Wald jungen Leuten nachzuschleichen.«

»Das sind wohl Weisungen von oben. Diese zwei jungen Polizisten haben dabei einen Volltreffer gelandet. Das Video ist ja ein schlagender Beweis.«

»Ich kenne es nicht. Mein Mandant hat mir nur davon erzählt. Wird er darin von vorn gezeigt oder von der Seite?«

»Voll von vorn.«

»Ist das Mädchen auch erfasst?«

»Nur der Junge.«

»Behaupten die Polizisten, sie hätten meinen Mandanten mit heruntergelassener Hose angetroffen?«

»Davon gehe ich aus. Sie haben mir eben das Video zur Verfügung gestellt.«

»Also, wenn dieses Video eine Situation ›in flagranti‹ wiedergeben würde, gäbe es eine Seitenansicht meines Mandanten und des Mädchens. Die Beamten haben meinen Mandanten gezwungen, die Hose herunterzulassen.«

Er blätterte in den Papieren, die vor ihm lagen. »Protokolliert ist, dass sie Ihren Mandanten und eine weibliche Person im Kräherwald beobachtet haben, dass diese Person vor ihrem Mandanten gekniet ist und seinen Penis teilweise im Mund hatte. Darauf erfolgte der Zugriff. Von einer herabgelassenen Hose steht da allerdings nichts.«

»Eben. Aber der Penis meines Mandanten befand sich innerhalb seiner Jeans. Es hat keine Fellatio stattgefunden.«

»Hier steht's aber.«

»Es war im Wald, ein gutes Stück von der Straße entfernt. Da ist es dunkel. Die konnten gar nichts genau erkennen.«

»Dann steht eben Aussage gegen Aussage.«

»In dubio pro reo.«

»Nun, wir haben Zeugenaussagen der Beamten und Schutzbehauptungen des Beschuldigten.«

»Wenn die Polizisten weiterhin einen solchen Unsinn behaupten, kann man ja im Rahmen der Hauptverhandlung einen nächtlichen Ortstermin im Kräherwald machen.«

»Ja, damit soll sich dann das Gericht befassen. Aber für heute kann man sagen: dringender Tatverdacht.«

»Was für eine Tat? Es ist allenfalls versuchte Unzucht. Vielleicht auch nur eine Vorbereitungshandlung. Die Partnerin meines Mandanten ist zwar vor ihm gekniet, als die Polizisten heranstürmten, aber ihr Kopf war ein gutes Stück von ihm entfernt. Mag sein, dass es nur eine Spielerei war.«

»Irgendein sexuelles Geschehen war es, das beweist das Video. Ihr Mandant war sexuell erregt.«

»Ja, in seinen Jeans. Das geht den Staat nichts an.«

»Selbst wenn man die Darstellung Ihres Mandanten zugrundelegt, weist die sexuelle Erregung darauf hin … die nun eben wegen des Videos offenkundig ist … dass die beiden dabei waren, eine unzüchtige Handlung zu vollenden. Also zumindest dringender Tatverdacht für versuchte Unzucht. Und es besteht Fluchtgefahr. Sein Vater ist ein wohlhabender Mann. Er kann seinen Sohn in die Schweiz schaffen, damit er dort ein Internat besucht.«

»Derartige Pläne gibt es nicht. Mein Mandant ist ein guter Schüler und macht nächstes Jahr Abitur. Es wäre unverhältnismäßig, ihn wegen dieses lächerlichen nächtlichen Ausrutschers in Untersuchungshaft zu nehmen, zumal es auf keinen Fall eine vollendete Tat ist.«

»Wie wäre es mit einer elektronischen Fußfessel?«

»Das geht nicht. Er muss am Sportunterricht teilnehmen. Außerdem spielt er in einer Jugendmannschaft Basketball. Von daher ist er ein gewisses Maß an Schmerzen gewöhnt, Anrempeln, Stürze, Zerrungen. Selbst wenn er verurteilt würde, was ich nicht erwarte, bekommt er eben ein paar Schläge mit der Peitsche oder dem Stock. Deswegen läuft er nicht weg. Und überhaupt, wir haben die Situation, dass plötzlich in Mitteleuropa Beduinenmoral Gesetzesform annimmt. Wegen so was sollte man einem hoffnungsvollen Jugendlichen nicht den Weg verbauen.«

Der Haftrichter murmelte lächelnd: »Beduinenmoral in Gesetzesform.«

Jan konnte mit mir in die Innenstadt fahren.

36

In der Presse wurde berichtet, dass in den nordrhein-westfälischen Fußballstadien an den Wochenenden fast immer Jungen ausgepeitscht wurden.

Im Düsseldorfer Landtag hatte die Partei des rechten Weges die absolute Mehrheit und konnte allein regieren. Dennoch setzte sie anscheinend die neuen Gesetze konsequent um, ohne von der Islamischen Bruderschaft gedrängt zu werden.

Meistens waren die Jungen wegen Alkoholgenuss verurteilt, oft aber auch wegen Besitz von pornographischem Material. Die Polizei machte immer wieder in den Schulen Razzien und überprüfte, ob auf den Smartphones Pornovideos gespeichert waren; sofern dies zutraf, wurde auch der Computer, den der betreffende Junge zu Hause hatte, beschlagnahmt; und da entdeckten die Beamten weiteres Material. In einigen Fällen hatten auch Hausmeister die Kabinen in den Schultoiletten aufgeschlossen und dort Jungen, die gemeinsam masturbierten, erwischt.

Die Bestrafung der Jungen wurde zu einer Art Volksvergnügen. Die Fußballstadien waren nun durchweg gut besucht, nicht nur die der Ersten Bundesliga. Die Männer johlten, wenn ein Junge aufs Spielfeld geführt wurde, klatschten bei jedem Schlag in die Hände und zählten mit. Wenn ein Junge vor Schmerzen schrie, wurde er ausgepfiffen. Sofern aber einer die Bestrafung mit zusammengepressten Lippen durchstand, erhielt er starken Beifall. Manche robuste Typen, besonders Bärtige, feuerten die peitschenden Polizisten mit Zurufen an. »Schlag stärker zu, du Weichei!«, »Härter! Du streichelst den ja nur.«, »Noch härter!«, »Härter, er soll bluten!«

Männer, die von Journalisten befragt wurden, was sie von

dieser Art der Bestrafung hielten, befürworteten in der Regel diese Methode. »Das schadet keinem. Die sind ja so rotzfrech.« »Beide Eltern arbeiten und kümmern sich nicht genug um die Lümmel. Auf diese Weise kommen sie wieder in die Spur.« »Sie haben am Wochenende Randale gemacht und Leute angepöbelt. Das ist jetzt besser geworden.« »Das ist nur zu ihrem Besten, wenn man ihnen auf diese Weise zeigt, dass Alkohol schädlich ist.« »Die sollen ihre Schularbeiten machen und nicht den halben Tag mit Pornos rummachen.« »So eine Abreibung tut jedem Jungen gut. Wir wollen keine besoffenen Schlappschwänze großziehen.«

Einige unverschleierte Frauen stuften diese Strafen als »barbarisch« ein. Auch bei Männern gab es Gegenstimmen. »Das ist Mittelalter. So was wie einst der Pranger.« »Staatlich geförderter Sadismus.« »Diejenigen, denen so was gefällt, kann ich nur als üblen Pöbel bezeichnen.« »Das Werk von Frömmlern. Hoffentlich erwischt's auch deren Söhne.«

»Typisch, dass gerade diese Ruhrproleten so was gut finden«, meinte Ursula. »Wenn sie meinen Sohn mal verurteilen würden, weil er Alkohol getrunken hat oder so, dann würde ich bis zum Europäischen Gerichtshof für Menschenrechte gehen.«

»Soweit es um Alkohol geht, ist die Peitsche ein heilsames Gegenmittel«, widersprach Hartmut.

»Bist du von Sinnen?«, fuhr ihn Ursula an.

»Ich würde diese Sanktionen sogar auf Zigaretten ausdehnen. Wenn ich im Sommer mit meinem Oli im Freibad bin, fangen doch immer einige Jungs in unserer Nähe zu paffen an, nicht viel älter als Oliver. Eine Zigarette nach der andern. Die brauchen die Peitsche. Was anderes verstehen die nicht.«

»So kann man nicht mit jungen Leuten umgehen«, beharrte Ursula. »Sie sind unsere Zukunft.«

»Sie zerstören ihre Zukunft. An die kann man von morgens bis abends hinpredigen, Lungenkrebs, Leberzirrhose, das ist denen gerade egal. Die wollen ihren Spaß, hier und jetzt.«

»Findest du es auch richtig, dass dieser VfB-Mensch, den Daniel versteckt hält …«

»Ich verstecke niemand«, wehrte ich mich.

»… dass der eventuell ausgepeitscht wird, weil er als Neunzehnjähriger mit einer Freundin zusammenlebt?«

»Das ist was ganz anderes. Was der tut, schadet seiner Gesundheit nicht. Im Gegenteil. Wir sind uns in diesem Raum sicher einig, dass Mohammed Meier ein ausgemachter Idiot ist.«

Ursula lachte auf. »Da kann ich dir nur beipflichten.«

»Das gesamte neue Sexualstrafrecht ist Müll.«

»Ehebruch zu bestrafen, finde ich ganz sinnvoll«, wandte Ursula ein. »Meinem Ex und seiner Schlampe hätte ich durchaus gegönnt, wenn sie gesteinigt worden wären.«

»Uschi!«, mahnte Martin.

Ursula sah Hartmut so seltsam an. Vielleicht wollte sie mit ihrer Bemerkung auch ihn treffen.

»Der Koran bezieht sich auf eine archaische Gesellschaft«, ergänzte Hartmut. »Das waren einfache Leute, die feste Regeln brauchten. Und wenn da einer dem andern die Frau wegnahm, gab das gleich einen blutigen Konflikt. Da wollte der Prophet Mohammed ordnend eingreifen. Aber wir haben heute andere Verhältnisse. Wir legen Wert auf die Freiheit des Individuums. Da hat unter Umständen auch so ein Trauschein nicht viel zu bedeuten.«

»So, so!«, murmelte Ursula.

»Und soweit es um Alkohol geht, machen die Vorgaben Mohammeds heute noch Sinn, grundsätzlich.«

»Du trinkst doch auch mal gerne ein Glas Wein oder Sekt«, hielt ihm Joe vor.

»Sicher, es ist eine Frage des Maßes wie bei allem. Auch bei der Ernährung. Ich habe nur gesagt, dass Mohammed grundsätzlich recht hat. Und bei saufenden Jugendlichen liegt er völlig richtig.«

37

Auch mit dem verschwundenen Nuri Sheref befasste sich die Presse. Besonders in den Boulevardblättern standen seltsame Geschichten über ihn. Er sei mitten am Tag auf der Königstraße gebummelt, mit Sonnenbrille und blond gefärbtem Haar. Er habe sich in ein Schwarzwälder Bauernhaus verkrochen; seine Freundin sei bei ihm. Er sei in einem hochfeinen Züricher Hotel abgestiegen und lasse jeden Abend zwei sehr junge Damen von einem Escort Service zu sich kommen; außerdem verhandle er mit Real Madrid.

Journalisten machten auch eine angebliche ehemalige Freundin Nuris ausfindig. Sie sei Sekretärin in der Firma des VfB-Präsidenten und wolle unerkannt bleiben. Nuri habe einen ungeheuren sexuellen Appetit, nur an Abenden vor einem Spiel gebe er Ruhe; mit keinem anderen Mann habe sie je wieder so intensive sexuelle Erlebnisse gehabt wie mit ihm; aber er sei nicht treu gewesen; vor dem Trainingsgelände hätten immer Mädchen auf ihn gewartet und sich ihm aufgedrängt; er sei dann meist mitgegangen und danach auch noch über sie selbst hergefallen; und da er es stets ohne Kondom mache, weil er sonst nichts empfinde, sei ihr das zu riskant gewesen und sie habe sich von ihm getrennt; aber sie wolle die Wochen mit ihm nicht missen, im Grunde liebe sie ihn immer noch, wenn er auch außer Sport und Sex keine anderen Interessen habe.

Ursula befürchtete, so ein Interview könne sich strafverschärfend auswirken. Ich entgegnete, dann müsse es der Staatsanwalt erst mal schaffen, diese Sekretärin als Zeugin beizubringen. Ursula meinte, so etwas habe einen unterschwelligen Einfluss, auch auf den Richter und die Schöffen.

Hartmut berichtete lachend, als er mit mir allein war, Oliver habe Nuri gefragt, ob er tatsächlich so ein geiler Bock sei, wie es in der

Zeitung stehe. Nuri habe geantwortet, wenn es so wäre, wie diese Tussi behaupte, würde er in jedem Training schlappmachen; natürlich habe er schon einiges mitgenommen, wenn sich die Mädchen ihm an den Hals geworfen hätten; wenn Oliver älter sei, werde er das auch verstehen. Hartmuts Frau hatte das vom Flur aus mitbekommen, da die Tür zum Wohnzimmer angelehnt war.

Hartmut war allerdings wegen Oliver etwas beunruhigt. Der Junge bedrängte Nuri immer wieder, mit ihm zusammen zu beten. Nuri ließ sich einen Bart wachsen und ging neulich mit Hartmuts Frau und Oliver in die Stadt, zusätzlich geschützt durch Baseballmütze und Sonnenbrille. In einem Teppichgeschäft kaufte Nuri zwei Gebetsteppiche von erlesener Qualität. Und bei einem Juwelier hängte er Oliver eine dünne Goldkette um, deren Anhänger aus einem Halbmond mit Stern bestand; und Hartmuts Frau bekam ein breites goldenes Armband.

Neulich beim Abendessen stellte Hartmuts Frau einen Teller mit einigen Scheiben Schinken auf den Tisch, bestimmt für ihren Mann. Oliver sagte: »Nur Schweine fressen Schweinefleisch.« Hartmut erklärte, Schweinefleisch sei bei Juden und Moslems verboten, weil es wegen der darin enthaltenen Trichinen gefährlich werden könne, wenn es nicht gründlich genug gekocht sei; aber heutzutage werde in Europa Fleisch vor dem Konsum geprüft. Oliver antwortete: »Schweine sind unreine Tiere. Ihr Fleisch zu essen, ist eine Sünde.« Nuri lächelte und bemerkte, er habe noch nie Schweinefleisch gegessen. Hartmut zuckte die Schultern und spießte eine Scheibe Schinken mit der Gabel auf.

In Hartmuts Haus gab es zwei Badezimmer. Hartmut hatte mit Oliver besprochen, dass man dem Gast das eine Badezimmer ausschließlich überließ. Am letzten Samstag lief Hartmut in das »Elternbadezimmer«. Oliver war gerade dabei, die Duschkabine zu betreten. »Warum schließt du denn nicht ab?«, fuhr ihn Hartmut an. »Erdal und seine Brüder dürfen das Badezimmer auch nicht abschließen«, erwiderte Oliver, »damit sie keine schweinischen Sachen machen. Ihr könnt ruhig reinkommen, wenn ich dusche, dann bin ich vor mir selbst sicher.« »Oliver«, antwortete Hartmut, »ich habe dir nie verboten, ›schweinische Sachen‹ zu machen. So was ist doch völlig normal in deinem Alter.« »Es ist eine Sünde, hat der Religionslehrer gesagt.« »Glaub dem nicht alles! Das ist auch nur ein Mensch.«

Mittlerweile ging Oliver mit Erdal jeden Freitag in die Moschee, auch wenn der Vater seines Freundes dienstlich verhindert war. Hartmut gab seiner Frau auf, die Jungen an der Moschee abzuholen, und riet Oliver eindringlich davon ab, sich von irgendwelchen bärtigen Typen zu weiteren Treffen überreden zu lassen.

38

Im Fall Nuri Sheref verhielt sich die Justiz seltsam still. Auf dem Vereinsgelände erschienen keine Polizisten und ein Haftbefehl wurde mir als Anwalt nicht zugestellt. Der VfB-Präsident meinte, man könne es wohl wagen, Nuri wieder einzusetzen. Ich riet ab; wenn Nuri Sheref auftauche, könne von jetzt auf nachher ein Haftbefehl erlassen werden; dann sitze Nuri in Untersuchungshaft und man werde versuchen, ihn dort weich zu kochen. Ich versprach, mich um einen nahen Gerichtstermin zu bemühen.

Ich verhandelte also erneut mit dem Staatsanwalt.

»Die Presse interessiert sich ja sehr für Nuri Sheref. Das ist sicher auch Ihrem Generalstaatsanwalt und dem Justizminister aufgefallen. Haben Sie von dort eine Weisung in dieser Sache bekommen?«

»Das kann ich Ihnen nicht sagen. Amtsgeheimnis.«

»Man sollte die Sache möglichst rasch zu einem Ende bringen. Für den Verein ist es ein großer Verlust, wenn Sheref nicht mitmacht. Die letzten beiden Spiele hat der VfB auch prompt verloren.«

»Wäre vielleicht auch mit Sheref passiert.«

»Und für die Polizei ist es nicht gerade schmeichelhaft, dass sie Sheref nicht finden, trotz der technischen Möglichkeiten, die es heutzutage gibt.«

»Der geht uns schon noch ins Netz.«

»Herr Staatsanwalt, die Unzucht zwischen Unverheirateten kann für die Justiz zum großen Problem werden. Wir haben ja das letzte Mal schon ansatzweise darüber gesprochen. Durch ein bloßes Gesetz lassen sich die jungen Leute nicht beeindrucken. Die Justiz muss zeigen, dass sie die neue Regelung durchsetzen will. Und dazu dient der Fall Nuri Sheref. Die Justiz bestraft sogar einen Prominenten. Da erschrecken die Leute. Wenn der Fall Sheref nicht bald verhandelt wird, ersaufen Sie in einer Flut solcher Verfahren. Die Polizei hat ja nichts Besseres zu tun, als sogar im Kräherwald junge Leute aufzuspüren. Sie haben es wohl mitgekriegt, dass der Sohn eines Kollegen von mir aufgegriffen wurde. Allerdings eine eher harmlose Sache.«

»Sie haben eben den Haftrichter beschwatzt. Aber ich stimme Ihnen zu, wir müssen ein Stoppschild aufstellen. Und dazu ist der Fall Sheref schon geeignet.«

»Also, dann empfiehlt es sich, dass Sie dem Richter gut zureden, er soll mal jugendliche Diebesbanden, Komasäufer und Schläger zurückstellen und den Fall Sheref auf die Tagesordnung setzen.«

»Ich werd's versuchen.«

»Grundsätzlich habe ich nicht vor, Rechtsmittel gegen das Urteil einzulegen. Sheref muss endlich wieder spielen können. Aber es darf natürlich keine unangemessene Strafe verhängt werden.«

Ein boshaftes Lächeln breitete sich auf dem Gesicht des Staatsanwalts aus, das mir aus dem Bildschirm entgegen leuchtete. »Das ist jetzt nicht mehr so einfach. Ich weiß nicht, ob ich die Obergrenze von fünfzig Schlägen halten kann, nach all dem, was über diesen jungen Mann in der Presse steht. Das ist ja ein richtiger Hurenbock, ein Satyr. Der hat wohl nicht nur mit einer Frau rumgemacht, sondern auch mit allen möglichen Fußballgroupies.«

»Das ist nicht beweisbar.«

»Mag sein, aber die Leute wissen es aus der Presse und das Gericht ist davon auch beeinflusst. Und der Generalstaatsanwalt und der Justizminister.«

»Herr Staatsanwalt, das sind alles nur Vermutungen auf Grund des Geschwätzes dieser Sekretärin, die sich interessant machen will und bestimmt auch was für das Interview bekommen hat. Und das war alles vor Inkrafttreten des Gesetzes.«

»Sagen Sie. Mit den Groupies kann sich Sheref auch während der letzten Wochen befasst haben. Und vielleicht melden sich noch welche bei uns und wollen aussagen.«

»Sehr unwahrscheinlich. Denn die jungen Damen würden riskieren, selbst angeklagt zu werden.«

»Kronzeugenregelung. Auf jeden Fall sind diese Aussagen der Sekretärin ein Indiz, dass Sheref außergewöhnlich triebhaft ist.«

»Haben Sie die Sekretärin ausfindig gemacht?«

»Bis jetzt nicht.«

»Also, dann bleibt die Freundin. Eine eheähnliche Beziehung, bei der nur der staatliche Trauschein gefehlt hat.«

»Eben. Es ist halt Unzucht. Und bei der Potenz Ihres Mandanten hat er seine Partnerin mehrmals täglich besprungen.«

»Alles nur Vermutungen. Sie können gar nichts beweisen, nicht einmal, ob die beiden überhaupt körperlichen Kontakt hatten.«

Der Staatsanwalt lachte. »An eine platonische Liebe glauben Sie doch selbst nicht.«

»Herr Staatsanwalt, wir müssen versuchen, das Verfahren pragmatisch durchzuziehen, und dabei rechtsstaatliche Grundsätze beachten. Also, Sheref ist ein aktiver Sportler, kommt erschöpft vom Training nach Hause, die Freundin ist berufstätig und auch unter der Woche müde. Ich würde sagen, Sie unterstellen zu seinen Gunsten, dass einmal pro Woche Coitus stattfand, obwohl Sie auch das nicht beweisen können. Und ich würde nicht widersprechen.«

»Na meinetwegen. Zweimal pro Woche wäre mir lieber. Oder dreimal. Wir machen uns ja lächerlich.«

»Es wird wahrscheinlich eine nicht öffentliche Verhandlung sein. Wie viel würden Sie dann beantragen? Bleibt es bei fünfzig?«

»Von mir aus ja, sofern ich keine Weisung von oben bekomme.«

»Gut, ich werde eine ›milde Strafe‹ beantragen. Das Gericht verhängt dann dreißig oder vierzig Schläge. Würden Sie deswegen in Berufung gehen?«

»Bei vierzig nicht.«

»Ich auch nicht. Sie können das dem Richter ja andeuten.«

39

Bald darauf erhielt ich die Ladung in der Strafsache gegen Nuri Sheref wegen Unzucht. In ungefähr vier Wochen sollte die Hauptverhandlung stattfinden. Ich informierte sofort den VfB-Präsidenten. Wir vereinbarten, uns »am üblichen Ort« zu treffen, da wir vielleicht abgehört wurden.

»Endlich!«, rief Nuri aus, als ich ihm die Ladung gab. »Dann kann ich ja wohl in meine Wohnung zurück und muss nicht dauernd Olis Eltern zur Last fallen.«

Hartmuts Frau stand bei uns, da der VfB-Präsident noch nicht erschienen war. Sie legte die Hand auf Nuris Schulter.

»Wir haben Sie gerne hier. Es hat sich doch bestens eingespielt. Hier sind Sie versorgt. Was tun Sie allein in Ihrer Wohnung?«

Nuri lächelte. »Ich bin gerne hier, aber Sie haben auch ohne mich genug zu tun, die Nachhilfeschüler und so. Außerdem … wenn ich verdreckt vom Training komme … Ich kann doch jetzt wieder trainieren?«

»Das besprechen wir nachher mit dem Präsidenten«, erwiderte ich.

Hartmuts Frau sagte: »Nuri wandelt sich bei uns zum Bildungsbürger. Mit Oliver lernt er ein bisschen Latein und Französisch. Ich spiele ihm Sonaten von Beethoven und Präludien von Bach und Chopin vor. Außerdem gehen wir ein Werk über Kunstgeschichte durch. Und was ihm natürlich am wichtigsten ist: Ich bringe ihm Spanisch bei. Como esta Usted?«

»Muy bien, gracias, Senora«, antwortete Nuri.

»Man kann ja nie wissen, ob er nicht bald von einem spanischen Verein angefordert wird. Im Internet kann man's ja nachlesen; in ganz Europa berichtet die Presse über ihn. ›Bundesligaspieler im Visier der deutschen Justiz wegen Unzucht‹, ›Scharia gegen Bundesligaspieler‹, ›Fußballspieler auf der Flucht vor moslemischen Folterknechten‹ und so weiter. Auch in Spanien gibt es solche Artikel. Sie bezeichnen ihn als ›muy guapo‹. Was heißt das, Nuri?«

»Sehr hübsch.«

»Ja, auch sehr schön, gutaussehend.«

»Aber Tore schieße ich nicht, weil ich angeblich gut aussehe.«

»Nun, die Leute finden dich besonders sympathisch, weil du gut Fußball spielst und ein attraktiver Typ bist. Das wirkt sich auch in der Presse aus. Durch diese Sache steigt dein Marktwert gewaltig, glaube ich.«

»Nuri«, bemerkte ich, »das ist dann das Schmerzensgeld, das Sie für diese idiotische Strafsache bekommen werden.«

Es läutete; Hartmuts Frau eilte zur Haustür.

»Kann er jetzt wieder trainieren und spielen?«, wollte der VfB-Präsident sofort wissen.

»Es ist eher unwahrscheinlich, dass jetzt noch ein Haftbefehl ergeht. Aber ganz sicher sein, kann man da nicht. Es ist für die Kripo eine ziemliche Blamage, dass sie Nuri nicht finden konnten. Es kann schon sein, dass noch nach ihm gefahndet wird. Er sollte hier bleiben; das hat bis jetzt gut funktioniert. Aber ein bisschen was können wir schon riskieren. Kann man das Training nicht verlegen? Anderer Platz, von dem nur Insider wissen?«

»Guter Vorschlag. Das kann ich arrangieren. Wir sperren das Trainingsgelände der ersten Mannschaft für das Publikum und lassen dort die Amateure trainieren. Die erste Mannschaft geht auf einen der Plätze hier oben in Degerloch, da habe ich Kontakte. Dann trainiert er wenigstens mal wieder. Und du hast es gar nicht weit von hier rüber zur Waldau.«

»An einem Auswärtsspiel könnte er auch teilnehmen. Zweite Halbzeit, ohne dass man es vorher ankündigt. Wo ist das nächste Auswärtsspiel?«

»Hannover.«

»Also, bis die in Stuttgart mitbekommen haben, dass Nuri in Hannover spielt, dann ein Rechtshilfeersuchen nach Hannover senden und die Anweisung bei der unteren Ebene ankommt, ist das Spiel vorbei und Nuri abgereist. Er darf natürlich nicht mit der Mannschaft fahren oder fliegen.«

Ich fügte hinzu, ich hätte da einen Bekannten, einen Albaner, der Nuri zum Training und nach Hannover fahren könne. Selbst wenn es eine Fahrzeugkontrolle gebe, prüften die Polizisten meist nur die Papiere des Fahrers. Ahmed hatte ich schon gefragt, ob er zu so was bereit wäre. Dem VfB-Präsidenten und Nuri gefiel diese Lösung. Nuri war ohnehin mit seinem gestutzten Vollbart nicht ohne weiteres zu erkennen.

»Und wie soll's weitergehen?«, fragte Nuri plötzlich. »Also wenn der ganze Mist vorbei ist.«

Der VfB-Präsident sah ihn verwundert an. »Wie meinst du das?«

»Ich kann nicht ohne Frau leben.«

»Nuri! Du bist neunzehn Jahre alt. In dem Alter habe ich studiert, da hatte ich auch keine feste Freundin.«

»Ich bin's aber gewöhnt, dass ich Frauen hab; ich brauch das.«

»Dann heirate deine Freundin doch!«

»Geht nicht, hab ich doch schon gesagt. Meine Eltern wollen keine deutsche Schlampe.«

»Das ist doch keine Schlampe! Bildhübsch. Sie hat auch eine sehr nette Art. Meine Frau ist überaus angetan von ihr, eine Kosmetikerin, sehr gepflegt, sie arbeitet in einer Parfümerie. Meine Frau geht manchmal hin und tut so, als ob sie sich von ihr beraten ließe, und lädt sie ins Café ein, wenn sie Pause hat.«

Um Nuris Freundin hatte ich mich bisher nicht weiter gekümmert. Auch sie konnte noch zum Problem werden, falls sie aufflog. »Wissen denn die Kolleginnen, dass sie mit Nuri liiert ist?«

»Nein, nur ihre beste Freundin. Nuri hat durchaus den Ruf eines Aufreißers. Und seine Freundin möchte nicht, dass sie alle möglichen Leute belächeln, wenn es mit Nuri vorbei ist. Wie dem auch sei, Nuri, dieses Mädchen ist schon was für eine Dauerbeziehung. Du bist volljährig, da musst du dich deinen Eltern gegenüber halt mal durchsetzen.«

»Es sind nicht bloß die Eltern. Ich bin neunzehn. Ich will noch nicht heiraten. Und wenn ich es tue und mich in ein paar Jahren scheiden lasse, dann zockt mich die Frau so ab, dass mir gerade noch ein T-Shirt und Jeans bleiben.«

»Ach was, da nimmst du dir einen guten Anwalt. Du hast ja jetzt Kontakt zu einer ausgezeichneten Kanzlei.«

»Ich will's auch nicht nur mit einer Frau machen. Wenn ich nicht verheiratet bin, kann ich zu meiner Freundin sagen: Haub ab, wenn's dir nicht passt, dass ich's auch mit anderen mache!«

»Nuri, das geht doch heutzutage alles gar nicht mehr. Da haben wir ja dann gleich das nächste Strafverfahren. Die belauern dich natürlich von jetzt an.«

»Das ist es ja! Ich kann aber nicht leben wie ein Mönch.«

Heiterkeit überhauchte plötzlich die Züge des VfB-Präsidenten. »Nuri, pass mal auf! Wir geben dir alle zwei Wochen zwei Tage trainingsfrei, wenn's nicht gerade eine englische Woche ist. Dann fliegst du nach Zürich, deine Freundin auch. Ihr mietet euch in einem feinen Hotel ein, getrennte Zimmer, und da kannst du dich austoben. Der Verein übernimmt das alles, du brauchst dich um gar nichts zu kümmern.«

Nuri lächelte. »Alle zwei Wochen ist n bisschen wenig. Für einen wie mich.«

»Aber besser als nichts«, bekräftigte der VfB-Präsident. »Allerdings ...« Er schien zu zögern. »... es gäbe da eine weitere Möglichkeit. Für gute Geschäftsfreunde haben wir immer noch Verbindung zu einem Escort Service. Natürlich alles verboten, aber den Service gibt's noch. Wir könnten schon gelegentlich eine Dame für dich bestellen. Fragt sich nur, wo das Treffen stattfinden soll. In deiner Wohnung geht's nicht. Und Hotel ist auch gefährlich, so bekannt wie du bist.«

»Also der junge Mann, der Nuri zum Training und zu den Auswärtsspielen fahren wird, ist in einer Kneipe tätig und hat von daher Kontakt zu einigen jungen Damen. Ich frag ihn mal, ob er was arrangieren kann. Zum Beispiel in seiner Wohnung.«

Nuri sprang auf und ergriff meine rechte Hand. »Das ist ein echt guter Anwalt. Der sorgt für mich auch außerhalb vom Prozess.«

40

Es gab noch eine Hoffnung oder Befürchtung bis zum »Tag des Gerichts«, nämlich dass das Bundesverfassungsgericht Körperstrafen für Jugendliche als grundgesetzwidrig einstufte. Es gab Entscheidungen des Europäischen Gerichtshofs für Menschenrechte, nach denen solche Strafen unzulässig waren. Auf der anderen Seite schienen sehr viele Leute zu begrüßen, dass alkoholisierte Jugendliche ausgepeitscht wurden. Überdies demonstrierten immer wieder größere Gruppen bärtiger Männer vor dem Verfassungsgerichtsgebäude, riefen »Allahu akbar« und hielten Plakate hoch, auf denen zum Beispiel stand: »Peitsche für betrunkene Jugendliche«. Wie die Richter auch entschieden, es würden von irgendwoher Wogen der Empörung losbrechen. Vielleicht hofften die Richter auch, dass die Koalition in Berlin zerbrach und einige besonders umstrittene Bestimmungen aufgehoben wurden. Denn immer wieder äußerten sich Abgeordnete der Partei des rechten Weges gegenüber der Presse kritisch über die Regierung. Die Islamische Bruderschaft habe einen viel zu großen Einfluss, gemessen an dem Stimmenanteil, den sie bei der Bundestagswahl erzielt hatte. Mohammed Meier wolle Deutschland in ein Zuchthaus verwandeln. Sie selbst hätten eine andere Auffassung von einer modernen islamischen Gesellschaft. Näheres wollten sie allerdings nicht preisgeben; das müsse parteiintern diskutiert werden. Bundeskanzler Osmanli rief dann immer wieder dazu auf, die islamischen Kräfte müssten eine geschlossene Front bilden.

Die Verhandlung gegen Nuri Sheref fand an einem Mittwochmorgen statt. Ahmed holte Nuri mit dem Auto von Hartmuts Haus ab, fuhr dann mit ihm zu dem Gebäude, in dem sich die Kanzlei befand; dort stieg ich zu, und Ahmed brachte uns vollends zum Gericht. Ich hatte mit dem Richter abgesprochen, dass wir einen Hintereingang benutzen durften. Dort warteten zwei Uniformierte, die Nuri sofort an den Armen packten. Ich herrschte sie an, sie sollten meinen Mandanten sofort loslassen, er gehe freiwillig in die Verhandlung. Sie sahen mich mürrisch an und gingen nun dicht hinter uns her.

In einiger Entfernung war ein wirres Geschrei. »Nuri! Nuri!«, war zu hören, aber auch »Allahu akbar«.

Wir betraten den Gerichtssaal. Der Staatsanwalt stand schon an seinem Platz, im schwarzen Talar. Ich verneigte mich leicht und murmelte: »Guten Morgen.« Er erwiderte den Gruß. Auch ich zog nun den Talar an. Im Zuschauerbereich saßen nur die beiden Uniformierten, die uns in den Saal begleitet hatten.

Der Richter und zwei Schöffen erschienen.

»Herr Staatsanwalt, Herr Rechtsanwalt, wir haben ein Problem. Der Angeklagte hat sich ja der Untersuchungshaft entzogen. Daher konnte kein psychologisches Gutachten erstellt werden, ob er etwa den Reifegrad eines Erwachsenen besitzt.«

»Hohes Gericht, der Angeklagte lehnt es ab, sich psychologisch untersuchen zu lassen. Er ist ein Heranwachsender mit dem Reifegrad eines Jugendlichen. Er hat schon in sehr jungen Jahren Fußball gespielt und auch andere Sportarten betrieben. In der Schule hat er gerade so viel getan, damit es für ein Weiterkommen gereicht hat. Mit Mühe hat er die Mittlere Reife geschafft. Es ist ein Leben, das im Wesentlichen dem Körperlichen gewidmet war und ist. Ich will Fußballspielern nicht zu nahe treten, aber wenn man fast dauernd mit Sportkameraden zusammen ist, hat man eine sehr eingeengte Wahrnehmung der Realität. Und das hat Auswirkungen auf die Entwicklung der Persönlichkeit. Jedenfalls ist zugunsten des Angeklagten davon auszugehen, dass er den Reifegrad eines Jugendlichen hat.«

»Ich stimme den Ausführungen der Verteidigung zu«, beeilte sich der Staatsanwalt zu sagen.

»Aber als Jugendlicher behandelt zu werden, ist nicht unbedingt zu seinen Gunsten«, wandte der Richter ein. »Er hat dann eine Körperstrafe zu erwarten. Nach Erwachsenenrecht gäbe es nur eine Freiheitsstrafe, eventuell ausgesetzt zur Bewährung.«

»Da der Angeklagte sich nicht psychologisch untersuchen lässt, muss er als Jugendlicher behandelt werden«, beharrte ich.

»Ich bin auch dieser Meinung«, ergänzte der Staatsanwalt.

»Außerdem ist das, was ihm vorgeworfen wird, eine typische Jugendverfehlung im Sinne des Jugendgerichtsgesetzes. Er ist ein junger Mann mit altersgemäß starken Hormonschüben. Da bahnt sich die Natur, was Sex betrifft, eben ihren Weg, ohne dass man in der Lage ist, auf gesellschaftliche Normen groß Rücksicht zu nehmen.«

»Na gut«, sagte der Richter. »Aber ich erwarte von beiden Seiten, dass sie das Fehlen eines Gutachtens nicht als Verfahrensfehler geltend machen, falls Sie Rechtsmittel einlegen.«

Ich neigte zustimmend den Kopf, der Staatsanwalt auch. Allerdings würde die nächste Instanz einen eventuellen Verfahrensfehler von Amts wegen beachten.

Der Richter befragte Nuri zu seiner Person, dann bat er den Staatsanwalt, die Anklageschrift zu verlesen. Sie bestand nur aus wenigen Sätzen. Nuri Sheref werde beschuldigt, seit Inkrafttreten des Gesetzes zur Wiederherstellung von Sitte und Anstand bis zur Sendung »Sport im Dritten« im März dieses Jahres in einer eheähnlichen Beziehung mit einer weiblichen Person, deren Identität nicht habe festgestellt werden können, in seiner Wohnung zusammengelebt zu haben, ohne mit dieser Person verheiratet zu sein. Da Nuri Sheref Profifußballer sei und mehrmals in der Woche ein anstrengendes Training absolvieren müsse, ebenso ein- bis zweimal in der Woche ein Spiel mit Wettkampfcharakter, werde zu seinen Gunsten davon ausgegangen, dass er mit der genannten Person einmal in der Woche Verkehr gehabt habe.

Nuri murmelte: »Ich bin doch nicht impotent.«

Ich stieß ihn heftig mit dem Ellbogen an.

Der Richter fragte, ob der Angeklagte diesen Sachverhalt einräume.

»Grundsätzlich ja«, antwortete ich.

Der Richter zog die Augenbrauen nach oben. »Grundsätzlich? Nun ja.«

Er rief den Vereinskameraden als Zeugen auf, der sich in der Sendung »Sport im Dritten« über Nuri geäußert hatte.

Ein blonder Typ erschien, in Jeans und T-Shirt.

»Eigentlich möchte ich hier nichts über Nuri sagen«, stammelte er. »Ich mag den Nuri. Er ist ein prima Kumpel. Im Trainingslager und bei Auswärtsspielen sind wir Zimmergenossen. Mir ist das alles saupeinlich.«

»Sie haben kein Aussageverweigerungsrecht«, belehrte ihn der Richter kühl. »Also erzählen Sie uns, wieso Sie in jener Sendung gesagt haben: Er lebt mit seiner Freundin zusammen.«

»Na ja, ich gehe immer mit zu Nuri, wenn er Probleme mit seinem Computer hat. Der hat da echt nicht viel Ahnung. Also vor einigen Monaten …«

»Wann genau?«

»Im Januar, glaube ich, oder Anfang Februar.«

»Da sind Sie zu ihm gegangen?«

»Er hat mich nach dem Training mitgenommen.«

»In seine Wohnung?«

»Ja. Seine Sicherheitssoftware war ausgelaufen. Ich hab ihm ne neue aufgespielt.«

»War seine Freundin anwesend?«

»Nein, die hat nen Job, glaub ich.«

»Welchen?«

»Hab nicht gefragt.«

»Aber es war die Rede von dieser Freundin?«

»Ja, wie ich in die Wohnung gekommen bin. Ich hab gesagt: ›Da ist aber schön aufgeräumt.‹ Und er hat gesagt: ›Meine Freundin sagt immer, ich soll nicht alles rumliegen lassen.‹ Und als die Sicherheitssoftware installiert war, hab ich ihn gefragt, in welchem Ordner seine Pornos sind, so zum Spaß. Und er hat gesagt: ›Hab keine.‹ Das hab ich nicht geglaubt. Und er hat gesagt: ›Ich brauch keine Pornos. Ich ficke meine Freundin.‹ ›Und wenn sie ihre Tage hat?‹, hab ich gefragt. Und er: ›Das halt ich schon aus. Danach geht's dann echt hart zur Sache.‹«

Der blonde Fußballspieler schwieg, sah zu Nuri hin und zuckte mit den Schultern.

»Haben Sie sonst noch was über die Freundin erfahren?«, hakte der Richter nach.

»Eigentlich nicht. Wir haben dann über das nächste Spiel gesprochen.«

Der Richter wandte sich dem Staatsanwalt zu und bot ihm an, Fragen zu stellen.

»Sie waren im Januar oder Februar doch wohl nicht zum ersten Mal in der Wohnung des Angeklagten«, vermutete der Staatsanwalt.

»Nein, aber noch nicht oft. Halt wenn er mit seinem Computer nicht weiterkommt.«

»Vor dem Januar waren Sie also auch schon bei ihm. Haben Sie da ebenfalls über die Freundin und andere Frauen gesprochen?«

»Eigentlich nicht. Da war ich echt beschäftigt. Mal musste ich nen neuen Router installieren; das war n ganz schöner Aufwand, weil ich n anderes System hab; und mal hab ich ihm n neues Betriebssystem aufgespielt; da kommt ja noch n ganzer Rattenschwanz dazu, bis alles wieder funktioniert.«

»Und bei diesen Gelegenheiten haben Sie nicht nach Pornos gefragt oder über Frauen gesprochen?«

»Nein, ich wollte dann nach Hause, es war spät.«

»Wieso haben Sie im Januar oder Februar überhaupt nach Pornos gefragt?«

»Weiß ich auch nicht.«

»Das wissen Sie nicht?«

»Na ja, eigentlich wollt ich ihn das schon immer mal fragen. So gemeinsam nen Porno reinziehen. Ist irgendwie geil.«

»Wissen Sie denn nicht, dass das verboten ist?«

»Wieso verboten?«

»Nach dem Gesetz über die Wiederherstellung von Sitte und Anstand.«

»Echt?«

»Ja, ›echt‹. Passen Sie auf, dass Sie nicht auch in was reinrutschen!«

Ich verzichtete auf Fragen an den Zeugen. Es war unangenehm genug, was er gesagt hatte. Das wollte ich nicht vertiefen. Der Richter entließ ihn.

Nun bat der Richter den Staatsanwalt um sein Plädoyer. Der Staatsanwalt wiederholte den Sachverhalt, den die Anklageschrift enthielt. Dies sei durch die Zeugenaussage bestätigt worden. Er wies darauf hin, dass Nuri Sheref als bekannter Fußballspieler eine Vorbildfunktion für Jugendliche habe, der er durch sein hemmungsloses Verhalten nicht gerecht geworden sei. Der Staatsanwalt beantragte nun als Jugendstrafe 50 Peitschenhiebe.

Da wir die Tatsachen, von denen der Staatsanwalt ausging, nicht bestritten, hätte es genügt, wenn ich jetzt »eine milde Strafe« beantragt hätte. Doch es widerstrebte mir, einfach den Nacken für das Beil des Henkers hinzuhalten.

»Hohes Gericht, es geht heute um den Fall einer sogenannten Unzucht zwischen Personen verschiedenen Geschlechts. Nuri Sheref hat mit seiner Freundin mehrere Monate nach Inkrafttreten des Gesetzes zur Wiederherstellung von Sitte und Anstand zusammengelebt. Er hätte diese Freundin wegen der neuen Rechtslage heiraten können. Es fehlte also nur ein Stück Papier. Er hat die Freundin nur deswegen nicht geheiratet, weil er einen Konflikt mit seinen Eltern vermeiden wollte. Für die Eltern war die deutsche Freundin als Ungläubige nicht gut genug. Eine Heiratsurkunde fehlte also, weil sich Nuri Sheref in einer Zwangslage befand. Er konnte sich auch nicht einfach von der Freundin trennen, da diese dann womöglich in eine schwere Krise geraten wäre.

Grundsätzlich ist zu sagen, dass es absurd ist, sexuelle Kontakte zwischen volljährigen Unverheirateten verschiedenen Geschlechts unter Strafe zu stellen. Dies verstößt gegen das Recht auf freie Entfaltung der Persönlichkeit und gegen das Gebot der Trennung von Kirche und Staat, wie es sich aus Artikel 140 des Grundgesetzes ergibt. Die Richter am Bundesverfassungsgericht haben nur unter dem Druck von Salafisten nicht gewagt, die Verfassungswidrigkeit festzustellen.

Aber unabhängig davon ist die Grundhaltung der jetzigen Parlamentsmehrheit verfehlt. Als der Prophet Mohammed gelebt hat, bestand eine völlig andere gesellschaftliche Situation als heute. Ein junger Beduine musste reiten können und in der Lage sein, mit dem Schwert umzugehen und Pfeil und Bogen zu bedienen. Er konnte also grundsätzlich mit 15 oder 16 heiraten. Auch durfte er vier Ehefrauen haben, mehrere Nebenfrauen und Sklavinnen. Außerdem gab es das Rechtsinstitut der Ehe auf Zeit. Ein junger Deutscher muss erst eine Ausbildung durchlaufen, bis er eine Familie unterhalten kann, auch darf er nur eine Ehefrau haben. Es geht also nicht an, die Regeln einer Beduinengesellschaft auf moderne Verhältnisse in Europa zu übertragen, zumal es heute, was außereheliche Kontakte betrifft, weitgespannte Möglichkeiten der Empfängnisverhütung gibt.

Allerdings verkenne ich nicht, dass die Justiz nun mal gegenwärtig an dieses Gesetz gebunden ist und dass dieser Fall weit über Stuttgart hinaus bekannt wurde. Das heißt, Nuri Sheref muss nun eben Opfer einer verfehlten Gesetzgebung sein. Ich beantrage unter Würdigung der besonderen Umstände dieses Falles eine Strafe, die unterhalb von dem liegt, was der Staatsanwalt für angemessen hält.«

Der Richter schmunzelte. Er hatte mich nicht unterbrochen, obwohl ich den Gesetzgeber angegriffen hatte.

»Das Gericht zieht sich zur Beratung zurück.«

Nach einer Weile kamen Richter und Schöffen wieder in den Saal und setzten sich. Der Richter wiederholte den Sachverhalt, den der Staatsanwalt vorgetragen hatte, und führte aus, die von der Verteidigung behauptete Zwangslage habe so nicht bestanden; es wäre dem Angeklagten zuzumuten gewesen, den Kontakt zu seiner Freundin auf freundschaftlicher Basis fortzusetzen, anstatt seinen niederen Trieben einfach nachzugeben. Das Gericht erachte 40 Peitschenhiebe auf den entblößten Rücken als angemessene Sanktion und Warnung für die Zukunft. Er fragte, ob auf Rechtsmittel verzichtet werde.

»Wenn die Staatsanwaltschaft verzichtet, verzichten wir auch«, antwortete ich.

»Ich verzichte«, erklärte der Staatsanwalt. »Das nehme ich auf meine Kappe.«

Er kam zu mir herüber. »Kann ich sicher sein, dass er zum Strafvollzug erscheint?«

»Er wird kommen. Nicht wahr, Nuri?«

»Selbstverständlich. Ich kneife nicht. Ich bin doch kein Feigling.«

Der Staatsanwalt verließ mit Nuri und mir den Gerichtssaal. Dicht hinter uns folgten die beiden Uniformierten, als ob sie immer noch Nuri ergreifen wollten.

Auf dem Flur vernahm man wieder das Geschrei, das von außerhalb hereindrang.

Der Staatsanwalt sagte: »Da vorne ist jede Menge Presse. Die erwarten eine Stellungnahme von uns. Sonst gibt das keine Ruhe. Wenn Sie nichts dagegen haben, spreche ich als Erster.«

Wir traten ins Freie. Vor uns eine Menschenmenge, rechts Bärtige, die drohend die Fäuste hoben; einer hielt ein Plakat hoch, auf dem stand: »Peitsche für Unzucht«. Zur Linken jüngere Leute beiderlei Geschlechts, die »Nuri! Nuri!« riefen.

Mikrophone wurden uns entgegengestreckt.

Der Staatsanwalt reckte sich. »Nuri Sheref wurde wegen fortgesetzter Unzucht mit einer weiblichen Person zu einer Gesamtstrafe von 40 Peitschenhieben auf den entblößten Rücken verurteilt.«

Jubelrufe bei den Bärtigen, Pfiffe und Buhrufe von der linken Seite her.

»Das Gericht ist zu seinen Gunsten davon ausgegangen, dass er als Heranwachsender wie ein Jugendlicher zu behandeln sei, sonst hätte er mit einer Freiheitsstrafe rechnen müssen. Nuri Sheref ist ein bekannter Fußballspieler und hat daher besonders für jüngere Leute eine Vorbildfunktion. Dem ist er durch seinen sittenlosen Lebenswandel nicht gerecht geworden.«

Gelächter bei der Gruppe zur Linken.

»Immerhin hat er sich freiwillig der Justiz gestellt und sich nicht ins Ausland abgesetzt. Dies verdient Respekt.«

Einige klatschten Beifall.

»Er hat auch, ohne etwas zu beschönigen, das Urteil akzeptiert. Es ist rechtskräftig, da Staatsanwaltschaft und Verteidigung auf Rechtsmittel verzichtet haben. Der Vollstreckungstermin wird noch bekanntgegeben. Die Bestrafung wird vor einem der nächsten Heimspiele des VfB im dortigen Stadion vollzogen.«

Wieder Jubel bei den Bärtigen. Die Journalisten drängten nun zu Nuri hin.

»Was sagen Sie zu dem Urteil? Haben Sie die Strafe verdient?«

Nuri zuckte die Schultern. »Das Gericht kann ja nicht anders, wenn es so ein Gesetz gibt.«

»Haben Sie Angst vor den Peitschenhieben?«

»Nein. Ich bin kein Weichei. Als Fußballspieler bin ich Schmerzen gewöhnt. Mir tut nach fast jedem Spiel was weh.«

»Sie waren ja schon anwesend, als Jungen im Stadion ausgepeitscht wurden. Haben die Ihnen leidgetan?«

»Nein, gar nicht. Wer als Jugendlicher Alkohol trinkt, hat die Peitsche verdient.«

»Dann finden Sie es auch richtig, dass Sie ausgepeitscht werden?«

Nuri zögerte. »Das ist was anderes. Alkohol schadet der Gesundheit, Sex nicht.«

»Man kann sich dabei anstecken.«

»Dafür gibt es Kondome und, wenn doch was passiert, Medikamente.«

»Dann halten Sie es nicht für richtig, dass Unzucht zwischen Personen verschiedenen Geschlechts bestraft wird?«

Ich sagte leise zu Nuri: »Keine Beleidigungen wie Depp, Idiot, Arsch und so!«

Nuri antwortete: »Wer solche Gesetze macht, hat ne Macke. Religion ist Privatsache. Das war auch die Meinung von Atatürk.«

»Finden Sie, dass der Islam eine gefährliche Religion ist?«

»Nein, ich bin Moslem und ich bin es gerne. Aber was der Prophet gesagt hat … das war doch damals eine ganz andere Gesellschaft. Die Jungs mussten nicht zur Schule gehen, keine Lehre machen, konnten vier Frauen heiraten und Nebenfrauen haben und Sklavinnen. Da ist es verständlich, dass der Prophet sagt, sie sollen nicht auch noch sonst herumhuren. Aber heute ist alles ganz anders. Und wer das nicht begreift, ist ein I… hat eben ne echte Macke. Besonders dieser Mohammed Meier.«

Einige Bärtige schimpften laut.

Der Staatsanwalt stieß mich an. »Wir sollten das Interview abbrechen.«

Ich packte Nuri am Arm und zog ihn ins Innere des Gebäudes. Die Journalisten schrien uns Fragen nach, die wir nicht mehr verstanden.

Ich schlug Nuri auf den Rücken. »Gut gemacht.«

»Ich hätte noch viel mehr sagen können.«

»Ein andermal.«

41

Ich saß vor meinem Computer und erzählte Henriette, wie ich in Nuris Hauptverhandlung plädiert hatte und was er davon gegenüber der Presse wiederholt hatte. Ich wollte Henriette damit erheitern. Doch ihr Gesicht auf dem Bildschirm blieb ernst.

»Daniel, mit diesen Leuten ist nicht zu spaßen. Die schrecken vor nichts zurück, die sind besessen. Die erkennen sehr wohl, dass so ein junger Fußballspieler das alles nicht einfach von sich aus sagt. Du hast daneben gestanden; für die bist du der, der ihm das eingeflüstert hat. Also wenn du aus der Straßenbahn steigst, dann pass auf, ob dir jemand folgt! Und mach nicht einfach die Tür auf, wenn's läutet, sondern schau erst aus dem Fenster, wer da draußen rumsteht! Außerdem achte darauf, was du zu mir sagst! Das hören die bestimmt mit.«

»Dazu bräuchten sie zwar eine richterliche Anordnung, aber schon möglich, dass sich regierungstreue Polizisten nicht darum kümmern. Im Übrigen dürfen sie ruhig mitkriegen, was ich von ihnen halte.«

»Man wird schnell zum Feind des Islam. Dann ist man zum Abschuss freigegeben. Das ist auch eine Warnung an alle anderen Unzufriedenen. Wenn sie diesen Fußballspieler umbringen, könnte das zu heftigen Reaktionen seiner Fans führen. Auch in der Presse würde das ausgebreitet. Aber wenn so ein Rechtsanwalt abgeknallt wird, interessiert das kaum jemand. Der Verdacht konzentriert sich dann nicht auf die Islamisten. Es könnte ja auch ein verärgerter Mandant sein. Aber die Leute, die es mitkriegen, ahnen, wer dahintersteckt, und fürchten sich.«

»Na gut, ich werde deine Ratschläge beachten.«

»Du sitzt da drüben auf einem Pulverfass. Es ist ja nicht das erste

Mal, dass du dich missliebig gemacht hast. Zum Beispiel dieser Bekannte von Jonathan, den du rausgepaukt hast.«

»Der Freund eines Freundes von Jonathan«, berichtigte ich.

»Wie dem auch sei. Ich lebe hier ganz entspannt. Keine Bombenanschläge, keine Hassprediger in Moscheen …«

»Dafür läuft fast jeder mit ner Waffe rum. Und man weiß nicht, wann der Nächste durchdreht und um sich schießt.«

»Ach was, hier ist alles ganz friedlich. Die Leute sind sehr freundlich und hilfsbereit. Allerdings sind einige schon sehr bigott. Immer wieder wollen mich Kolleginnen oder Nachbarinnen in ihre Kirche mitnehmen. Alle möglichen Schattierungen, Southern Baptist, Methodisten, Anglikaner und so weiter. Ich sag dann, ich will am Sonntag ausruhen, mein Beruf sei so anstrengend. Einmal bin ich mitgegangen. Das war ein fürchterlicher Trubel, ganz anders als bei uns. Die Leute waren geradezu … hysterisch. Ich fand das eher abstoßend.«

»Ich weiß nicht, was das ist. Die Technisierung geht rasend weiter, die Naturwissenschaftler gewinnen laufend neue Erkenntnisse, und sehr viele Leute verharren in einer mittelalterlichen Mentalität.«

»Das ist halt so schön bequem. Aber die Frommen hier sind harmlos.«

»Sie leugnen die Evolution.«

»Na und? In Princeton wird anderes gelehrt. Aber ihr seid umgeben von Leuten, die sich im Heiligen Krieg gegen die Ungläubigen befinden. Das stehst du auf Dauer nicht durch. Komm hierher! Ich habe jetzt eine große Wohnung. Mein Gehalt reicht für eine ganze Familie.«

»Spätestens im Sommer fliege ich zu dir rüber und begutachte mal alles. Aber man sollte Deutschland nicht so rasch aufgeben. Nuri Sheref ist kein Einzelfall. Es gibt bestimmt zahllose junge Leute, auch Moslems, die sich diese Art der Einengung durch die Regierung nicht gefallen lassen.«

»Mag ja sein. Aber die Ghettomoslems sind eine starke Kraft.

Rasche Generationenfolge und viel Nachwuchs. Auch in weiteren hundert Jahren halten die noch an ihren dörflichen Traditionen fest. Die sind wie die Amish People hier. Und dann gibt es noch die vielen orientierungslosen jungen Leute. Die finden in einer Gemeinschaft von moslemischen Brüdern Halt, und wenn sie ein paar einfache Regeln beachten, kommen sie ins Paradies. Sie sind wie Zombies, ferngesteuert und scheinen keinen eigenen Willen mehr zu haben.«

Die Stellungnahme Nuris vor dem Gerichtsgebäude wurde ganz oder in wesentlichen Teilen sowohl in der inländischen als auch der ausländischen Presse wiedergegeben. Es gab Schlagzeilen wie »Fußballprofi soll ausgepeitscht werden wegen Sex mit Freundin«, »Nuri Sheref greift Parlamentsmehrheit an«, »Die Abgeordneten der Regierungsparteien haben alle eine Macke, sagt Nuri Sheref«, »Nuri Sheref hasst Mohammed Meier«, »Fußballprofi verhöhnt deutsche Regierung«.

Einem Hamburger Nachrichtenmagazin gelang es, Mohammed Meier in dieser Sache zu einem Interview zu bewegen.

»Herr Minister, haben Sie eine Macke?«

»Ich weiß schon, worauf Sie anspielen. Diesem Flegel, der sich nur für Fußball und Frauen interessiert, steht es nicht zu, sich über Abgeordnete und Minister zu äußern.«

»Wir haben immer noch das Recht auf freie Meinungsäußerung. Und auch ein neunzehnjähriger Fußballspieler ist ein Staatsbürger.«

»Und was für einer! Er ist rechtskräftig verurteilt und damit kriminell.«

»Kriminell?«

»Was denn sonst?«

»Er ist neunzehn Jahre alt und hat mit einer Freundin zusammengelebt. Das ist doch die normalste Sache der Welt.«

»Er hat nur eine Kleinigkeit vergessen: den Trauschein.«

»Wegen eines Fetzens Papier soll er ausgepeitscht werden?«

»Genau darum geht es. Er befriedigt seinen Geschlechtstrieb und macht ein Mädchen zur Hure.«

»Unter ›Hure‹ verstehen wir in Deutschland etwas anderes als Sie gerade.«

»Wir haben in diesem Land eine moslemische Mehrheit. Jetzt gelten eben andere Maßstäbe. Das ist Demokratie. Sie befürworten doch auch die Demokratie. Oder?«

»Nun ja. Viele Juristen sind der Auffassung, dass jedenfalls das Verbot der Unzucht zwischen erwachsenen Personen verschiedenen Geschlechts die Menschenrechte verletzt.«

»Was soll das sein, die Menschenrechte? Ein Konstrukt irgendwelcher gottloser Philosophen. Welche Rechte der Mensch hat, ergibt sich aus dem Koran.«

»Wir haben in diesem Land nach dem Grundgesetz eine Trennung von Kirche und Staat. Sogar Nuri Sheref hat sinngemäß darauf hingewiesen. Sie als Minister und Vizekanzler müssten das doch wissen.«

»Was wollen Sie? Das Bundesverfassungsgericht hat diese Bestimmungen nicht für verfassungswidrig erklärt.«

»Die Richter wurden durch Salafisten bedroht.«

»Bedroht? Seit wann stellen Sie das Grundrecht auf Demonstrationsfreiheit in Frage?«

»Wenn wir mal von Ihrer Position ausgehen, dass sich die Rechte der Menschen aus dem Koran ergeben, so hat dieser junge Fußballspieler zu Recht darauf hingewiesen, dass Mohammed in einem ganz anderen Gesellschaftssystem gelebt hat. Seine Regeln sind für die moderne Welt nicht mehr stimmig.«

»Gott hat dem Propheten offenbart, was richtig und falsch ist. Das hat ewige Gültigkeit.«

»Dann müssten Sie auch zulassen, dass ein Mann vier Frauen heiratet.«

»Vielleicht kann ich unseren Koalitionspartner überreden, eine entsprechende Gesetzesinitiative einzubringen.«

»Und wie soll ein Mann vier Frauen ernähren, wenn er nicht sehr reich ist?«

»Drei arbeiten und eine kümmert sich um den Nachwuchs der Familie.«

»Aha. Nuri Sheref ist neunzehn. Der will sich vielleicht noch nicht binden.«

»Dann soll er die Finger von Frauen lassen.«

»Wenn Sie so sehr auf Geschlechtertrennung bestehen, fördern Sie da nicht homoerotische Beziehungen?«

»Wenn es nur homoerotisch ist, macht man sich nicht strafbar.«

»Daraus können aber leicht mal homosexuelle Kontakte werden. Wie im Gefängnis.«

»Ich will mal von Kant ausgehen und Sie fragen: Was wäre, wenn das alle täten? Dann würde die Menschheit aussterben. Daher ist Homosexualität eine schwere Verfehlung, eine schwere Sünde.«

»Würden Sie Homosexuelle am liebsten aufhängen wie in gewissen anderen moslemischen Ländern?«

»Das wäre eine angemessene Sanktion. Und tun Sie jetzt bloß nicht so, als wären Moslems so fürchterlich grausam! Die katholische Kirche hat Leute, die nicht genau das glaubten, was offizielle Lehrmeinung war, über Jahrhunderte hinweg verbrannt.«

»Die katholische Kirche hat sich gewandelt. Warum passen sich Islamisten nicht einer veränderten Welt an?«

»Ich habe es Ihnen schon mal gesagt: Die göttlichen Gebote gelten für immer.«

»Sie, Herr Minister, sind der Vorsitzende einer Partei in einem demokratischen Staat. Glauben Sie nicht, dass Ihre Partei und die des rechten Weges gewaltig Stimmen verlieren werden, weil sich besonders jüngere Erwachsene nicht vom Staat vorschreiben lassen wollen, wie sie ihr Intimleben gestalten?«

»Ach, wissen Sie, wenn man an der Regierung ist, kann man es nicht allen recht machen. Aber eins kann ich Ihnen sagen: Die Änderung des Jugendgerichtsgesetzes ist ein voller Erfolg. Die Fußballstadien sind bis zum letzten Platz gefüllt, jedenfalls in Berlin. Die Leute sind begeistert, dass die Jungen ausgepeitscht werden, Säufer, Diebe, Räuber, Schläger, Hurer. Endlich tritt mal jemand diesen jugendlichen Rambos entgegen. Die Leute fühlen sich befreit wie von einer Landplage.«

»Andere halten die Islamische Bruderschaft für eine Landplage.«

»Viel Feind, viel Ehr.«

»Wenn Sie nach der nächsten Bundestagswahl nicht mehr an der Regierung sind, geht dann der Bombenterror wieder los?«

»Das weiß ich doch nicht.«

»Man sagt, Sie würden Killerkommandos losschicken.«

»Eine Unverschämtheit, mir so etwas zu unterstellen! Wir haben in diesem Land tiefgläubige junge Muslime. Wenn die Feinde des Islam aktiv werden, ziehen die Gläubigen in den Dschihad. Da muss ich gar nichts befehlen.«

»Ist Nuri Sheref ein Feind des Islam, weil er Sie kritisiert hat?«

»Jetzt soll er erst mal kräftig ausgepeitscht werden. Vielleicht kommt er dadurch zur Besinnung.«

»Herr Minister, wir danken für das Gespräch.«

42

Zweifel nagten in mir, ob ich Nuri richtig verteidigt hatte, ob ich mich nicht einfach den Wünschen des VfB-Präsidenten gebeugt hatte, die Sache möglichst rasch durchzuziehen, damit Nuri wieder eingesetzt werden konnte. Und ich hatte gehofft, die deutsche Regierung lächerlich machen zu können, wenn ein bekannter Sportler Opfer des Gesetzes zur Wiederherstellung von Sitte und Anstand sowie des neugefassten Jugendgerichtsgesetzes wurde. Dieses Ziel schien sogar bereits jetzt erreicht zu sein. Sowohl im Inland als auch im Ausland wurde wiederholt über das Urteil gegen Nuri berichtet, versehen mit hämischen Äußerungen über die moslemische Regierung in Berlin.

Dennoch war ich am Tag des Strafvollzugs bedrückt, weil ich mich nicht genügend bemüht hatte, Nuri all dies zu ersparen.

Seit der Urteilsverkündung hielt sich Nuri wieder in seiner Wohnung auf, und die Mannschaft trainierte mit ihm zusammen auf dem üblichen Gelände.

Ich wartete auf dem kahlen Flur vor den Mannschaftsräumen des Stadions. In meiner Nähe standen zwei Polizisten in Uniform und ein älterer Herr in Zivil, wohl der Arzt. Aus der Kabine des VfB kamen nach und nach die Spieler in ihren weißen Trikots und liefen ins Freie.

Nuri sollte eigentlich schon hier sein. Was für eine Blamage, wenn er nicht käme! Für mich und für ihn. Nuri hatte zu mir gesagt, er fahre mit seinem Porsche ins Stadion, er brauche Ahmed nicht als Fahrer. Wahrscheinlich gab es wie meist vor einem Spiel auf den Straßen zum Stadion einen üblen Stau.

Ich trat auf die Polizisten zu und sagte, ich sei der Verteidiger von Nuri Sheref und würde ihm beim Strafvollzug beistehen.

Einer der Polizisten sagte: »Dann können Sie schon mal raus aufs Spielfeld gehen, Nähe linkes Tor. Dort binden wir ihn fest.«

Er und der andere waren von athletischem Wuchs. Da hatten sie zwei ausgesucht, die kräftig zuschlagen konnten.

»Ich warte hier auf ihn.«

»Wir müssen ihn aber erst noch durchsuchen. Und ärztlich untersucht wird er auch noch.«

»Ich bleibe an seiner Seite, bis die Bestrafung vorbei ist.«

»Sie sind nur zum Auspeitschen zugelassen. Da ist dann der Richter auch dabei.«

»Alles, was Sie heute mit ihm machen, ist Strafvollzug. Und dabei darf eine Person seines Vertrauens zugegen sein.«

»Bisher sind die Anwälte bloß am Tor gestanden, wenn wir die Jungen geschlagen haben.«

Der Herr in Zivil gab mir die Hand, nannte seinen Namen und fügte hinzu: »Ich bin der Arzt. Es ist mir ganz recht, wenn ein Anwalt dabei ist. Sonst heißt es noch in Hamburg, Paris, Madrid, wir hätten Nuri Sheref misshandelt.«

»Na meinetwegen«, brummte der Polizist. »Aber Ihr Mandant muss einverstanden sein. Er muss sich nämlich ganz ausziehen. Das ist ihm vielleicht peinlich, wenn Sie da auch noch da sind.«

»Nuri verspätet sich«, bemerkte ich. »Wahrscheinlich ist er in einen Stau geraten.«

»Dann muss man eben rechtzeitig losfahren«, gab der Polizist zurück. »Rufen Sie ihn doch mal an!«

Da erschien Nuri am Ende des Flurs. Er lächelte und kam gemächlich auf uns zu. Er hatte ein ärmelloses Trikot, eine Sporthose und Flipflops an. Für einen Tag im Mai war es heute ungewöhnlich warm.

Er gab mir die Hand und fasste dann an sein Trikot. »Nur was Leichtes. Dann muss ich nicht so viel ausziehen.«

Die Polizisten und den Arzt beachtete Nuri nicht.

Der Polizist, der bisher gesprochen hatte, sagte: »Ihr Anwalt will mit in die Kabine gehen. Sind Sie damit einverstanden? Sie wissen, was Sie erst mal erwartet? Leibesvisitation und so.«

Nuri lachte und zupfte an seiner Sporthose. »Na viel kann man aber darunter nicht verstecken. Und mein Anwalt bleibt bei mir.«

Da ging die Tür zum Umkleidebereich des VfB auf und heraus kam der blonde junge Mann, der im Verfahren gegen Nuri als Zeuge ausgesagt hatte. Er trat auf Nuri zu und breitete die Arme aus, als wollte er ihn umarmen.

Der offenbar ranghöhere Polizist streckte den Arm aus und hinderte den Spieler daran, sich vorwärts zu bewegen.

»Bleiben Sie von dem Strafgefangenen weg!«, herrschte der Polizist den andern an.

Ich schaltete mich ein. »Das ist kein Strafgefangener. Er hat sich freiwillig zum Vollzug gestellt. Strafgefangener wäre er, wenn er eine Freiheitsstrafe antreten würde.«

»Das ist egal. Dann ist er eben ab jetzt bis zur Bestrafung in Polizeigewahrsam.«

Der VfB-Spieler schien den Tränen nahe zu sein. »Nuri, es tut mir echt leid. Wenn es möglich wäre, würde ich da rausgehen und mich peitschen lassen. Ich hätte es verdient. Ich bin der größte Idiot.«

»Ach was. Idioten sind andere.«

»Wen meinen Sie mit dieser beleidigenden Äußerung?«, fragte der Polizist in aggressivem Ton.

»Mein Mandant meint niemand Bestimmten«, erklärte ich.

»Was tun Sie hier überhaupt noch?«, rügte der Polizist den Blonden. »Die Kabine müsste schon eine ganze Weile leer sein. Und sie bleibt bis zur Halbzeit für Ihre Mannschaft gesperrt.«

»Verzeihst du mir, Nuri?«, fragte der Mannschaftskamerad.

»Natürlich verzeihe ich dir, Holger. Das habe ich dir doch schon gesagt.«

Nuri drängte den Polizisten weg und umarmte seinen Freund. Der wandte sich nun dem Ausgang zu.

Der Arzt, Nuri, hinter ihm die beiden Polizisten und ich gingen in den Massagebereich der Mannschaft. Diese Zone hatte zum Flur hin, über den man in den Umkleideraum gelangte, keine Trennwand.

Der ranghöhere Polizist forderte Nuri auf, sich auszuziehen.

»Wieso?«, gab Nuri zurück. »Ich bin ganz leicht angezogen. Tasten Sie mich doch ab!«

»Jetzt ziehen Sie sich schon aus! Wir sind spät dran. Der Richter wartet bestimmt schon draußen. Mit Abtasten kann man nicht alles finden.«

Nuri zog das Trikot über den Kopf. »Was wollen Sie denn finden?«

»Pillen zum Beispiel, schmerzstillende, oder Kokain oder so was.«

Nuri schob die Sporthose nach unten und stand nur noch im Slip da. »Das auch?«

»Das auch!«

Der Polizist zog eine Minitaschenlampe aus der Hose. »Öffnen Sie den Mund! Ganz weit!«

Er leuchtete in Nuris Mundhöhle, dann betrachtete er die Ohren. Er bückte sich. »Heben Sie den Penis hoch! Höher! Jetzt den Hodensack hochziehen! In Ordnung. Drehen Sie sich, bücken Sie sich und ziehen Sie die Gesäßbacken auseinander!«

Nuri wandte sich zwar um, verharrte nun jedoch. »Steckt der mir jetzt einen Finger in den Arsch? Muss ich mir das gefallen lassen?«

»Ich leuchte nur zwischen die Gesäßbacken. Also bücken Sie sich schon!«

Nuri tat es.

Der andere Polizist betastete das Trikot, die Sporthose und die Flipflops Nuris.

»Sie können sich wieder normal hinstellen.« Der Polizist deutete auf eine Tür. »So, Sie gehen jetzt mit mir da rein und geben eine Urinprobe ab.«

»Was? So wie ich bin?«

»Das ist am einfachsten. Sie können auch die Sporthose anziehen, wenn Ihnen das lieber ist. Sie müssen die aber dann bis zu den Knien runterschieben.«

»Wieso das alles? Wir haben doch keine Wettkampfsituation.«

»Wir müssen überprüfen, ob Sie schmerzstillende Mittel genommen haben oder Drogen, um das Ganze besser durchzustehen.«

Der Arzt schaltete sich ein. »Haben Sie heute schon irgendwelche Pillen oder Drogen genommen?«

»Nein, ich bin doch nicht blöd.«

»Dann haben Sie ja nichts zu befürchten.«

»Ich kann das aber jetzt nicht. Besonders wenn mir einer auf den Schwanz starrt. Ich habe auch immer Schwierigkeiten bei der Dopingkontrolle. Ich muss da ganz viel trinken.«

»Also gut«, befand der Arzt, »dann machen wir das nach der Bestrafung. Und wenn's gar nicht geht, nehme ich Ihnen Blut ab.«

»Wenn Sie doch gedopt sind, wird die Bestrafung wiederholt«, drohte der Polizist.

Der Arzt bat Nuri, sich auf den Massagetisch zu legen. Er zog ein Stethoskop aus einer Tasche und setzte es auf Nuris Brust. Dann maß er den Blutdruck.

»Leicht erhöht«, stellte der Arzt fest. »Das ist situationsbedingt, die Angst.«

»Ich habe keine Angst«, behauptete Nuri.

»Nun ja, jeder hat Angst vor so was. Aber nennen wir es eben Angespanntsein, wenn Ihnen das lieber ist. Waren Sie in den letzten Wochen mal krank?«

»Nein.«

»Im Grundsatz natürlich ein hervorragender Allgemeinzustand. Sie können die Bestrafung aus medizinischer Sicht verkraften.«

»Ziehen Sie jetzt die Sporthose an!«, befahl der Polizist.

Nuri rutschte von der Massageliege und griff nach seinem Slip.

»Das nicht. Nur die Sporthose.«

»Mit Slip ist es mir aber lieber.«

»Nur Badehose ohne Einlage oder Sporthose. So steht's im Erlass.«

Nuri schlüpfte in die Sporthose.

»Und jetzt noch die Turnschuhe«, forderte der Polizist.

»Hab ich nicht dabei. Ich bin in Flipflops gekommen.«

»Im Erlass steht aber, die Delinquenten sollen Turnschuhe tragen. Dann haben sie einen besseren Stand.«

Der andere Polizist wagte, etwas zu sagen. »Wir binden ihn doch am Querbalken fest. Da tanzt er sowieso hin und her.«

»Dann müssen Sie barfuß rauslaufen. Im Erlass steht nichts von Flipflops.«

»Ist mir sowieso lieber«, erwiderte Nuri.

Plötzlich begann er zu zittern. »Mir ist kalt.«

»Das ist die Aufregung«, erklärte der Arzt. »Umarmen Sie Ihren Anwalt! Er soll Ihnen den Rücken reiben.«

Nuri presste sich an mich. Meine Hände glitten über seinen Rücken. »Nur Mut, Nuri! Das schaffst du.«

Ich hatte leicht reden.

Der ranghöhere Polizist legte Nuri Handschellen an, führte ihn durch den Flur und ins gleißende Licht des Maitages.

Jubel brauste auf. Zehntausende schienen »Nuri! Nuri!« zu schreien. In der Mitte des Spielfelds hatten sich die Spieler des VfB und der gegnerischen Mannschaft nebeneinander aufgestellt. Über ihren Köpfen schwebte ein weißes Transparent, auf dem in schwarzen Lettern stand: »Wir protestieren«. Im Zuschauerbereich der gegenüberliegenden Seite hielten sie große Schilder hoch: »Islamisten in die Wüste«, »Peitscht Meier«, »Keine Strafe für Sex«, »Islamisten zum Teufel«.

Der Richter kam mir entgegen und begrüßte mich. »Sie sind spät dran. Wir warten schon eine Ewigkeit.«

»Tut mir leid. Er ist in einen Stau geraten.«

Er machte eine Kopfbewegung auf die beiden Polizisten zu. »Da haben sie ja zwei richtig bullige Typen ausgesucht. Hoffentlich schlagen die ihn nicht krankenhausreif. Dann haben wir den nächsten Skandal.«

Der ranghöhere Polizist schlang ein Seil um Nuris Handschellen. Der andere Polizist nahm eine Leiter, die im Gras lag und richtete sie in der Mitte des Tores auf. Er nahm das Seil, das ihm sein Partner zuwarf, und befestigte es am Querbalken des Tors. Nuris Füße befanden sich noch auf dem Boden, aber sein Körper war gestreckt und die Arme ragten über den Kopf hinaus.

Der ranghöhere Polizist zog etwas aus einer Sporttasche, die neben dem Tor stand. Es war eine Peitsche mit Stil und einem Riemen. Er zeigte sie dem Richter. Der nickte. Nun verlas der Stadionsprecher das Urteil. Tausendfache Pfiffe ertönten und überdeckten seine Stimme.

Rings um das Tor hatten sich Fernsehteams aufgestellt. Der ranghöhere Polizist drängte mehrere Journalisten, die vor dem Tor standen, zurück. Dann holte er aus und schlug zu. Sein Kollege sagte: »Eins.« Es war plötzlich still im Stadion. Nuri tänzelte bei jedem Hieb ein Stück nach vorn. Er schrie nicht.

Nach dem 5. Schlag kamen Rufe. »Allahu akbar«. Einer schrie: »Halt's Maul, du dumme Sau!« Dann Rufe: »Aufhören! Aufhören!« und »Schlagt die Islamisten!«

Auf Nuris Rücken zeichneten sich langgezogene Striemen ab. Immer noch war von ihm nichts zu hören.

Der Richter murmelte: »Das ist alles barbarisch. Wo sind wir hingekommen?«

Der Polizist, der am Pfosten stand, rief: »Zwanzig.«

Der ranghöhere Polizist ließ die Peitsche sinken und gab sie seinem Kollegen.

»Die wechseln sich auch noch ab«, bemerkte der Richter. »Das habe ich aber nicht angeordnet.«

Nun schlug der zweite Polizist mit frischer Kraft zu und der ranghöhere zählte.

Nuri stöhnte nun doch immer wieder auf. Aber nur die Umstehenden vernahmen es wohl.

Endlich rief der zählende Polizist: »Vierzig.«

Der Polizist, der die Peitsche hielt, trat einige Schritte vom Tor weg. Auf der Tribüne sprangen die Leute auf und schrien rhythmisch: »Nuri! Nuri!«

Die beiden Polizisten banden Nuri los und nahmen ihm auch die Handschellen ab. Er drehte sich um. Tränen liefen ihm über die Wangen. Doch er lächelte, wenn auch etwas verkrampft.

Seine Mannschaftskameraden stürmten her. Die Polizisten versuchten, sie zurückzudrängen. »Er muss noch ärztlich untersucht werden. Zurückbleiben!«

Doch zwei VfB-Spieler hoben Nuri auf ihre Schultern und trugen ihn rings ums Spielfeld, gefolgt von den anderen Kameraden. Auch die gegnerische Mannschaft lief mit. Das Publikum tobte.

Dann brachten sie Nuri zum Tor zurück und setzten ihn vor den Polizisten ab. Auch der VfB-Präsident stand plötzlich da und küsste Nuri auf beide Wangen.

Die beiden Polizisten führten Nuri in die Katakomben. Der Arzt folgte ihnen.

Der VfB-Präsident kam zu mir her und bot mir an, mit ihm auf die Tribüne zu kommen. Ich nahm an und gab noch rasch dem Richter die Hand. Nuri brauchte mich jetzt wohl nicht mehr.

43

Am Abend jenes Tages bestand ein wesentlicher Teil der Regional-
nachrichten des SWR aus der Bestrafung Nuris. Er wurde auch von
vorn gezeigt, gefilmt durch das Netz des Tors. Seine Lippen waren
zusammengepresst und die Züge von offenkundigem Schmerz ver-
zerrt. Immerhin hatte er nicht geschrien. Auch sein Rücken erschien
und füllte die gesamte Höhe des Bildschirms aus. Die Haut war an
einigen Stellen aufgeplatzt. Das hatte ich auf dem Spielfeld nicht
wahrgenommen. Dann ein Spruchband, das mir auch nicht aufgefallen war: »Fahr zur Hölle Meier«. Danach kamen Szenen vor dem
Stadion. Junge Männer im Trikot des VfB packten bärtige Typen
und schlugen auf sie ein. Einige wurden festgenommen.

Während der Pressekonferenz nach dem Spiel trat plötzlich Nuri
Sheref auf die Empore. Er war immer noch lediglich mit einer
Sporthose bekleidet. Die Journalisten sprangen auf und spendeten
ihm anhaltend Beifall. Nuri drehte sich und zeigte eine Weile seinen
Rücken. Dann wandte er sich wieder den Journalisten zu. Die
interessierten sich nun in keiner Weise mehr für die beiden Trainer,
sondern nur noch für Nuri.

»Tut's noch weh?«

»Ja, sehr. Ich könnte ja so tun, als würde es mir nichts ausmachen.
Aber es ist ein ganz übler Schmerz. Da sind so ein paar Stellen, da
haben die immer wieder drauf getroffen.«

»Meinen Sie, die Polizisten haben das absichtlich getan?«

»Glaube ich nicht. Die schlagen aus so nem bestimmten Winkel
raus. Da landen die Schläge eben oft auf den gleichen Stellen. Aber
das ist mir immer noch lieber, als wenn mir einer mit dem Stiefel in
die Eier haut.«

Einige lachten.

»Finden Sie, dass Sie zu Recht bestraft wurden?«

»Soll ich wie ein Mönch leben? Kann das der Staat von mir verlangen?«

»Man wirft Ihnen vor, dass Sie Ihre Freundin nicht geheiratet haben. Das hätten Sie doch tun können.«

»Ich bin neunzehn. Ich will noch nicht heiraten. Das ist ja so was von spießig.«

»Aber Sie haben gegen das Strafgesetz und gegen den Koran verstoßen.«

»Es ist nicht Sache des Staats, mir religiöse Regeln aufzuzwingen. Das hat Atatürk den Türken beigebracht. Ich bin ein Anhänger Atatürks.«

»Er hat sich sehr kritisch über den Islam geäußert. Lehnen Sie den Islam auch ab?«

»Nein, überhaupt nicht. Ich bin Moslem und werde es immer sein. Es ist die beste Religion. Ich will damit nicht sagen, dass alle anderen Religionen schlecht sind. Der Islam ist die jüngste Religion … Weltreligion. Es gibt natürlich noch alle möglichen Sekten, die später entstanden sind. Der Prophet hat Gutes von den Juden und von Jesus übernommen. Aber seine Regeln … so Männer und Frauen … der hat ne ganz andere Gesellschaft vor sich gehabt. Ich bin doch kein Beduine, der nicht zur Schule geht, mit sechzehn die erste Frau nimmt, mit achtzehn die zweite und mit zwanzig die dritte. Ich meine heiraten. Und die in Berlin sind so blöd, dass sie das nicht begreifen wollen.«

In der Tagesschau wurde auch ein Interview mit Mohammed Meier gesendet.

»Herr Minister, die Bestrafung des VfB-Spielers Sheref heute war für den ja ein regelrechter Triumph und eine Demonstration gegen die Regierung. Erstaunt Sie das?«

Meier lächelte und zog die Mundwinkel nach unten. »Ach, so ein paar Hooligans!«

»Es waren Zehntausende, die Sheref zugejubelt haben.«

»Was sind das für Leute? Oberflächlich, ohne Moral.«

»Vor dem Stadion wurden Islamisten verprügelt.«

»Es wurden einige festgenommen. Die werden dann auch im Stadion ausgepeitscht, sofern das Jugendstrafrecht angewandt werden kann. Denen können sie dann auch zujubeln.«

»Sie wissen doch auch, dass die meisten jüngeren Leute so wie Nuri Sheref leben. Die müssten Sie alle einsperren oder auspeitschen. Dazu reichen die Gefängnisse nicht aus. Wollen Sie Konzentrationslager errichten und die deutsche Wirtschaft zusammenbrechen lassen?«

»Das ist in der Tat ein echtes Problem. Ich bin der Auffassung, dass auch bei Erwachsenen für Sittlichkeitsdelikte Körperstrafen ausgebracht werden müssen. Ich werde eine entsprechende Gesetzesinitiative im Kabinett vorlegen. Man müsste allerdings für Erwachsene den Strafrahmen erweitern. So zweihundert oder dreihundert Hiebe. Für Ehebruch zum Beispiel oder für intensive homosexuelle Handlungen.«

»Überlebt ein Mensch dreihundert Hiebe?«

»Das wäre noch zu prüfen. In Ländern wie Saudi-Arabien gibt es dafür Erfahrungswerte. Falls erforderlich, muss man die Strafe eben in mehreren Teilen vollstrecken. Also erst mal hundert und zwei Wochen später noch mal hundert.«

»Glauben Sie, die jüngeren Leute lassen sich das einfach so gefallen?«

Meier lächelte. »Wir Moslems haben in diesem Land die Mehrheit und werden sie immer haben. Und auch die jüngeren Moslems, die so sittenlos wie die Ungläubigen sind, fühlen sich in erster Linie als Moslems und werden uns wählen.«

44

An den folgenden Tagen kamen immer wieder Meldungen über Nuri in der Presse und im Internet.

Real Madrid habe den VfB Stuttgart zu einem Freundschaftsspiel eingeladen; Bedingung sei, dass Nuri Sheref mitspiele und zu Beginn und am Ende der Begegnung den Platz mit entblößtem Oberkörper umrunde. Nun sprachen auch Clubs in Barcelona und Valencia Einladungen aus.

Nuri gehe es besser, er habe jedoch immer noch Schmerzen. Er werde täglich vom Vereinsarzt des VfB behandelt.

Nuri nehme wieder am Training teil und wirke topfit.

Der französische Staatspräsident habe Nuri einen Brief gesandt und ihm zu seinem Mut und seiner Tapferkeit gratuliert. Indem er sich als bekannte Persönlichkeit der deutschen Justiz gestellt habe, habe er der Welt gezeigt, was aus einem Land werde, wenn die Islamisten an der Macht seien. Er lud Nuri Sheref in den Elysée Palast ein.

Der deutsche Außenminister Mohammed Meier bestellte den französischen Botschafter ein und bezeichnete den Brief des französischen Präsidenten an Nuri Sheref als unfreundlichen Akt. Sheref sei ein ganz gewöhnlicher Krimineller.

Eine österreichische Zeitung bezeichnete Mohammed Meier als »des Heiligen Deutschen Reiches Erzspießer« und Sheref als »der Deutschen schönster Fußballspieler«.

Und eine gesamte Woche beherrschte das Thema Nuri Sheref die Titelseiten der Boulevardpresse. In fetten Lettern hieß es »Nuri kann vor Schmerzen nicht schlafen«, »Nuri trifft sich heimlich mit Freundin«, »Nuri sagt: Ich bin sexuell ausgehungert«, »Nuri gibt seine Freundin nicht auf. Lieber lässt er sich wieder auspeitschen«, »Angebot aus Madrid. Verlässt Nuri den VfB?«

Der striemenüberzogene Rücken Nuris zierte auch das Titelblatt eines Hamburger Nachrichtenmagazins, samt der Schlagzeile »Islamische Peitsche über Deutschland«.

Ich durchforstete zudem die Onlineausgaben europäischer Periodika, deren Sprache ich hinreichend beherrschte. In Mailand verglich man Mohammed Meier mit dem fanatischen Bußprediger Savonarola, der in Florenz eine Schreckensherrschaft errichtet hatte; die Deutschen bräuchten so skrupellose Leute wie die Borgias, denen es gelungen sei, Savonarola auszuschalten; Nuri versah man mit dem Zusatz »il bello calciatore«. In Paris meinte man, Friedrich der Große und Voltaire wären entsetzt, wenn sie wüssten, was für Leute jetzt in Berlin das Sagen hätten; eine berühmte Schauspielerin fand, ein temperamentvoller junger Mann wie Nuri Sheref könne nicht in Deutschland leben, er solle nach Paris kommen, sie habe mit ihrem bevorzugten Modeschöpfer gesprochen, er wäre bereit, Nuri sofort als Model zu engagieren. In Madrid stufte man die Lage als so gefährlich ein wie in der Epoche vor der Reconquista; man werde nicht nur aus dem Süden, sondern nun auch aus dem Norden von Islamisten bedroht; der gepeinigte Nuri Sheref sei zwar auch ein Moslem, aber dennoch ein echter Europäer und eben »un atleta muy guapo«. In London freute man sich, dass die deutsche Regierung vollauf mit der Unmoral ihrer Landsleute beschäftigt sei; da könne sie schon außenpolitisch kein Unheil anrichten.

In der Presse und im Internet kamen große Anzeigen mit Nuri in einer Badehose; dazu der Text: »Wenn ich das nächste Mal ausgepeitscht werde, ziehe ich die da an«. Und Nuri mit nacktem Oberkörper, eine Kunststoffflasche haltend: »Dieses milde Duschgel tut meiner lädierten Haut gut«.

Bei YouTube gab es mehrere Videos, die Nuris Auspeitschung wiedergaben. Sie wurden unzählige Male aufgerufen.

Bei Facebook sprang die Zahl der »Freunde« Nuris von einigen Tausend auf weit über 100 000.

Bei Twitter jagten sich die Tweets zum Thema Nuri Sheref. Die meisten drückten Mitleid aus oder Empörung über die Regierung. Einige enthielten Unterstellungen oder Drohungen. »Sheref hetzt die Leute gegen den Islam auf.« »Sheref ist ein Feind des Islam, er muss sterben.« »Wir erwischen den Hurer Sheref noch.« »Sheref ist eine Schande für den Islam. Hängt ihn auf!«

Von Ahmed erfuhr ich mehr. Ich traf ihn nur noch an jedem zweiten Samstag im Fitness Club, weil er Nuri bei Heimspielen zum Stadion brachte. Wenn mir Ahmed von Nuri erzählte, sagte er immer »unser Freund«, da meist irgendwelche Typen in unserer Nähe waren.

Nuri gab seine bisherige Wohnung auf, weil er befürchtete, Polizisten könnten sie während seiner Abwesenheit verwanzt haben. Er meldete die Wohnung seiner Eltern in Esslingen als Wohnsitz an. Den Porsche verkaufte er. Ahmed mietete eine Vierzimmerwohnung in Untertürkheim an. Dort zog auch Nuri ein. Er fuhr nicht mehr selbst zum Stadion oder Trainingsplatz. Vielmehr steuerte Ahmed einen unauffälligen Wagen und Nuri lag auf der Rückbank. Die Drohungen der Salafisten musste man ernst nehmen.

Fast jeden Abend kamen zwei Mädchen in die Wohnung, eine für Ahmed, eine für Nuri. Es waren nicht immer die gleichen. Ahmed wählte aus einem Kreis von zehn Mädchen aus, zu denen er noch von der Kneipe her Kontakt hatte.

Ich fragte, ob Nuri nicht fürchte, erpresst zu werden. Ahmed meinte, die Gefahr bestehe nicht, da die Mädchen riskieren würden, auch ausgepeitscht zu werden oder in den Knast zu kommen, wenn sie zur Polizei gingen. Außerdem seien sie heiß auf Typen, die es ihnen gut besorgten, da man gegenwärtig kaum jemand mehr kennenlernen konnte.

Dennoch traf sich Nuri alle zwei Wochen für jeweils zwei Tage mit seiner Freundin in Zürich.

Er sagte zu Ahmed: »Seit es verboten ist, macht mir das Bumsen noch mehr Spaß.«

45

Trotz des Wirbels um Nuri ging die Alltagsarbeit natürlich weiter.

Das Ermittlungsverfahren gegen Martins Sohn Jan schien zu ruhen. Ich sprach deswegen mit Martin. Wir waren beide der Auffassung, dass es besser war, nicht bei der Staatsanwaltschaft nach dem Stand der Sache zu fragen. Vielleicht ging der Fall zwischen wichtigeren Akten unter oder wurde das Verfahren wegen Geringfügigkeit eingestellt.

Als ich morgens die Kanzlei betrat, sagte die Sekretärin, aus Stammheim sei angerufen worden. Jemand wolle mich als Verteidiger haben. Es gehe um einen Leo Kaufmann oder so ähnlich.

Der Name kam mir bekannt vor, ich konnte ihn aber nicht zuordnen. Ich rief bei der Verwaltung in Stammheim an und fragte, ob dort ein Leo Kaufmann in Untersuchungshaft sei. Der Beamte wollte es zunächst aus Datenschutzgründen nicht bestätigen. Ich gab ihm die Nummer unserer Kanzlei. Nach einer Weile rief der Beamte zurück und gab mir die gewünschte Auskunft. Ich bat darum, Herrn Kaufmann einen Anruf bei mir zu gestatten.

Später hörte ich seine Stimme. Er sagte, wir seien uns schon begegnet. Ich hätte damals Ahmed verteidigt, er sei der Mitangeklagte gewesen.

Ein Unbehagen beschlich mich. Dieser Kaufmann war wohl aufgeflogen, als ihm Fatmir Alkohol und Drogen geliefert hatte. Hoffentlich hatte Ahmed nicht mitgemischt und würde damit auch Nuri in Gefahr bringen.

Ich hätte mich damals so für meinen Mandanten eingesetzt, machte Kaufmann weiter, und sei auch ihm selbst gegenüber fair gewesen, sodass er mir in seiner jetzigen Sache Mandat erteilen wolle.

Da eine Fortsetzung des Gesprächs am Telefon nicht sinnvoll war, sagte ich zu, sofort nach Stammheim zu kommen.

Als Kaufmann in dem kahlen Stammheimer Besprechungszimmer auf mich zukam, fragte ich gleich: »Alkohol oder Drogen? Oder beides?«

»Weder noch. Was ganz anderes.«

Das beruhigte mich einigermaßen.

Kaufmann ging immer mal wieder am Wochenende in den »Club Royal«, eine Disco, die Typen besuchten, die eine Vorliebe für das eigene Geschlecht hatten. Da die meisten Lokale nur noch für Männer zugänglich waren, hatte man sich im »Club Royal« nicht umstellen müssen. Dem Inhaber war auch nicht die Konzession entzogen worden, da er ja nicht gegen das Gebot der Geschlechtertrennung verstieß.

Eines Abends stand in dieser Disco plötzlich der Typ neben Kaufmann, der ihn als verdeckter Ermittler wegen Drogenbesitzes vor Gericht gebracht hatte. Dieser junge Mann sah ausgesprochen gut aus, blond, regelmäßige Gesichtszüge, schlanke und dennoch athletische Figur. Er trug Bermudashorts und ein T-Shirt, unter dem sich seine Muskeln abzeichneten. Er lächelte und fragte, ob er ihm die Sache von damals noch übel nehme; man habe diesen dienstlichen Einsatz eben angeordnet; als junger Beamter habe er sich nicht dagegen wehren können; heute sei er privat hier. Kaufmann zweifelte das an. Doch der Blonde versicherte ihm, er stehe auch auf Typen und es sei schlimm, dass Liebe zwischen Männern neuerdings verboten sei. Kaufmann konnte nicht widerstehen. Der Blonde war genau sein Typ. Außerdem hatte er ohnehin eine Schwäche für Uniformierte, besonders Soldaten, aber auch Polizisten, obwohl der Blonde an diesem Abend natürlich in Zivil war. Die beiden bewegten sich eine Weile einander gegenüber auf der Tanzfläche. Dann presste sich der Blonde an ihn und küsste ihn leicht auf den Mund. Kaufmann wurde erregt und der Blonde sagte: »Gehen wir zu dir?« Kaufmann trat einen Schritt zurück und fragte: »Ist das eine Falle?«

»Sei doch nicht so misstrauisch«, gab der Blonde zurück, »du gefällst mir! Jeder kann ein verdeckter Ermittler sein. Wenn du solche Angst hast, kannst du nie mehr was mit nem Typ machen. Ich bin echt nur zu meinem Vergnügen hier. Ich brauche heute Sex. Wenn du nicht willst, suche ich mir nen andern.« »Aber wage es nicht, diesmal wieder jemand anzurufen!«, warnte Kaufmann. Daraufhin gab ihm der Blonde sein Smartphone.

Sie verließen das Lokal und wanderten zur Tiefgarage an der Kronprinzstraße. Kaum hatten sie die Wohnung Kaufmanns betreten, drängte ihn der Blonde ins Schlafzimmer. Sie zogen sich aus. Der Blonde lehnte es ab, selbst etwas oral zu machen, ließ es aber zu, dass Kaufmann dies bei ihm tat. Dann streifte der junge Athlet ein Kondom über, Kaufmann kniete hin und der andere drang ein.

»Es war ein wunderbares Erlebnis«, sagte Kaufmann zu mir. »Ein so schöner Mensch, dazu ein junger Polizist, der mich unterwirft. Auch wenn ich jetzt im Knast gelandet bin … ich würde es wieder tun.«

Der Blonde ging mit dem gefüllten Kondom ins Bad. Wenig später brachen Polizisten die Wohnungstür auf und stürmten ins Schlafzimmer.

»Hat das Badezimmer ein Fenster zur Straße hin?«, erkundigte ich mich.

Kaufmann bejahte.

»Dann hat der Typ von dort aus seinen Kollegen ein Zeichen gegeben. Und über das Smartphone konnten sie orten, wo er ist. Haben die Polizisten die Wohnung durchsucht und Drogen und Alkohol gefunden?«

»Die waren so begeistert, dass sie mich nackt im Schlafzimmer angetroffen haben, dass sie sonst nicht viel interessiert hat. Außerdem ist mein schöner Lover nun aus dem Bad gekommen und hat ihnen das Kondom gegeben.«

»Wichtig ist, dass dies seit Inkrafttreten des neuen Gesetzes das einzige Mal war, dass Sie schwach geworden sind.«

Er lächelte spöttisch. »Natürlich. So ist es.«

»Mit dieser fiesen Tour hat die Justiz natürlich keine besonders starke Position. Ich werde demnächst einen Haftprüfungstermin beantragen. Vielleicht kriegt man Sie gegen Kaution erst mal aus der Untersuchungshaft raus.«

»Sie sagen sich bestimmt: Wie kann man nur so blöd sein und ein zweites Mal auf den gleichen Typ reinfallen?«

Ich lächelte höflich. »C'est la vie. Je ne regrette rien.«

46

Nuri hatte sich in Hartmuts Haus ausgesprochen wohlgefühlt. Besonders mochte er Oliver, der ihn uneingeschränkt bewunderte, aber auch Hartmuts Frau, die ihm Bildung einträufelte und Spanischunterricht erteilte. Doch er durfte diese Familie nicht kennen, sonst gefährdete er sie.

Nuri suchte nach einem Weg, jemand aus dieser Familie »zufällig« zu begegnen, zumal er spürte, dass sich ihm damit eine soziale Ebene auftat, die sich von der seiner Fußballkumpels sehr unterschied.

Mit Oliver hatte er auf jeden Fall eine Gemeinsamkeit. Sie waren beide Moslems. Nuri hatte zwar seit Monaten keine Moschee mehr besucht, aber er konnte doch mal an einem Freitag wieder hingehen, in die gleiche wie Oliver. Er rief den Jungen aus einem Internetcafé an und sprach sich mit ihm ab.

Nuri kannte in Stuttgart einen Sportjournalisten, mit dem er sich besonders gut verstand. Ihm teilte er mit, wo er sich am kommenden Freitag aufhalten würde. Es ging auch darum, die Salafisten zu besänftigen.

Im Sportteil und in der Onlineausgabe der Zeitung wurde dann am Samstag über Nuri berichtet.

Sport und Islam

Am gestrigen Freitag ging der VfB-Mittelfeldspieler Nuri Sheref, der den Zorn der Staatsmacht auf sich gezogen hat und seither noch beliebter bei den Fans ist, über den Vorplatz der Großen Moschee an der Marienstraße. Von rechts näherten sich zwei ungefähr 14 Jahre alte Jungen, der eine blond, der andere dunkelhaarig. Sie hatten Jeans, T-Shirts und Turnschuhe an ebenso wie Nuri Sheref, der allerdings Flipflops trug.

Am Durchgang zum Vorhof der Moschee trafen die drei aufeinander. Nuri Sheref blieb stehen und schaute die beiden Jungen verwundert an. Er wandte sich dem dunkelhaarigen Jungen zu.

»Hast du deinen Freund überredet, mit in die Moschee zu gehen?«

»Wieso? Er will das auch.«

»Aber er ist kein Moslem.«

»Weil er blond ist?«

»Ja. Oder ist er Albaner?«

»Nein. Er kommt aus ner deutschen Familie. Ich meine, wir sind alle Deutsche. Aber er hat nur deutsche Vorfahren, glaube ich.«

»Ich bin Moslem«, sagte der blonde Junge nun.

»Wieso das?«, wollte Nuri Sheref wissen.

»Ich bin vor einigen Monaten konvertiert.«

»Das ist für einen Deutschen ungewöhnlich. Warum hast du das gemacht? Hat dich jemand dazu gedrängt?«

»Nein. Wer auch? Ich wollte es selbst.«

»Nur weil dein Freund Moslem ist?«

»Ich habe ihn, seinen Vater und seine Brüder ab und zu in die Moschee begleitet. Das fand ich irgendwie geil.«

»Geil?!«

»Ja, man wäscht sich erst. Und da streift man irgendwie alles ab … alles, was einen nervt. Und dann geht man barfuß rein und spürt die Platten, den Teppich. Und der weite Raum mit der Kuppel. Und man kniet nieder, sitzt nicht einfach rum wie in der Kirche. Es ist was Besonderes. Und wenn man rauskommt, fühlt man sich … wie soll ich das sagen? … da ist so ein Frieden in dir.«

»Schön, dass du das so empfindest. Hast du dich auch beschneiden lassen? Das gehört an sich auch dazu, in unserer Religion.«

»Natürlich habe ich das machen lassen. Das war mir wichtig. Und bei dem Fest war ein Imam anwesend. Damit bekennt man sich eindeutig zum Islam.«

»War es schlimm für dich, als du beschnitten wurdest?«

»Eigentlich nicht.«

»Eigentlich?«

»Na ja, die Spritzen vor der OP, das tut schon weh. Aber dann spürt man nichts mehr. Und so die ersten zwei Wochen danach, das war schon heftig, besonders nachts. Und dieses komische Gefühl, wenn man geht und so. Aber jetzt bin ich das alles gewöhnt und will es nicht mehr anders haben.«

»Du bereust es also nicht, dass du Moslem geworden bist mit allem, was dazu gehört?«

»Nein. Es ist echt cool, ein Moslem zu sein.«

»Es wäre sehr zu wünschen, dass viele Jungen zum Islam übertreten. Ich will damit nichts gegen andere Religionen sagen. Aber der Islam verbindet die Gläubigen, sie helfen einander und sind vereint in der Verehrung von etwas Höherem.«

In der Nähe stand ein junger Mann, dem Typ nach ein Albaner, und hielt sein Smartphone auf die drei. Es wäre nicht verwunderlich, wenn bei YouTube bald ein Video über die Begegnung Nuris mit den beiden Jungen gezeigt würde.

Der blonde Junge fragte plötzlich: »Bist du nicht Nuri Sheref?«

»Sehe ich so aus?«

»Ja. Du bist mein Lieblingsspieler beim VfB. In meinem Zimmer hängt ein Poster von dir.«

»Das freut mich.«

»Signierst du es mir mal?«

»Natürlich. Einem jungen Moslem tue ich besonders gerne diesen Gefallen.«

Dann verschwanden die drei im Vorhof der Moschee.

47

Es gelang mir, Leo Kaufmann ohne großen Aufwand aus der Untersuchungshaft zu befreien. Er war ein wohlhabender Mann und stellte eine hohe Kaution. Außerdem war er mit elektronischen Fußfesseln einverstanden. Das war für ihn zwar sehr hinderlich, da er auf das Stadtgebiet von Stuttgart beschränkt war, jedoch auch viele Objekte in Frankreich, England und Spanien hatte. Aber er setzte nun vermehrt seinen Assistenten ein und arbeitete mit Videokonferenz.

Sehr ärgerlich war indes, dass nun doch eine Ladung zur Hauptverhandlung gegen Jan eintraf. Ich eröffnete es Martin sofort. Er wirkte ziemlich betroffen und bat mich, alles zu unternehmen, damit Jan nicht öffentlich ausgepeitscht wurde. Wegen seiner Verbindungen zur Religiösen Union wäre das äußerst peinlich. Bei denen gebe es einige Leute, die zwar auf die moslemischen Parteien schimpften, im Grunde jedoch deren gesellschaftspolitischen Ziele billigten. Seine Frau sei wütend, dass Jan bei so was erwischt worden sei und mache ihm als Vater Vorwürfe, er habe bei Jan immer alles durchgehen lassen; ihm genüge es, dass der Junge in der Schule gute Leistungen erbringe. Aber die jungen Leute seien halt so heutzutage. Man könne Jan nicht anbinden.

In der Hauptverhandlung gegen Jan trat ein junger Polizist als Zeuge auf.

»Anwohner und Spaziergänger haben sich beschwert, dass im Kräherwald jeden Abend ein wüstes Treiben ist. Besonders jetzt, wo es wärmer wird. Wir haben daraufhin die Weisung bekommen, das mal zu überprüfen. Also ich und mein Kollege sind da ganz leis in den Wald rein. Wir haben dann zwischen Bäumen zwei Gestalten bemerkt …«

»Wie weit waren Sie da von der Straße entfernt?«, wollte der Richter wissen. »Wegen der Beleuchtung.«

»So genau kann ich das nicht sagen. Aber der Himmel war unbedeckt und der Mond hat geschienen. Also wir sind vorsichtig näher ran. Einer ist gestanden, er, der Jan, und jemand ist vor ihm gekniet und hat ... also der Kopf war dicht am Unterleib dran. Und mein Kollege und ich waren beide der Meinung, dass die andere Person dem, der steht, einen ... na ja, einen bläst.«

»Haben Sie bei dem Mondlicht zwischen den Bäumen einen erigierten Penis genau gesehen?«

»Na ja, wir hatten den Eindruck. Und dann haben wir uns gleich für Zugriff entschieden.«

»Sie sind ja dann dicht an den beiden dran gewesen. War da ein erigierter Penis sichtbar?«

»Das ging alles ganz schnell. Die andere Person, ein Mädchen, hat den Kopf weggezogen. Und Jan hat an seinem Hosenladen rumgefummelt und hat den Schw... den Penis verstaut.«

»Das ist alles ziemlich verschwommen. Sie glauben, etwas wahrgenommen zu haben. Ich will von Ihnen wissen, was Sie zweifelsfrei erkannt haben. Passen Sie auf! Sie werden nachher vereidigt.«

»Also der Jan war hochgradig sexuell erregt. Das beweist doch das Video, das wir gemacht haben.«

»Auf dem Video steht Jan mit entblößtem Unterleib da, und Sie haben vorhin gesagt, er habe sich an seinem Hosenladen zu schaffen gemacht. Da muss die Hose doch oben gewesen sein, als der Zugriff erfolgte.«

»Ja, schon, aber er war sexuell erregt. Das beweist das Video. Und ich glaube, das Mädchen hat ihm einen geblasen.«

»Sie glauben das. Aber dass es so war, können Sie doch wohl nicht beschwören? Oder?«

»Also auf dem Video ist der Schw... der Penis knochenhart. Und das Mädchen ist vor ihm gekniet. Der hat ihn ihr in den Mund gesteckt.«

»Das folgern Sie, aber sicher erkannt haben Sie das in der Düsternis nicht. Herr Staatsanwalt, sind Sie anderer Meinung?«

»Ich folge der Auffassung des Gerichts«, erwiderte der Staatsanwalt.

»Also Jan ist an jenem Abend dagestanden, seine Freundin ist vor ihm gekniet und wollte wohl zu einer Fellatio ansetzen, hat es aber nicht getan«, fasste der Richter zusammen. »Von diesem Sachverhalt müssen wir ausgehen.«

Der Richter wandte sich Jan zu. »Das Mädchen scheint ja recht vertraut mit Ihnen zu sein, dass sie Oralverkehr bei Ihnen macht. Das wird wohl nicht das erste Mal gewesen sein?«

Ich antwortete: »Von Inkrafttreten des Gesetzes bis zu jenem verhängnisvollen Abend war weitgehend kühle Witterung …«

»Es sind aber Beschwerden bei der Polizei eingegangen. So kühl kann's nicht gewesen sein.«

»Es gibt robustere Naturen als den Gymnasiasten Jan. Manche stehen mit nacktem Oberkörper im Stadion, während andere einen Schal umgebunden haben. Es gibt jedenfalls keine Erkenntnisse, dass Jan und seine Freundin vor jenem Abend seit Inkrafttreten des Gesetzes den Kräherwald aufgesucht haben. Außerdem steht nach der Zeugenaussage fest, das heißt, nach der Wertung dieser Aussage, dass kein sexueller Kontakt stattgefunden hat.«

Der Staatsanwalt beantragte wegen versuchter Unzucht 20 Peitschenhiebe.

Das bedeutete öffentlichen Vollzug im Stadion. Ich musste mich nun anstrengen, um das zu verhindern.

»Hohes Gericht, Jan ist in geordneten Verhältnissen aufgewachsen und besucht ein humanistisches Gymnasium, wo er gute Leistungen erzielt. Dieses einmalige Vorkommnis sollte nicht dazu führen, dass man ihn öffentlich demütigt und in seinem Werdegang beeinträchtigt. Jan wurde an jenem Abend von seiner Freundin angerufen, um ihr bei den Matheaufgaben zu helfen. Das hat er getan. Dann sind sie bei lauer Witterung noch etwas spazieren gegangen und sind zwischen die Bäume getreten, um ein bisschen zu schmusen und um niemand zu provozieren.

Man fragt sich nun wirklich, ob es angebracht ist, dass Polizisten in einem Wald Liebespaaren auflauern, wo es gegenwärtig in der Nähe von Lokalen nachts immer wieder Raubüberfälle gibt. Es ist auch unerhört, dass die Polizisten Jan gezwungen haben, im Wald die Hose herunterzulassen. Was unter der Hose eines Bürgers geschieht, geht den Staat gar nichts an.

Es war ein Donnerstagabend. Sowohl Jan als auch das Mädchen hatten am nächsten Morgen Unterricht. Es kamen daher nur flüchtige Zärtlichkeiten in Frage. Wenn sich das Mädchen vor Jan hingekniet hat, so muss dies als Spielerei gedeutet werden. Es kann Jan nicht nachgewiesen werden, dass er vorhatte, eine Fellatio zu verlangen. Von einem Versuch kann man also nicht ausgehen, vielmehr liegt ein Schmusen vor, das strafrechtlich nicht relevant ist. Ich beantrage daher Freispruch für Jan.«

Das Gericht verurteilte Jan wegen versuchter Unzucht zu 10 Stockschlägen auf den entblößten Hintern, zu vollziehen im Polizeigewahrsam.

Ich murmelte zu Jan hin: »Hältst du zehn Stockschläge aus? Es wäre nicht öffentlich. Wir können natürlich Rechtsmittel einlegen. Das tut die Staatsanwaltschaft dann auch. Am Ende haben wir vielleicht eine öffentlich Auspeitschung.«

Jan war ziemlich bleich, dennoch sagte er: »Ich will's möglichst rasch hinter mir haben.«

Ich stand auf und ging zum Staatsanwalt hinüber. Der Richter sah interessiert zu uns her.

»Herr Staatsanwalt«, sagte ich leise, »die öffentliche Auspeitschung von Nuri Sheref wegen Unzucht hat ja einen ziemlichen Wirbel verursacht. Ich glaube nicht, dass es im öffentlichen Interesse wäre, jetzt schon wieder eine öffentliche Auspeitschung wegen Unzucht ... sogar bloß versuchter Unzucht, einmalig ... zu veranstalten. Und das bei einem harmlosen Gymnasiasten.«

Er sah mich lächelnd an. »Vielleicht haben Sie recht. Der Junge tut mir auch leid. Verzichten wir auf Rechtsmittel?«

»Wir verzichten.«

48

Hartmut sagte hintergründig lächelnd, ich solle mal im Internet auf »Jugend heute« gehen. Es war ein Magazin für Jugendliche.

Ich folgte seinem Rat.

Eine fette Überschrift sprang mich an. »**Deutschlands süßester Konvertit**«. Darunter das lächelnde Gesicht Olivers. Es folgte ein Interview.

»Oliver, auf YouTube gibt es ein Video, das dich zeigt, wie du vor einer Moschee Nuri Sheref begegnest. Wir haben unzählige Mails bekommen, besonders von Mädchen, die dich ›echt süß‹ finden und mehr über dich erfahren wollen. Also, du wohnst in Stuttgart.«

»Ja.«

»Was machst du so? Auf welche Schule gehst du?«

»Gymnasium. Ich lerne Latein, Englisch und Französisch.«

»Welche Fächer sind dir am liebsten?«

»Mathe …«

»Echt?«

»Ja und Physik und Biologie und natürlich Sport.«

»Was machen deine Eltern?«

»Mein Vater ist Rechtsanwalt, meine Mutter Romanistin.«

»In dem Video bei YouTube erklärst du, wieso du zum Islam übergetreten bist. Im Koran steht, dass man Dieben die Hand abhacken soll. Findest du so was richtig?«

»Steht das echt im Koran?«

»Sicher. Hast du den Koran nicht gelesen, bevor du konvertiert bist?«

»Ich hab damit angefangen. Aber das ist schwierig. Das geht so durcheinander. Die Evangelien lesen sich leichter.«

»Also, soll man Dieben die Hand abhacken?«

»Der Prophet hat da sicher so was gemeint wie Pferdediebstahl. Oder etwas, was man in der Wüste zum Überleben braucht.«

»Du meinst, das ist keine unumstößliche Regel?«

»Man kann ja nicht allen, die im Kaufhaus was mitgehen lassen, die Hand abhacken. Aber solche Kerle, die andern auf dem Schulweg auflauern und ihnen das Smartphone wegnehmen oder die Lederjacke oder die Turnschuhe, die muss man auspeitschen.«

»Du findest es also richtig, dass Jugendliche für bestimmte Delikte ausgepeitscht werden?«

»Ja, besonders bei Alkohol. Und die Raucher könnte man auch gleich dazu nehmen. Die ruinieren ihre Gesundheit. Und die Peitsche bringt sie zur Besinnung. Vielleicht.«

»Findest du es richtig, dass Nuri Sheref ausgepeitscht wurde, den du offenbar sehr bewunderst?«

»Der ist volljährig. Da darf man doch wohl eine Freundin haben.«

»Nach dem Koran sind aber jegliche sexuelle Kontakte außerhalb der Ehe verboten.«

»Nuri Sheref hat das ja erklärt. Das passt nicht für uns. Wir sind doch keine Beduinen, die vier Frauen heiraten dürfen.«

»Hast du eine Freundin?«

»Nein.«

»Würdest du Sex mit ihr machen, wenn du eine hättest?«

»Da sollte man vielleicht doch warten, bis man volljährig ist.«

»Und wenn's einer vorher macht? Soll man ihn dann auspeitschen?«

»Ich weiß nicht. So schlimm ist das ja nicht … wenn er das Mädchen nicht gezwungen hat. Aber die Typen, die andern das Smartphone wegnehmen …«

»Ja, das hast du schon gesagt. Um zum Islam überzutreten, musstest du dich beschneiden lassen. In dem Video bei YouTube hast du einige Fragen Nuris dazu beantwortet. Uns würde noch interessieren, ob es unter Vollnarkose gemacht wurde.«

»Nein, örtliche Betäubung.«

»Hast du in den Tagen nach der Operation starke Schmerzen gehabt?«

»Eigentlich nur nachts, wenn's so gespannt hat.«

»Wann war es verheilt?«

»So nach drei Wochen war's ziemlich in Ordnung.«

»Man sagt, dass eine Beschneidung die Selbstbefriedigung erschwert. Findest du das auch?«

»Das ist doch gut. Selbstbefriedigung ist eine Sünde. Bei den Katholiken auch.«

»Es ist medizinisch erwiesen, dass es günstig für die Prostata ist.«

»Na ja, wenn man mit dem Rad fährt und so, hat man auch oft so Gefühle. Das ist dann aber keine Sünde.«

»Du hast also keine Probleme damit, so wie es jetzt ist?«

»Nein, es ist echt gut. Und sauberer. Sauberkeit ist wichtig in meiner Religion. Deswegen wäscht man sich auch, bevor man in die Moschee geht.«

»Es könnte ja sein, dass dir eines Tages der Islam nicht mehr passt. Wirst du dann wieder evangelisch oder katholisch?«

»Es gibt kein Zurück.«

»Weil dich dann die Salafisten umbringen würden?«

»Mein bester Kumpel ist Moslem, Nuri Sheref ist Moslem. Und werden es immer sein. Ich will so sein wie sie.«

49

Martin war verbittert, dass Hartmuts Sohn von einer Welle des Erfolgs emporgetragen wurde, zumal es jetzt bei »Jugend heute« immer wieder Anzeigen gab, in denen Oliver auf seine Turnschuhe deutete und äußerte: »Die ziehe ich an, wenn ich in die Moschee gehe.« Dagegen war Jan nun als Krimineller gebrandmarkt, wenn er auch nicht öffentlich bestraft wurde. Andererseits fand es Martin heilsam, dass Jan mal eine Abreibung bekam. Die hätte er auch Jans Freundin gegönnt, zumal sie Jan zu sich gelockt und wohl auch zu dem verhängnisvollen Spaziergang überredet hatte. Aber ihre Eltern hatten es verstanden, sie bis jetzt einem Prozess zu entziehen, da sie immer wieder ärztliche Gutachten vorlegten, die ihrer Tochter schwere depressive Verstimmung mit Suizidgefahr attestierten.

Am Tag des Strafvollzugs kam Jan morgens zu mir ins Büro und wir fuhren zusammen zu der Dienststelle in der Nähe des Pragsattels. Der blonde Jan erschien mir noch bleicher als sonst. Er hatte ein überhängendes Hemd an, Kniehosen und Turnschuhe, da recht hohe Temperaturen angesagt waren.

»Hat dir dein Vater gesagt, dass du heute nicht irgendwelche Mittelchen nehmen darfst?«, erkundigte ich mich.

»Hat er. Er hat auch in der Schule angerufen und gesagt, ich sei erkältet.«

»Bald hast du das Ganze überstanden.«

»Schon. Aber da bleiben bestimmt Striemen für ein paar Tage.«

»Möglich.«

»Was sag ich dann zu meinen Kumpels vom Basketballteam?«

»Die Wahrheit. Es ist doch heutzutage eher eine Ehre, wenn man wegen der Affäre mit einem Mädchen geschlagen wird. Nimm Nuri Sheref! Für ihn wurde es zum Triumph.«

»Aber mein Vater will nicht, dass so etwas über mich herumerzählt wird. Es könnte Leuten nicht passen, die ihm wichtig sind.«

»Der hat Sorgen! Du hast im Team doch bestimmt einen, mit dem du dich besonders gut verstehst.«

»Mehr oder weniger.«

»Mit dem bleibst du in der Halle und trainierst weiter, wenn die andern rausgehen. Später lässt du ihn in den Duschraum vorgehen und drehst ihm unter der Dusche eben nicht den Rücken zu. So müsste es gehen.«

»Ich weiß nicht. Einige hängen da immer ziemlich lang unter der Dusche rum.«

Um ihn abzulenken, fragte ich, ob die Familie für die Sommerferien schon etwas geplant habe. Erstes Ziel seien die Loireschlösser, antwortete er, dann an die Küste. Ich erzählte, ich sei auch schon im Tal der Loire gewesen, einst mit meinen Eltern, Amboise, Blois, Chambord. Ich sprach über Franz I., seine Schwiegertochter Katharina von Medici, die Bartholomäusnacht, Heinrich IV. und das Toleranzedikt von Nantes, seine zweite Frau Maria von Medici, die in Paris das Palais du Luxembourg hatte erbauen lassen.

Er schien mir zuzuhören.

In der Dienststelle beim Pragsattel führte uns ein Beamter ins Untergeschoss und gab uns auf zu warten, bis wir aufgerufen wurden. Wir befanden uns in einem spärlich beleuchteten Flur. An der rechten Wand stand eine Bank, auf der zwei südländisch wirkende Jungen saßen, die 15 oder 16 Jahre alt waren. Jan und ich nahmen neben ihnen Platz. Uns gegenüber lehnte ein junger Mann an der Wand, der fast kahl geschoren war und ein schwarzes T-Shirt und schwarze Jeans trug.

Durch eine Tür am Ende des Flurs drangen Schreie zu uns, die immer schriller wurden.

»Was ist das hier?«, murmelte Jan. »Ein Folterkeller?«

Der Junge neben Jan sagte: »Da ist schon einer drin. Er ist der erste heute Morgen. Da hat der Bullenarsch noch jede Menge Kraft.«

Der Typ uns gegenüber starrte auf den Boden. »Mein Bruder ist gerade mal vierzehn, und da schlägt das Bullenschwein so brutal zu.«

»Warum bist du nicht mit reingegangen?«, wollte der Junge neben Jan wissen. »Dann würden sie sich nicht so viel trauen.«

»Die wollen eine Vollmacht von meinen Eltern. Hab ich aber nicht. Mein Vater hat gesagt, ich soll meinen Bruder begleiten. Aber ich hab nichts Schriftliches.«

»Was hat er denn getan?«, fragte der Junge weiter.

»Smartphone geklaut.«

»Nem andern abgenommen?«

»Nee, im Laden mitgehen lassen.«

»Wie viele Schläge?«

»Vierzig.«

»Ja, so was mögen die gar nicht gegenwärtig.«

Ein anhaltender Schrei.

Der Typ an der Wand sagte: »Am liebsten würde ich reingehen und dem Bullen die Fresse polieren.«

Jan stieß seinen Nebenmann mit dem Ellbogen an. »Wieso bist du hier?«

»Wir haben gesprayt. Mein Kumpel und ich. Die ganze Breite von ner Hauswand. Plötzlich sind die Bullen dagestanden.«

»Wie viel habt ihr gekriegt?«

»Fünfundzwanzig. Jeder. Und du? Hast du gesoffen?«

»Ich hab mit meiner Freundin rumgeknutscht, und zwei Bullen haben sich angeschlichen.«

Der Junge wandte sich seinem Freund zu. »Hast du das gehört, Alter? Wegen so was schlagen sie jetzt auch. Das macht doch jeder.« Der Junge sah wieder Jan an. »N Kuss war's wohl nicht bloß. Hat sie die Hand an deinem Schwanz gehabt?«

»Eigentlich nicht. Das sei versuchte Unzucht, haben sie im Gericht gesagt. Ich hab eben auch Kondome dabei gehabt.«

»Wie viel?«

»Zwei.«

»Nein, wie viele Schläge?«

»Zehn.«

»Das geht ja.« Er sah zu mir her. »Ist das dein Vater?«

»Nein, mein Anwalt.«

»Alter, du kommst mit Anwalt?! Kann sich nicht jeder leisten.«

Ein Uniformierter stand plötzlich vor Jan und starrte auf einen Zettel. Er las Jans Namen vor. »Mitkommen! Dopingkontrolle.«

Der Beamte führte Jan den Flur entlang und verschwand mit ihm.

Die Tür zur »Folterkammer« ging auf. Heraus kam ein schmächtiger, schluchzender Junge, der eine ausgebeulte Jogginghose und ein verwaschenes T-Shirt anhatte. Sein Bruder umarmte ihn.

»Macht's gut, Jungs!«, rief der Typ in Schwarz den Jungen auf der Bank zu und entfernte sich mit seinem Bruder.

»Alter, wir wetten«, sagte der Junge, der vorhin mit Jan gesprochen hatte, zu seinem Freund.

»Was wetten?«

»Wer nicht schreit, hat gewonnen.«

»Wie ist das jetzt? Ich wette, dass du schreist. Und du wettest, dass ich schreie. Ist es so?«

»Ja, irgendwie so.«

»Und um was wetten wir?«

»Eine Schachtel Zigaretten.«

»Abgemacht.«

Sie klatschten die Hände aufeinander.

Nun wurden sie aufgerufen. Die Tür zur »Folterkammer« schloss sich hinter ihnen.

Jan kam zurück und ließ sich auf die Bank fallen.

»Das war echt unangenehm. Der Typ hat verlangt, dass ich das Hemd ausziehe. Und Hose und Slip musste ich bis zu den Knien runterschieben. Und dann hat er mich dauernd angeglotzt. Irgendwie hab ich's dann hingekriegt. Hat aber ne Weile gedauert.«

»Du spielst doch Basketball. Da wird so was doch auch ab und zu gemacht.«

»Bei uns nicht. Vielleicht in der Bundesliga.«

Er zog etwas aus seiner Hose und gab es mir. Es war ein Päckchen Kondome.

»Macht's Ihnen was aus, das für mich aufzubewahren? Ich meine, bis das da vorbei ist. Ich geh nämlich gleich nachher zu meiner Freundin. Sie hat zu ihren Eltern gesagt, ihr ist schlecht. Und die kommen erst am Spätnachmittag nach Hause.«

Ich lächelte und steckte das Päckchen in die Seitentasche meines Jacketts. »Deine Eltern wissen wohl nicht, dass du nachher zu deiner Freundin gehst.«

»Na ja, ich hab gesagt, ich geh in die Staatsgalerie, um mich abzulenken, und dann noch ins Lindenmuseum. Ich kann ja dann nicht gut sitzen und dauernd auf dem Bauch liegen, ist auch lästig.«

»Und wenn jemand von der Schule bei euch anruft?«

»Sagt meine Mutter, ich bin beim Arzt.«

»Du nimmst aber nicht das Smartphone zu deiner Freundin mit?«, riet ich ihm.

»Das liegt in meinem Zimmer. Ich lock doch nicht die Bullen hinter mir her.«

Wieder drangen Schreie zu uns.

»Nun hat einer die Wette verloren«, stellte ich fest.

Ich erklärte es Jan.

Die beiden Jungen traten wieder auf den Flur. Sie blieben bei uns stehen.

»Mann, tut mir der Arsch weh!«, sagte der eine.

»Mir auch«, gab der andere barsch zurück. »Aber vom Jammern wird's nicht besser. Das ist echt krass da drin. Da bist du fast immer nackt.«

»Ist doch klar«, antwortete sein Freund. »Wenn die Bullen dich erwischen, wollen sie deinen Schwanz und deinen Arsch sehen.«

Der Junge, der sich vorhin mit Jan unterhalten hatte, sagte nun zu ihm: »Alter, wettest du mit mir? Ich wette, dass du auch schreist. Wie mein Kumpel, die Lusche. Da ist nämlich so n Bodybuilder zugange. Der ist echt fies.«

Jan lächelte. »Also gut, ich wette, dass ich nicht schreie. Um was wetten wir?«

»Schachtel Zigaretten.«

Jemand rief Jans Namen.

»Ich rauche aber nicht«, antwortete Jan unbeirrt.

»Ne Cola?«

»Meinetwegen. Also bis nachher!«

In dem »Raum des Grauens« fiel mir als Erstes ein lederüberzogener Bock auf, wie man ihn in Turnhallen zum Überspringen benutzte. Rechts davon stand der Arzt, der sich im Stadion um Nuri gekümmert hatte. Zur Linken breitbeinig, breitschultrig der Polizist, der Nuri als Erster gepeitscht hatte. Ich gab beiden die Hand. An einem Schreibtisch saß ein junger Typ, wohl ein Assessor, der als Richter fungierte. Er hatte ein Mikrophon in der Hand, starrte auf den Bildschirm eines Laptops und sprach: »Zum Aufruf kommt die Strafvollstreckungssache gegen Jan W… wegen versuchter Unzucht. Erschienen sind …«

Da er gleich so förmlich war, unterbrach ich mein Begrüßungsritual. Er sah auf.

»Sie sind der bisherige Anwalt?«

»Ja.«

»Vollmacht bei den Akten. Gut. Kann der junge Mann sich ausweisen?«

Jan zuckte mit den Schultern. »Ich hab nichts dabei. Hab ich vergessen.«

Aber die Kondome hast du nicht vergessen. »Ich bin der Anwalt und kann bestätigen, dass er Jan W… ist.«

»Ihr Wort in Ehren, Herr Rechtsanwalt, aber wohlhabende Eltern könnten einen Ersatzmann stellen. Daher muss die Identität schon zweifelsfrei feststehen.«

Der war in der Lage und schickte uns weg und die ganze Prozedur wiederholte sich an einem anderen Tag. »Ich könnte eine eidesstattliche Versicherung abgeben.«

»Nun, er wurde doch wohl erkennungsdienstlich behandelt. Moment mal! Da haben wir's. Ja, man kann davon ausgehen, dass er Jan W… ist.«

Ich war erleichtert.

»Also, Jan, Sie werden erst polizeilich kontrolliert. Dazu ist es erforderlich, das Sie sich vollständig entkleiden.«

Ich zögerte. Sollte ich alles einfach so hinnehmen oder mich mit den Repräsentanten des Staates anlegen und riskieren, dass der Polizist härter zuschlug? »Herr Vorsitzender, ich muss da einhaken. Bei meinem Mandanten wurde vorhin eine Dopingkontrolle durchgeführt. Dabei hat er das Hemd ausgezogen und Hose und Slip bis zu den Knien hinunter geschoben. Eine Leibesvisitation ist also nicht erforderlich.«

»Das machen wir immer so«, protestierte der Polizist. »Wenn einer hier reinkommt, wird erst mal geprüft, ob er was versteckt hat.«

»Was denn?«

»Waffe, Pillen. Ich weiß nicht, was Sie heute haben; im Stadion haben Sie doch auch kein Theater gemacht.«

»Das waren andere Gegebenheiten. Von den Katakomben bis zur Mitte des Spielfelds ist es doch ein weiter Weg. Aber hier in diesem relativ engen Raum beobachten vier Erwachsene einen Jugendlichen. Was kann der da schon machen?«

»In seinem Mund kann eine Pille sein«, beharrte der Polizist. »Gift zum Beispiel. Und das zerbeißt er aus Trotz. Und wir sind nachher dran wegen fahrlässiger Tötung.«

»Jan, mach den Mund auf! Der Herr Polizeibeamte will reinschauen.«

Das geschah nun tatsächlich.

»Und in seiner Hose kann eine Waffe sein«, machte der Polizist weiter. »Und er knallt uns alle ab. Sie auch. Hat's alles schon gegeben.«

»Dann tasten Sie ihn ab! In seinem Slip kann aber nichts sein. Das hätte Ihr Kollege bemerkt.«

»Wenn er aufgepasst hat.«

Doch der Polizist strich nun mit den Händen von allen Seiten über den Stoff der Hose.

Der junge Jurist äußerte sich nun wieder. »Aber für die ärztliche Untersuchung muss er sich nun doch entkleiden.«

»Schrittweise«, widersprach ich. »Seine Arme sind weitgehend unbedeckt. Da kann man den Blutdruck ohne weiteres messen. Falls der Herr Doktor das Stethoskop ansetzt, soll Jan das Hemd aufknöpfen.«

»Aber den Arsch muss er dem Arzt zeigen, bevor er geschlagen wird«, polterte der Polizist.

»Ich darf um eine angemessene Ausdrucksweise bitten«, mahnte der junge Jurist.

Jan streifte nun doch von sich aus das Hemd ab. »Mir ist so heiß.«

Wie bei Nuri stellte der Arzt einen erhöhten Blutdruck fest. Situationsbedingt.

Jan stieg aus den Turnschuhen und zog Hose und Slip aus. »Mir macht das nichts aus«, sagte er verkrampft lächelnd. »Ich treibe Sport.«

Der Arzt bückte sich und betrachtete Jans Gesäß. »Keine Auffälligkeiten, keine Hautveränderung. Die Strafe kann vollzogen werden.«

»Dann stell dich mal an den Bock«, forderte der Polizist Jan in barschem Ton auf, »leg dich mit dem Oberkörper drüber! Und mit den Händen hältst du dich an den Streben des Bocks fest. Und beweg dich nicht! Sonst bind ich dich an.«

»Moment!«, sagte ich.

»Was ist jetzt schon wieder?«

»Nach Artikel 3 der Europäischen Menschenrechtskonvention sind erniedrigende Strafen verboten.«

»Das ist Völkerrecht«, wandte der Jurist ein, »kein unmittelbar geltendes innerstaatliches Recht. Außerdem haben wir ein rechtskräftiges Urteil.«

»Ja, schon. Ich will nur erreichen, dass er nicht so hart zuschlägt. Sonst werde ich vor dem Europäischen Gerichtshof für Menschenrechte klagen.«

»Das können Sie nicht«, meinte der Jurist. »Sie haben doch auf Rechtsmittel verzichtet, wenn ich recht weiß. Das wäre ein venire contra factum proprium.«

Jan stand nur mit Socken bekleidet am Prügelbock, stützte sich mit der rechten Hand auf das Leder und verfolgte verwundert den Disput.

»Aber auf Schmerzensgeld kann ich gegen die Bundesrepublik Deutschland klagen, wenn er zu hart zuschlägt. Und er wird dann vielleicht in Regress genommen.«

»Ich in Regress?!«, empörte sich der Polizist. »Ich kann ihn ja nicht bloß streicheln. Sonst macht er's gleich wieder.«

Das sowieso, wusste ich.

»Dann eben mit gebremster Kraft«, empfahl der Jurist.

Jan beugte sich nun über den Bock. Der Polizist nahm einen der Stöcke, die auf dem Schreibtisch lagen und begann zu schlagen. Ich hatte nicht den Eindruck, dass er sich zurücknahm. Der Jurist zählte laut mit. Ab dem fünften Schlag stieß Jan gepresste Laute hervor. Man konnte es nicht als Schreien bezeichnen.

Der Arzt besah dann das misshandelte Gesäß. »Nichts aufgeplatzt. Unproblematisch.«

Jan zog sich an und kam zu mir mit ernster Miene.

Ich verneigte mich leicht. »Ich wünsche allseits einen guten Tag.«

Der Arzt und der Jurist erwiderten den Gruß. Jan und ich verließen den Raum.

Auf dem Flur warteten die beiden Leidensgenossen von Jan.

»Er hat echt nicht geschrien«, stellte der eine fest. »Ich schulde dir ne Cola. Gehen wir zu McDonald!«

Ich schlug stattdessen ein italienisches Restaurant vor und fügte hinzu, ich würde sie einladen.

Da die drei Jungen nicht sitzen wollten, bevorzugten sie ein Dönerlokal.

Jan sagte: »War ja nett, dass Sie sich für mich eingesetzt haben. Aber es hat trotzdem ziemlich wehgetan. Ach ja, Sie haben noch was von mir. Wär echt blöd, wenn wir das vergessen würden.«

Ich gab ihm das Päckchen Kondome. »In der Tat, zumal ich gegenwärtig dafür keine Verwendung habe.«

»Ist da Koks drin?«, wollte einer der Jungen wissen.

»Nein«, antwortete Jan. »Kondome.«

»Echt?! Geil!«

50

Ich war der Einzige in der Kanzlei, mit dem Hartmut ohne weiteres über Nuri und Oliver sprechen konnte, da ich die gesamten Hintergründe kannte.

Nuri war sehr anhänglich. Zweimal in der Woche kam er nachmittags zu Hartmuts Frau und ließ sich in Spanisch unterrichten. Danach gab es ein »Bildungsgespräch«, Geschichte der Musik, Baukunst, Malerei, Literatur. Nuri blieb meist zum Abendessen und spielte danach mit Oliver Tischtennis.

Ahmed holte Nuri mit dem Wagen ab, brachte ihn auch zu Hartmuts Haus. Ahmed fuhr dabei in eine offenstehende Garage, von wo aus man durch eine Tür ins Haus gelangte. Nuri betrat auch nicht mehr den Garten. Er war für die Nachbarn unsichtbar, zumal er während der Fahrt vor der Rückbank auf dem Boden saß oder auf ihr lag. Niemand außer seinen engsten Vertrauten durfte wissen, wo er sich aufhielt. Das geschah zum einen wegen der Polizei, die ihn zu belauern schien, zum andern wegen der Salafisten, die immer wieder Drohmails an den VfB sandten, da er die Leute gegen die echten Gläubigen aufhetze.

Am Trainingsgelände hatten Fans eine Schutzgruppe organisiert. Sie tasteten jeden ab, der das Training der Mannschaft beobachten wollte.

Im Stadion umringten die Kameraden Nuri bei Beginn der Pause und am Ende des Spiels sofort, und er ging so abgedeckt mit ihnen in die Kabine. Wenn er ausgewechselt wurde, nahm er nicht bei den Reservespielern Platz, sondern verschwand in den Katakomben.

Das Interview mit Oliver, »Deutschlands süßestem Konvertiten«, bei »Jugend heute« hatte eine unglaubliche Resonanz. Unzählige Mails von Jungen und Mädchen gingen ein, die sich die Frage stellten, ob sie auch konvertieren sollten, aber mehr über den Islam erfahren wollten.

Da Oliver genau genommen nur verschwommene Kenntnisse von seiner neuen Religion hatte, bat die Redaktion von »Jugend heute« Nuri um ein Interview, »einen der beliebtesten deutschen Fußballspieler«.

»Nuri, seit du wegen Unzucht ausgepeitscht wurdest …«

»Was heißt da ›Unzucht‹? Ich hatte eine Freundin.«

»Gut. Seit du im Stadion ausgepeitscht wurdest, kennt dich fast jeder in Deutschland.«

»Man kennt mich auch in anderen Ländern.«

»Zweifelsohne. Es gibt ein Video bei YouTube. Du begegnest da einem blonden Jungen, der zum Islam übergetreten ist. Ihn, den Oliver, haben wir hier neulich interviewt. Seither bekommen wir täglich viele Mails von Mädchen und Jungen, die sich für den Islam interessieren. Vielleicht kannst du diesen jungen Leuten nähere Informationen über deine Religion geben, obwohl du auch deren Schattenseiten kennengelernt hast.«

»Ich bin natürlich kein Imam. Ich sage jetzt eben, wie ich diese Religion verstehe, was ich da so mache.«

»Das von dir zu erfahren, interessiert die Besucher dieser Website besonders.«

»Also … Wo fange ich an? Erst mal muss man natürlich an Gott glauben. An den einen Gott. Ihr hier habt ja drei Götter.«

»Wie?!«

»Ja, drei. Gott, Jesus und den Heiligen Geist.«

»So kann man das nicht sagen.«

»Doch. Ich habe genug deutsche Kumpels. Die haben mir das so erklärt. Und die Katholiken beten noch die Jungfrau Maria an.«

»Wir sind keine Theologen in der Redaktion. Lassen wir es mal so stehen. Und was ist nun das Besondere am Islam?«

»Man darf kein Schweinefleisch essen. Ich habe das noch nie gemacht. Dann kein Alkohol. Ich hab auch schon ab und zu ein

Bierchen getrunken, als es noch erlaubt war. Aber über Bier steht nichts im Koran, soweit ich weiß. Man sollte fünf Mal am Tag beten. Wenn man von morgens bis abends arbeitet, schafft man das natürlich nicht. Man braucht einen Gebetsteppich, den niemand anderer betreten sollte, besonders kein Ungläubiger. Freitags geht man in die Moschee. Wenn ich im Trainingslager bin oder bei einem Auswärtsspiel lässt sich das nicht machen. Bevor man die Moschee betritt, wäscht man sich, Hände, Gesicht, Ohren, Füße. In die Moschee geht man barfuß oder in Socken. Da schleppt man nicht einfach den Straßendreck rein. Das ist ein heiliger Ort. Wenn man die Moschee verlässt, ist man … ich weiß nicht, wie ich es beschreiben soll … man ist ein anderer, man ist … gereinigt von allem Schlechten. Wichtig ist auch, dass man Armen was gibt.«

»Du bist ja kein armer Mann, obwohl du erst neunzehn bist. Hilfst du anderen?«

»Wir bekommen immer wieder Anfragen von Vereinen, besonders auf dem Land, die für ihre Jugendgruppen nicht genug Mittel haben. Da gebe ich besonders gerne was. Aber auch meinen Brüdern und Cousins.«

»Ist das alles?«

»So reich bin ich dann auch wieder nicht. Ich spiele nicht bei Real Madrid.«

»Wir meinen, ob das alles ist, was du zu deiner Religion sagen willst.«

»Nein, dann gibt es noch den Ramadan. Da sollte man tagsüber nichts essen und trinken. Aber ich als Sportler kann das nicht machen. Der Vereinsarzt hat mir das ausdrücklich verboten.«

»Viele Mädchen fragen, ob sie sich verschleiern müssen.«

»Ach was! Sie sollten nicht gerade rumlaufen wie … so aufreizend … Minirock, Hot Pants, bauchfrei und so. Aber ein Kopftuch halt ich nicht für notwendig. Meine Mutter und meine Schwestern tragen nie ein Kopftuch.«

»Die Jungs fragen, ob man sich unbedingt beschneiden lassen muss, ob es nicht auch ohne diese OP geht.«

»Beschneidung gehört zu unserer Religion einfach dazu. Warum das so ist, weiß ich auch nicht genau. Im Koran steht dazu nichts. Es ist einfach sauberer. Bei den Juden bedeutet es einen Bund mit Gott, hab ich mir sagen lassen. Und Jesus war auch beschnitten, er war ja Jude. Man wundert sich, dass es die, die an ihn glauben, nicht auch machen.«

»Der Apostel Paulus hat gesagt, es ist nicht notwendig.«

»Wer?«

»Der Apostel Paulus.«

»Das ist wohl bei euch so was wie bei uns die Sunna.«

»Einige Jungen wollen wissen, ob man nach einer Beschneidung noch masturbieren kann.«

»Selbstverständlich geht das. Am besten man nimmt irgendeine Creme. Mit Spucke geht's auch. Oder mit ner Socke oder so.«

»Oliver hat gesagt, Masturbation sei im Islam eine Sünde.«

»Ja, aber keine schlimme. Man muss ja nicht unbedingt täglich mehrmals ›sündigen‹. Jungs sollen Sport treiben und da ihre Kraft austoben. Und für die Schule lernen. Ich will mich aber nicht mit den Eltern anlegen, die ihren Söhnen verbieten, diese Sünde zu begehen.«

»Dann machen's die Jungs eben heimlich.«

»Eben. Am besten ist, man legt sich bald eine Freundin zu, dann hat man dieses Problem nicht. Ich hatte die erste Freundin mit vierzehn.«

»Mit vierzehn?«

»Ja, ich hab gar nichts von mir aus getan. Das Mädchen hat an mir rumgemacht. So ist das bis heute. Die Mädchen kommen zu mir.«

»Aber die neuen Gesetze.«

»Das ist es ja eben. Wir leben nicht im Jahr 630 oder wann es war. Ich hab schon in mehreren Interviews was dazu gesagt. Ein junger Beduine ist nicht in die Schule gegangen. Er musste nur reiten können, jagen und mit dem Schwert kämpfen. Er durfte vier Frauen heiraten. Da ist es verständlich, wenn der Prophet sagt, sie sollen nicht auch noch mit andern rummachen. Und ein Mädchen musste bei der Heirat Jungfrau sein, weil man nicht den Balg von nem andern großziehen wollte. Aber heute gibt's Kondome, Pille und so weiter. Wenn heute einer heiratet, sollte er nen Beruf haben und ne Wohnung. Damals hat n Zelt genügt. Das lässt sich alles nicht vergleichen. Ich sage das immer wieder, bis es vielleicht auch die in Berlin begreifen. Es geht den Staat gar nichts an, mit wem ich etwas mache. Und ob ich die Regeln meiner Religion beachte, ist meine Entscheidung, das lass ich mir nicht von Polizisten einprügeln. Dieses Land braucht einen Atatürk, der mal richtig aufräumt.«

»Nuri, das waren deutliche Worte. Wir danken dir.«

Und neben dem Interview befand sich eine Anzeige. Nuri lächelnd in Jeans einer bestimmten Marke, barfuß, nackter Oberkörper.

51

Unserer Kanzlei wurde ein Referendar zugewiesen. Eine gepflegte Erscheinung, grauer Anzug, weißes Hemd, bläuliche Krawatte, genau begrenzter Dreitagebart. Ursula mochte ihn von Anfang an nicht; er komme ihr wie ein aalglatter Karrierist vor; vielleicht sei er auch auf uns angesetzt, weil ich immer wieder Leute verteidigte, die sich bei den Regierenden nach den neuen Bestimmungen missliebig gemacht hätten; wir sollten aufpassen, was wir im Kollegenkreis sagten, wenn dieser Typ dabei sei.

Doch wenigstens musste sich Ursula nicht um den Referendar kümmern, Joe betreute ihn. Dennoch bot ich dem Referendar an, mich zur Hauptverhandlung gegen Leo Kaufmann zu begleiten, da es ein brisanter Fall war, der einen jungen Juristen interessieren dürfte.

Wir gingen von der Kanzlei zum Gericht. Ich war dann recht froh, dass der sportliche junge Mann bei mir war. Denn vor dem Gerichtsgebäude hatte sich eine größere Menschenmenge versammelt, und der Referendar schubste Leute beiseite und bahnte mir so den Weg zur Eingangshalle.

Dort sagte er zu mir: »Ziemlich aggressive Stimmung da draußen. Auf einem Transparent stand: ›Homos an den Galgen‹.«

»Vormittags stehen die da rum«, erwiderte ich. »Wenn man natürlich fünf Mal am Tag beten muss, kann man nicht arbeiten. Da nimmt man das deutsche Sozialsystem in Anspruch, von dem man stets meint, es müsste jetzt dann bald zusammenbrechen.«

»Man sagt, die Salafisten würden mit Drogen handeln. Das beginnt in Afghanistan und geht über den Iran, Türkei, Balkan zu uns.«

»Das haben sie zusätzlich. Denn wie Brecht sagt: ›Nur wer im Wohlstand lebt, lebt angenehm‹. Seit die islamischen Parteien in

Berlin regieren, bekomme ich kaum mehr Drogenfälle. Das ignoriert man plötzlich. Aber wie sich die Leute sexuell betätigen, ist neuerdings eine hochwichtige Staatsangelegenheit.«

Der Referendar lächelte.

Im Zuschauerbereich des Gerichtssaals gab es kaum mehr freie Plätze. Der Referendar fand in der letzten Reihe eine Lücke.

Leo Kaufmann stand schon am Platz des Angeklagten. Er kannte sich hier ja aus, seit seinem Drogenprozess. Ich begrüßte ihn. Auch er war sehr korrekt gekleidet, dunkelblauer Nadelstreifenanzug, blassblaues Hemd, rötliche Krawatte. Er wirkte so seriös, dass man ihm nicht zutraute, seinen Trieben zu erliegen.

Der Richter und die Schöffen erschienen und die Formalien wurden erledigt.

Der Staatsanwalt gab in der Anklageschrift den Sachverhalt so wieder, wie ihn auch Kaufmann berichtet hatte. Als das Wort »Analverkehr« fiel, entstand im Saal ein Gemurmel und einige riefen: »Tod den Homos!«

Der Richter schlug mit dem Holzhammer auf den Tisch. »Ruhe da hinten! Oder ich lasse den Saal räumen. Sie haben als Vertreter der Öffentlichkeit grundsätzlich das Recht, hier zu sein. Sie sind aber keine Verfahrensbeteiligten. Das sind das Gericht, der Staatsanwalt, der Verteidiger und natürlich der Angeklagte.«

Der Richter fragte, ob wir uns zur Anklage äußern wollten. Ich antwortete, wir würden die Zeugenaussage abwarten.

Nun betrat Kaufmanns »Verführer« den Saal. Er sah in der Tat sehr gut aus. Schlank und dennoch muskulös, sein Gesicht sehr harmonisch und dunkelblondes Haar. Ich hatte den Eindruck, dass ich diesen jungen Mann von irgendwoher kannte. Seine Darstellung des Geschehens deckte sich mit der von Kaufmann. Der Fall schien also klar zu sein, eine schwere Verfehlung nach neuem Recht.

Der Richter bot mir an, Fragen an den Zeugen zu richten.

»Im ›Club Royal‹ ist also nicht Herr Kaufmann auf Sie zugegangen, sondern Sie haben ihn angesprochen.«

»Ja.«

»Sind Sie von sich aus in den Club gegangen oder wurden Sie dazu angewiesen?«

Der junge Polizist zögerte mit einer Antwort.

»Ich kann nicht erkennen, dass diese Frage sachdienlich wäre«, hakte der Staatsanwalt ein.

Doch der Richter forderte den Zeugen auf, die Frage zu beantworten.

»Na ja, in der Dienststelle haben sie gesagt: ›Du siehst echt gut aus. Du bist genau der Typ, auf den Schwule abfahren. Du gehst jetzt in den Club Royal und ziehst einen rüber!‹«

Ich sah zum Staatsanwalt hin. »Hat Ihr Haus dazu einen Impuls gegeben?«

»Nicht dass ich wüsste. Wir mischen uns für gewöhnlich in die Polizeiarbeit nicht ein.«

»Hohes Gericht, Herr Staatsanwalt, sehen Sie den Zeugen an! In der Tat jemand, den man mit Fug und Recht als schönen Mann bezeichnen kann. Ein Adonis. Und den entsendet man in einen Club, den Leute besuchen, die für so was empfänglich sind. Und der Zeuge bietet sich dort an als einer, der für raschen Sex zu haben ist, und vollzieht es auch noch. Ich finde so etwas skandalös. Der Staat inszeniert Straftaten, die sonst gar nicht geschehen würden. Dabei könnte man anderweit dringend verdeckte Ermittler brauchen, zum Beispiel bei den Salafisten, um zu erfahren, gegen wen oder was sich ihr Dschihad als nächstes richtet.«

Einige Zuschauer sprachen leise miteinander.

»Herr Rechtsanwalt, Sie plädieren schon«, ermahnte mich der Richter. »Haben Sie noch Fragen an den Zeugen?«

»Ja, habe ich. Wenn Sie sich schon als Lockvogel betätigen, wäre es doch angebracht gewesen, innezuhalten, als Herr Kaufmann nackt auf seinem Bett lag. Wieso haben Sie weitergemacht und dadurch genau genommen auch gegen das Gesetz verstoßen?«

»Das ist doch kein Verstoß gegen das Gesetz«, widersprach der

Staatsanwalt. »Es ist gerechtfertigt, weil er in staatlichem Interesse handelt.«

»Seltsamer Rechtfertigungsgrund. Auch staatliche Stellen sind nach Artikel 20 Grundgesetz an Gesetz und Recht gebunden. Wenn die Polizei jemand in eine Verbrecherbande einschleust, darf der auch nicht einfach einen Mord begehen, um bei den Gangstern vertrauenswürdig zu erscheinen. Ich bitte den Zeugen, meine Frage zu beantworten.«

»Wie war das noch mal?«

»Warum sind Sie mit Herrn Kaufmann sexuell intim geworden? Wenn Sie davor aufgehört hätten, läge ein Versuch vor. Infolge Ihres Verhaltens hat es den Anschein, als hätte der Angeklagte eine vollendete Straftat begangen.«

»Genau das wollte ich erreichen.«

»Sie haben aber etwas getan, was nach dem Gesetz verboten ist. Sie haben einen aktiven Analverkehr vollzogen.«

Wieder Gemurmel im Saal.

»Das musste ich doch machen, damit der voll auf die Schnauze fällt. Das war mein Auftrag.«

»Also gut, ein Polizist verstößt gegen § 175 Strafgesetzbuch und wird von Vorgesetzten dazu angestiftet. Ich behalte mir vor, entsprechend Strafanzeige zu stellen. Keine weiteren Fragen.«

Der Staatsanwalt führte aus, der Angeklagte habe durch passiven Analverkehr in schwerwiegender Weise gegen § 175 des Strafgesetzbuches verstoßen. Strafmildernd dürfte sich jedoch auswirken, dass er nicht von sich aus die sexuelle Begegnung in Gang gebracht habe. Zu seinen Gunsten sei auch zu berücksichtigen, dass er zwar wegen eines Drogendelikts verurteilt sei; was Sexualstraftaten betreffe, sei er jedoch nicht einschlägig vorbestraft. Er beantrage daher eine Freiheitsstrafe von einem Jahr und überlasse es dem Gericht, ob Strafaussetzung zur Bewährung gewährt werde.

Plötzlich kamen Rufe aus dem Publikum: »Tod den Homos!« Mehrere Leute riefen nun rhythmisch immer wieder: »Tod den Homos!« Andere schrien: »Tod den Islamisten!«

Der Richter sprang auf. »Wenn das nicht sofort aufhört, lasse ich Sie alle aus dem Gerichtsgebäude werfen. Draußen können Sie Ihre Meinung in Demonstrationen kundtun, aber nicht hier drinnen. Die Justiz lässt sich von Ihnen nicht unter Druck setzen. Nicht von Ihnen! Das mag in Karlsruhe gehen, aber nicht in Stuttgart.«

Das Geschrei verebbte.

Ich ereiferte mich nochmals, dass Leo Kaufmann sich an die neuen Gesetze gehalten habe, bis er durch polizeiliche Machenschaften auf Abwege geführt worden sei. Auf polizeiliches Betreiben sei eine Straftat geschehen, die es sonst nicht gegeben hätte. Ich bezeichnete die Aktivitäten der Polizei erneut als skandalös und zudem strafrechtlich relevant und beantragte Freispruch, hilfsweise eine milde Strafe.

Höhnisches Gelächter drang zu mir.

Das Gericht verurteilte Leo Kaufmann zu einem Jahr Freiheitsstrafe, die auf drei Jahre zur Bewährung ausgesetzt wurde.

Die meisten im Zuschauerbereich sprangen nun auf und schrien hysterisch: »Tod den Homos!« Sie rannten auf die Richterbank zu. Der Richter und die Schöffen flohen durch die Tür, die sich hinter ihnen befand, der Staatsanwalt rannte ebenfalls ins Richterzimmer.

Nun stürzten die Bärtigen auf Leo Kaufmann und mich zu. Ich konnte gerade noch einem Faustschlag ausweichen, indem ich den Kopf zur Seite drehte. Leo Kaufmann war aufgestanden und hielt den Stuhl, auf dem er gesessen hatte, vor sich und wehrte so Angreifer ab. Bei ihm war plötzlich der junge Polizist, der im Saal geblieben war, und er half Kaufmann, auf die Richterbank zu steigen. Kaufmann lief zur Tür, hinter der die anderen verschwunden waren, rief etwas und trommelte mit den Fäusten dagegen. Nun öffnete man ein Stück und er schlüpfte ins Richterzimmer.

Ich schützte mich mit dem Aktenkoffer vor weiteren Schlägen. Der Referendar tauchte nun in meiner Nähe auf und riss einige Typen, die sich vor mir aufgebaut hatten, zurück. Plötzlich packte mich der junge Polizist am Arm und zog mich zur Saaltür. Der Referendar folgte uns und schien um sich zu schlagen.

Auf dem Flur zischte der Polizist: »Zum Hinterausgang.«

Wir rannten über eine schmale Treppe ins Untergeschoss hinab. Hinter uns Gebrüll.

Wir gelangten auf eine ruhige Seitenstraße und liefen zum Schlossgarten. Dort zog ich rasch meinen Talar aus, um nicht schon von fern als Jurist erkannt zu werden. Der Referendar und der Polizist lächelten mich erleichtert an.

Ich wollte meinen Dank ausdrücken und lud sie in ein Restaurant beim Hotel Graf Zeppelin ein.

Der Polizist sagte: »Eigentlich sollte ich zurück zur Dienststelle. Aber wir haben nach dem Wirbel eine Pause verdient.«

Im Restaurant starrte der Polizist auf die Speisekarte. »Schade, dass es kein Bier mehr gibt. Das könnte man zur Beruhigung jetzt echt gut brauchen. Glauben Sie mir, meine Kollegen und mich kotzen die neuen Gesetze auch an, selbst die moslemischen Kollegen. Und sie haben mich nicht aus Bosheit in den Club Royal geschickt. Wir wollten einfach mal einen Fall hochziehen, zur Abschreckung. Sonst hat man unzählige Fälle. Die liefern uns die Denunzianten. Und dass Sie, der Anwalt von Nuri Sheref, den Fall Kaufmann übernommen haben, war uns gerade recht. Wir waren sicher, dass das wieder echt Publicity gibt.«

»Für so was sind Sie natürlich der Richtige«, bemerkte der Referendar an den Polizisten gewandt. »Sie könnten doch nebenher Model machen. Als Polizist verdient man ja nicht gerade viel.«

Der Polizist lächelte verlegen, wie es schien. »Ich hab Leo Kaufmann nicht aus Gemeinheit ... äh, na ja, gebumst. Mir war einfach danach. Ich hab gegenwärtig keine Freundin und Puffs gibt's auch nicht mehr und in der Disco sind nur noch Typen. Kaufmann wollte unbedingt, dass ich ihn ... dass ich's ihm besorge. Das war mir dann gerade recht. Letztlich ist's ja egal, wo man reingeht.«

Der Referendar lachte, ich lächelte höflich. Und plötzlich wusste ich, wo ich den Polizisten schon gesehen hatte. Er war einer jener Typen, die im Inselbad vom Zehnmeterturm sprangen, und zwar mit Salto. Ich kannte auch seinen Vornamen; »Mario!«, schrien seine Kumpels, wenn sie auf sich aufmerksam machen wollten.

Der Polizist runzelte die Stirn. »Machen Sie jetzt eine Strafanzeige gegen mich?«

Ich klopfte ihm leicht auf den Rücken. »Nein, auf keinen Fall. Ich wollte nur den Staatsanwalt verunsichern.«

Der Kellner erschien und wir bestellten.

Ich sah den jungen Polizisten aufmerksam an. »Gehen Sie gerne ins Inselbad?«

»Ja, Sie auch?«

»Zweifelsohne. Das Azorenhoch breitet sich über Süddeutschland aus. Da zieht es mich unweigerlich ins Inselbad. Sie springen vom Zehnmeterturm?«

»Ja, das ist echt geil.«

»Da sind Sie mir schon aufgefallen. Ich selbst würde mich da nie hochtrauen. Aber ich bewundere Typen wie Sie.«

Ich wandte mich dem Referendar zu. »Er macht vom Zehner den Salto rückwärts und den Auerbacher.«

»Was ist das?«, erkundigte sich der Referendar.

»Man springt nach vorn ab und macht dann den Salto rückwärts.«

»Das würde ich auch mal gerne sehen, wie er das macht. Wir könnten uns doch am Samstag im Inselbad treffen.«

»Geht wahrscheinlich bei mir«, erwiderte der Polizist. »An sich hab ich keinen Dienst, aber man weiß nie.«

»Also gut, am Samstagnachmittag auf den Sitzstufen beim Sprungbecken«, schlug ich vor. »Schon weil Sie so schöne Sprünge machen, würde ich niemals gegen Sie ein Verfahren in Gang bringen.«

52

Henriette war mal wieder »not amused«, als ich ihr um Mitternacht, bei ihr nach Dienstende, von den Turbulenzen im Gerichtssaal erzählte.

»Zustände sind das bei euch! Da müssten doch Polizisten anwesend sein, wenn der Saal voller Islamisten ist.«

»Im Gerichtsgebäude hat es bis jetzt noch nie Übergriffe gegeben, in Stuttgart jedenfalls.«

»Auf so was muss man gefasst sein bei solchen Leuten. Sie legen Bomben, da sind sie auch zu jeder anderen Schandtat bereit.«

»Nun ja, Drohgebärden hat's im Gericht schon gegeben, zum Beispiel nach der Verhandlung gegen den Freund von Florian. Aber dass die Typen so weit gehen würden, die Richterbank zu stürmen, hätte auch ich nicht erwartet. Heute war vor dem Gericht eine Demonstration. Dort habe ich ein paar Polizisten bemerkt. Aber wohl zu wenige. Der Innenminister in Stuttgart ist ja einer von der Partei des rechten Weges. Der will sich mit der Islamischen Bruderschaft nicht anlegen, dem Koalitionspartner in Berlin.«

»Die hätten dich vielleicht gelyncht, wenn dich der junge Polizist nicht gepackt hätte. War ja nett von dem, nachdem du ihn nicht gerade sanft angegangen hast.«

»Es gibt auch nette Polizisten.«

»Im Gericht haben sie dich nicht erwischt. Aber du bist eine Hassfigur für die. Du hast schon diesen ›sündigen‹ Fußballspieler verteidigt und jetzt einen Homosexuellen, einer, der nach ihrer Meinung ein todwürdiges Verbrechen begangen hat. Und du hast Freispruch gefordert. Die lauern dir bestimmt nächstens mal vor eurer Kanzlei auf. Habt ihr keinen Hinterausgang?«

»Doch, zum Hof hin. Aber da kommt man nicht weiter.«

»Dann musst du einen Schal ums Gesicht wickeln und eine Mütze aufsetzen, wenn du euer Gebäude verlässt.«

»Im Sommer nicht gerade glaubhaft.«

»Daniel, du kannst nicht in Stuttgart bleiben.«

»Ich liebe diese Stadt.«

»Ich mag Stuttgart auch. Unter deinen Vorfahren gibt's Hugenotten, auf die du so stolz bist. Sie mussten das schöne Frankreich verlassen, um nicht von den Katholiken totgeschlagen zu werden. Ich stamme über eine Urgroßmutter von schlesischen Grafen ab. Sie mussten am Ende des Zweiten Weltkriegs ihre Ländereien und Schlösser verlassen und konnten kaum was mitnehmen, nur ein paar Juwelen. Irgendwann ist eben Schluss mit der angestammten Heimat.«

»Ich finde nicht, dass wir alle davonlaufen sollten. Unsere Familien haben dieses Land über Jahrhunderte geprägt, und wir würden es Leuten überlassen, die irgendwoher kommen und den religiösen Wahn haben.«

»Ein Virus breitet sich bei euch aus, und wer nicht flieht, geht zugrunde. Deine Ökos und die Sozialisten haben, getrieben von humanitärer Gesinnung, immer mehr Leute mit mittelalterlicher Weltanschauung ins Land geholt. ›Die armen Leute! Sie haben da unten ja kaum was zu beißen. Sollen sie doch zu uns kommen. Die sind gar nicht so, wie manche immer tun.‹«

»Kaum jemand hat die Stimme erhoben gegen das Anwachsen der Weltbevölkerung. Die Ökos waren nie in der Lage zu begreifen, dass jeder Mensch eine Umweltbelastung ist. Und die Sozialisten sind eben die Sachwalter des internationalen Proletariats. Im Übrigen hat auch die Wirtschaft, unterstützt von der Religiösen Union, jede Menge Leute nach Europa gelockt.«

Henriette und ich schimpften immer mal wieder über die Partei des andern. Das beeinträchtigte jedoch unsere Beziehung nicht.

»Für die Religiöse Union ist Geburtenregulierung ein absolutes

Tabu«, machte ich weiter. »Jeglicher Nachwuchs ist ein Geschenk Gottes.«

»Da ist was dran«, räumte sie ein.

»Und für die Moslems ist es eben Allahs Wille, wenn man acht Söhne und vier Töchter hat.«

»Daniel, Deutschland ist heute ein Paradies für einfache Leute, die aus ländlichen Gegenden des Orients stammen. Sie können auch unter den Islamisten brav in ihren gewohnten Traditionen weiterleben. Aber gebildete Menschen können es in diesem Land nicht mehr aushalten.«

»Henriette, gegen Viren gibt es Heilmittel. Im Herbst haben wir hier Landtagswahl. Die Umfragen ergeben, dass Sozialpartei, Ökologische Partei, die Freiheitlichen und Religiöse Union zusammen auf über fünfzig Prozent kommen. Dann könnte man sich in Baden-Württemberg einigem entziehen, was die in Berlin vorgeben. Junge Moslems lassen sich diese Einengungen auch nicht mehr gefallen, mehrheitlich jedenfalls. Beispiel Nuri Sheref. Er macht gegen die Bundesregierung Propaganda und hat wegen seiner Beliebtheit als Sportler große Resonanz.«

»Daniel, du bist doch so angetan von Darwin und seiner Evolution.«

»Bin ich. Und bei euch drüben … die Evangelikalen leugnen sie.«

»Ihr seid in Deutschland in einer existentiellen darwinistischen Situation. Es gilt das Recht des Stärkeren. Und die Islamisten sind die Stärkeren. Die werden euch vor der Wahl wieder mit Bomben terrorisieren, wie sie es vor der Bundestagswahl getan haben. Und die Leute wählen abermals die moslemischen Parteien, damit es wieder Ruhe gibt. Die Islamisten sind eben anderen in Brutalität weit überlegen. Um ihnen entgegenzutreten, müsset ihr einen Bürgerkrieg beginnen. Und dazu ist keiner von euch bereit.«

»Bürgerkrieg ist das Letzte, grauenhaft und sinnlos. Es löst keine Probleme, wenn man sich gegenseitig totschlägt.«

Am nächsten Morgen kam im Radio die Meldung, dass der Eingangsbereich des »Club Royal« in der Nacht durch eine Bombe zerstört worden sei. Personen seien nicht zu Schaden gekommen, da der Club nur an Freitagen und Samstagen geöffnet sei.

53

»Glücklich ist, wer vergisst, was mal nicht zu ändern ist.«

Ich musste das Kanzleigebäude betreten, verlassen, oft mehrmals am Tag. Da konnte mich stets jemand angreifen.

Leo Kaufmann hatte sich nach Spanien abgesetzt und wohnte jetzt in seinem Haus bei Valencia. Von dort aus betrieb er seine Immobiliengeschäfte auf der Iberischen Halbinsel. Seine deutsche Niederlassung leitete ein Angestellter.

Da Leo Kaufmann nicht mehr greifbar war, konnte man nicht ausschließen, dass sich der Hass der Islamisten wegen des milden Urteils gegen einen Homosexuellen nun voll auf mich bezog.

Ich nahm mir vor, umherzuschauen, wenn ich mich dem Kanzleigebäude näherte, ob eine verdächtige Gestalt herumlungerte und mich beobachtete, ebenso wenn ich aus dem Gebäude herauskam.

Joe bot mir an, abends mit mir zusammen auf die Straße zu gehen, und zwar so, dass ich mich zunächst hinter ihm hielt, sofern er keinen Auswärtstermin hatte. Er sagte bei dieser Gelegenheit, dass mein Schützling Nuri Sheref auf vielen gay Websites eine Kultfigur sei. Immer wieder werde über ihn berichtet oder gebe es Anfragen; er werde gezeigt, wie er gepeitscht werde, wie ihn seine Kameraden auf den Schultern trügen, wie er halbnackt bei der Pressekonferenz erscheine, wie er nach einem Spiel das Feld verlasse und das Trikot ausziehe, was er jetzt oft demonstrativ tue.

Ursula riet mir, eine schusssichere Weste zu tragen und legte ein Boulevardblatt auf den Besuchertisch. Man rätselte, wie es Nuri gelinge, unerkannt ins Stadion zu gelangen und wieder heraus, als ob er eine Tarnkappe besitze. Sein Porsche sei verschwunden. Die Wohnung in dem Appartementhaus in Cannstatt habe er verlassen. Niemand wisse, wo er jetzt wohne. Manche vermuteten, er sei bei seinem Kumpel Holger eingezogen, der ihm durch sein Gerede bei »Sport im Dritten« die Bestrafung eingebrockt habe und der jetzt etwas wiedergutzumachen habe. Und wahrscheinlich transportiere Holger den Nuri im Kofferraum seines Mercedes.

Ursula fragte: »Weißt du, wo der abgeblieben ist und wie der ins Stadion kommt? Die Sekretärinnen würden es zu gerne wissen.«

Ich lächelte. »Kein Kommentar.«

»Und mir verrätst du auch nichts? Ich sage es nicht weiter.«

»Solche Sachen weiß man am besten nicht. Dann können sie nicht aus einem herausgeprügelt werden.«

Auch im Landtagswahlkampf nutzten Politiker der Ökologischen Partei, der Freiheitlichen und der Sozialpartei die Beliebtheit Nuri Sherefs. Immer wieder wiesen sie auf dessen ungerechtfertigte Bestrafung hin, eines Neunzehnjährigen, der mit seiner Freundin zusammengelebt habe; so etwas könne jedem im Land, der nicht verheiratet sei, widerfahren, wenn moslemische Parteien an der Macht seien.

Begeistert griffen diese Politiker Äußerungen Nuris in einer Pressekonferenz auf.

Ein Journalist sagte zu ihm: »Sie fordern junge Leute auf, zum Islam überzutreten. Sind Sie auch der Auffassung, dass man moslemische Parteien wählen sollte?«

Nuri antwortete: »Ich habe im letzten Jahr das erste Mal wählen dürfen. Ich habe mich bei der Bundestagswahl für die Partei des rechten Weges entschieden wie meine Eltern. Das war ein schwerer Fehler.«

»Warum?«

»Ich wähle keine Partei mehr, die mir religiöse Regeln aufzwingt. Was ich als Moslem mache, ist meine Sache, nicht die des Staats.«

»Und was halten Sie von der Islamischen Bruderschaft?«

»Die wollen die Leute in diesem Land zu ihren Sklaven machen. Wer das will, soll sie wählen. Er muss aber aufpassen, dass die Peitsche nicht auch ihn erwischt.«

54

Der Samstag, an dem ich mich mit meinen beiden Rettern traf, war heiß und wolkenlos.

Es war befremdlich, als ich am Sportbecken entlangging. Überall nur Jungen und Männer.

Auf einer der Sitzstufen am Sprungbecken hatte sich der Referendar niedergelassen. Ich begrüßte ihn und nahm neben ihm Platz. Er deutete auf die Plattform des Zehnmeterturms. Mehrere junge Leute hatten sich da oben versammelt. Nun bemerkte ich auch das dunkelblonde Haar des Polizisten Mario. Nachdem einige mit zappelnden Beinen in die Tiefe gesprungen waren, setzte Mario an, indem er sich auf den Zehenspitzen an die Kante der Plattform stellte, den Rücken dem Sprungbecken zugewandt. Er hob ab, drehte sich nach hinten und tauchte mit gestreckten Beinen ins Wasser.

»Schöner Sprung«, stellte der Referendar fest.

Mario kraulte durchs Becken und stieg ans Ufer. Einige junge Männer umringten ihn und redeten auf ihn ein. Plötzlich umarmte Mario einen und drängte ihn an den Rand des Beckens. Mario versuchte, sich von dem andern zu lösen und ihn ins Wasser zu stoßen. Doch sein Partner riss ihn mit hinein. Lachend stemmte sich Mario ans Ufer und lief auf uns zu.

»Der hat nicht nur ein sehr hübsches Gesicht, sondern auch einen perfekten Body«, fand der Referendar.

Mario trat vor uns hin, lächelte, sagte »hallo«, griff in eine Sporttasche, zog ein Handtuch heraus und trocknete sich flüchtig ab. Dann gab er mir die Hand.

Wir lobten ihn wegen seines gelungenen Salto rückwärts.

Er sagte, er gehe noch mal hoch und mache einen Auerbacher.

Oben angekommen, sprach er mit dem Bademeister. Der drängte

einige Jungen beiseite, sodass eine Gasse entstand. Mario lief an, sprang ab und machte einen Salto rückwärts.

Am Ufer sprach er wieder mit ein paar jungen Typen und kam dann zu uns.

Ich schlug vor, dass wir uns duzten.

»Wissen deine Kumpels, dass du Polizist bist?«, fragte der Referendar.

»Nur einige. Denen ich eben vertrauen kann. Als Bulle ist man nicht gerade beliebt.«

»Warum hast du dann diesen Beruf gewählt?«, machte der Referendar weiter.

»Als Jurist macht man sich auch nicht unbedingt Freunde«, gab Mario zurück. »Zum Beispiel als Staatsanwalt oder Richter. Polizist hat mich interessiert, weil man da körperlich fit sein muss und Sport treibt. Und in den Krimis sind die Polizisten doch immer die, die für das Gute eintreten und die Mörder zur Strecke bringen.«

»Da besteht jetzt aber eine Schieflage«, wandte ich ein. »Wir haben eine Regierung, die gegen die Verfassung verstößt und grundlegende Menschenrechte verletzt. Schwierige Situation für Polizisten.«

»Das neue Sexualstrafrecht ist indiskutabel«, meinte der Referendar. »Aber die Züchtigung von Jugendlichen finde ich nicht so schlimm. Manche brauchen das.«

»Ja, es bringt was«, bestätigte Mario. »Wir haben jetzt kaum Rückfälle.«

»Die Änderung des Jugendgerichtsgesetzes ist erst seit einigen Monaten in Kraft«, entgegnete ich. »Und es sind eben erniedrigende Strafen, besonders die öffentliche Auspeitschung. Verboten nach Artikel 3 der Europäischen Menschenrechtskonvention.«

»Das neue Jugendgerichtsgesetz ist geltendes Recht, wir müssen es anwenden«, erwiderte Mario. »Ich habe auch schon geschlagen oder war dabei.«

Der Referendar lächelte. »Und wie fühlt man sich, wenn man auf einen nackten Jungen eindrischt?«

»Das ist Dienst, wie sonst was auch«, behauptete Mario. »Man muss höllisch aufpassen. Der Stock darf nicht zu hoch gehen und auf die Nieren treffen oder abrutschen und die Hoden berühren. Auch sollte man nicht immer auf die gleiche Stelle schlagen; die Jungen sollten ja nicht ernstlich verletzt werden, sonst hat man noch einen Schadenersatzprozess. Die Schläge sind auch nicht das Schlimmste für die Jungen, sondern dass sie sich ausziehen müssen und ein Polizist sie von oben bis unten durchsucht. Und dann noch der Arzt, der besonders ihren Ar… ihr Gesäß begutachtet. Und dass sie sich nackt über den Prügelbock legen müssen. Sehr peinlich ist es den Jungs, wenn sie eine Erektion bekommen. Das hat man leicht in dem Alter. Die ganze Prozedur ist ein heilsamer Schock.«

»Gemeinnützige Tätigkeit wäre sinnvoller«, wandte ich ein.

»Das ist nicht so einfach. Dann erscheinen sie nicht oder sind bockig und tun fast nichts.«

»Es bleibt den Polizisten wohl nichts anderes übrig, als die Einhaltung der neuen Gesetze in gewissem Maße zu überwachen«, gestand ich zu. »Aber man sollte sich auch um die Salafisten kümmern, wie ich bei Gericht gesagt habe. Bei denen sollten sich mal verdeckte Ermittler betätigen, besonders jetzt vor der Landtagswahl. Die basteln bestimmt schon wieder Bomben.«

»Da kommt man nicht so leicht rein. Die sind äußerst misstrauisch. Und der Innenminister ist einer vom ›rechten Weg‹. Es ist nicht erwünscht, dass man den Strenggläubigen Unregelmäßigkeiten nachweist.«

»Es ist Aufgabe der Polizei, Schaden von der Bevölkerung abzuwenden«, beharrte ich. »Es gibt bei denen mittlerweile genügend moslemische Beamte. Die könnten doch nach Zuffenhausen in die Islamistenmoschee gehen. Man weiß ja, wo sich die Bärtigen treffen.«

»Die moslemischen Kollegen wollen ihre Leute nicht verraten.«

»Du könntest doch den Konvertiten spielen«, schlug der Referendar vor. »Mohammed Meier ist ja auch einer. Dem nimmt man die Rechtgläubigkeit ohne weiteres ab.«

»Da müsste ich ne Weile in ne Koranschule gehen und mich beschneiden lassen; das ist nicht gerade angenehm.«

»Das hat seine Vorteile. Und der Staat übernimmt die Kosten.«

»Bist du beschnitten?«

»Ja und ich bin sehr zufrieden damit«, bemerkte der Referendar. »Wurde bei mir mit zwölf gemacht. Meine Eltern sind streng katholisch und haben wohl gehofft, sie könnten damit das Masturbieren verhindern.«

Mario lachte. »Und war's so?«

»Ach was, man macht's trotzdem. Vielleicht nicht so oft wie vorher. Ist schon schwieriger.«

»Und ich müsste mir einen Bart wachsen lassen. Das ist übel. Da sieht man ja aus wie ein Weihnachtsmann.«

»Es wäre allerdings schade, wenn du dein hübsches Gesicht mit einem Bart zuhängen würdest«, fand der Referendar.

»Und die Islamisten können gut mit dem Messer umgehen«, ergänzte Mario. »Nicht nur wenn sie an Bairam ein Lamm schächten. Das machen die auch ganz schnell bei einem Menschen, der ihnen nicht passt.«

55

Am Ende der Nachrichten sagte die Sprecherin in sachlichem Ton: »Heute Morgen ist in Stuttgart Nord ein am Straßenrand geparktes Auto explodiert, nachdem der Fahrer eingestiegen war. Er wurde tödlich verletzt. Es wird untersucht, ob ein technischer Defekt die Ursache ist. Nach Aussagen der Anwohner war der Fahrer ein Spieler des VfB Stuttgart. Es folgen die Verkehrsmeldungen.«

Ich rief sofort Mario an. Wir hatten im Freibad noch die Nummern unserer Smartphones ausgetauscht. Ich fragte ihn, ob er wisse, welcher VfB-Spieler getötet worden sei. Mario erwiderte, er sei bei der Sitte, er erkundige sich mal beim Morddezernat.

Nach einer Weile rief er zurück. Es sei Holger N. Der Kollege, mit dem er gesprochen habe, vermute, dass das Gerede in der Boulevardpresse, Nuri Sheref wohne bei Holger N. und werde von ihm im Kofferraum transportiert, ursächlich für die Explosion sei. Der Anschlag habe wohl Nuri Sheref gegolten, weil er gegen die moslemischen Parteien Stimmung mache. Aber in dieser Richtung dürfe man nicht ermitteln, das sei politisch unerwünscht. Man müsse so tun, als steckten Fanclubs hinter der Sache, weil Holger den Nuri durch sein Geschwätz bei »Sport im Dritten« reingeritten habe. Aber das alles sei hochvertraulich.

Dann fragte er mich, ob ich nächsten Samstag wieder ins Freibad ginge, falls das Wetter erträglich sei. Ich bejahte. Er werde mir noch mal einige schöne Sprünge zeigen; und in heiterem Ton fügte er hinzu, es sei immer vorteilhaft, wenn man zu seinen Gegnern guten Kontakt habe.

Ich war bedrückt. Auch Holger N. war ein netter junger Mensch gewesen, wenn auch etwas naiv. Ich war ihm zweimal begegnet; zuerst bei der Verhandlung gegen Nuri und dann auf dem Flur vor der VfB Kabine am Tag der Bestrafung Nuris.

Der VfB-Präsident ordnete an, sämtliche Männer mit Vollbart vor Betreten des Stadions abzutasten. Die Leute des Sicherheitsdienstes protestierten. Sie verlangten, dass die Bärtigen an einer Sperre, die 10 Meter von den Kontrolleuren entfernt war, den Oberkörper freimachen und die Hose bis zu den Oberschenkeln schieben mussten, damit sie keinen Sprengstoffgürtel verbergen konnten. Der VfB-Präsident stimmte dieser Maßnahme zu. Der Vorsitzende der islamischen Gemeinde in Zuffenhausen, die als besonders streng galt, beschwerte sich bei der Vereinsführung und drohte eine Klage wegen Diskriminierung an.

In einer der folgenden Nächte zerstörte eine Sprengladung die Fassade der Moschee der Islamisten in Zuffenhausen. Das gesamte Gebäude war einsturzgefährdet.

In der Boulevardpresse erschien die Balkenüberschrift »Die Schwulen oder die Fans haben zurückgeschlagen«. Am nächsten Tag hieß es: »Wollen die Salafisten die Stiftskirche zerstören?«.

56

»Bis jetzt bin ich meistens ins Killesberg-Freibad gegangen«, sagte der Referendar auf den Sitzstufen beim Sprungbecken des Inselbads zu mir. »Dort ist das Publikum ... wie soll ich sagen? ... gehobener.«

»Auf dem Killesberg findet sich die jeunesse dorée von Stuttgart ein. Da begegnet man auch den Söhnen unserer Kollegen.«

»Hier ist es schon ein bisschen Proll. Aber der Sprungturm bietet echt gute Unterhaltung.«

»Finde ich auch«, bestätigte ich.

»Und der schöne Mario ist ja ein echt putziger Typ, obwohl er Polizist ist.«

Und schon näherte sich der Genannte und setzte sich neben uns.

»Gestern Abend habe ich im Internet gelesen, dass es in der Berliner Koalition einen Riesenkrach gibt«, berichtete der Referendar.

»Das hängt mit der Landtagswahl hier in Baden-Württemberg zusammen«, unterstellte ich. »Bei der Partei des rechten Weges befürchtet man Stimmenverluste, wenn man auch über den Erwachsenen die Peitsche schwingt.«

»Aber nach der Wahl kommen auch Körperstrafen für Erwachsene«, prophezeite Mario. »Mohammed Meier hat noch immer durchgekriegt, was er will.«

Der Referendar lächelte spöttisch. »Dann seid ihr Polizisten nur noch mit Auspeitschen beschäftigt. Jeder verstößt doch auf die eine oder andere Weise gegen die neuen Sexualnormen, einige völlig verkrustete Spießer und Hausfrauen vielleicht ausgenommen.«

»Jeder?«, bezweifelte Mario. »Ich eigentlich nicht.«

»Ziehst du dir keine Pornos rein?«, hielt der Referendar dagegen.

»Na ja ...«

»Schon sind Peitschenhiebe fällig. Wenn sie mich erwischen,

dann musst du dich zur Strafvollstreckung melden. Du bist keine Bestie.«

Mario lächelte.

»Ist euch das Video mit dem neuesten Interview von Nuri Sheref aufgefallen?«, machte der Referendar weiter.

Ich verneinte.

»Er sagt, es sei ja eindeutig, wer für den Anschlag auf seinen Freund Holger verantwortlich sei. Aber die Regierung in Stuttgart habe kein Interesse, den Fall aufzuklären. Und von den Polizisten hier könne man sowieso nichts erwarten. Die interessierten sich nur dafür, was andere Typen mit ihrem Schwanz anstellten.«

Ich lachte, Mario nicht.

»Der soll nicht dauernd sein Maul so weit aufreißen«, warnte Mario. »Der reizt diese Leute so, dass die alles daran setzen, ihn doch noch zu erwischen.«

Der Bademeister stieg zur Zehnmeterplattform hinauf. Eine Reihe Jugendlicher folgte ihm.

»Ah, der Zehner!«, rief Mario erfreut aus. Er sah den Referendar an. »Kommst du mal mit hoch?«

»Nein, nichts für mich.«

»Du brauchst ja nicht gerade nen Salto zu machen. Einfach so runterspringen.«

»Da haut's einem so richtig zwischen die Beine rein. Da ist man nachher kastriert.«

»Beine zusammenlassen. Dann geht's.«

Doch der Referendar blieb bei seiner Haltung. »Du bist der Artist, wir sind die Zuschauer.«

Zu mir sagte er: »Noch ein paar schöne Sprünge von Mario, dann gehe ich. Ich muss nach Feuerbach rausfahren. Ich war gestern bei meinem besten Freund und seiner Frau zum Abendessen eingeladen. Ich hab mein Smartphone auf ne Kommode gelegt und dort vergessen. Ohne das Ding komme ich mir ganz seltsam vor.«

Mario stieg auf steilen Leitern zum Zehnmeterturm hinauf.

»Jetzt, wo er weg ist, kann ich's ja sagen«, ergänzte der Referendar. »Wir haben natürlich auch was getrunken. Ich war, ehrlich gesagt, leicht benebelt. Man ist es nicht mehr so gewöhnt.«

»Getrunken?«

»Ja, wer hat denn nicht noch einige Flaschen Wein im Keller? Viele haben vor der Bundestagswahl auf Vorrat gekauft.«

»Ich hoffe, du bist gestern Abend nicht mit dem Auto gefahren. Da gerät man leicht in eine Verkehrskontrolle.«

»Ich bin mit der Straßenbahn gefahren. Auto kann ich mir noch nicht leisten. Und wenn Polizisten Alkohol feststellen, auch in geringer Konzentration, nehmen sie einen gleich fest. Das ist ja mittlerweile ein richtiges Verbrechen.«

»So weit haben wir es gebracht. In einem Hochtechnologieland werden wir von Leuten beherrscht, die sich am siebten Jahrhundert festkrallen.«

Heiterkeit überflog die Züge des Referendars. »Man lebt hier doch immer noch ganz gut. Man darf sich nur nicht erwischen lassen.«

Ich fühlte mich gut, wie stets nach dem Besuch des Freibads, zumal ich im Sportbecken noch ausgiebig Bahnen geschwommen war. Ein glutvoller Sommertag neigte sich dem Abend zu, der auf Kühle hoffen ließ.

Ich löffelte als Nachtisch noch eine Kiwi aus und begann mit dem Abwasch. Da läutete es. Ich sah durchs Küchenfenster, vom Store verdeckt. Auf der Plattform vor der Wohnungstür stand ein dunkelhaariger Mann, halb von der Hauswand verdeckt. Es schien Joe zu sein. Wieso hatte er nicht angerufen? Leicht ungehörig. Nun denn. Ich lief zur Tür und öffnete.

Joe und der Referendar standen vor mir. Ich gab mich freudig überrascht, obwohl ich mich sehr wunderte, und führte die beiden ins Wohnzimmer. Da in der Wohnung eine ziemliche Hitze gespeichert war, hatte ich nur Shorts an. Ich entschuldigte mich, streifte ein leichtes Hemd über und kehrte zu meinen Gästen zurück.

Beide hatten ernste Mienen, unpassend zu der sommerlichen Atmosphäre.

Der Referendar erzählte, mal hastig, mal stockend.

Der Freund des Referendars wachte heute Morgen auf und vermisste seine Frau neben sich, mit der er gerne gleich ein wenig geschmust hätte. Er duschte und begab sich ins Esszimmer. Dort saß seine Frau am Tisch und starrte auf ein Smartphone. Sie streckte es ihm hin. Ein Video lief; gerade kniete ein Mann vor einem andern und saugte an dessen Penis.

»Was soll das?!«, fuhr der Freund seine Frau an.

»Das ist dein Freund mit einem anderen Mann.«

»Sehr witzig.«

»Nein, wart ne Weile! Dann kommt bestimmt auch wieder sein Gesicht.«

»Hast du dir sein Smartphone gegriffen? So was macht man nicht!«

»Manchmal ist es ganz gut, wenn man etwas tut, was sich nicht gehört. Wieso hast du mir nicht gesagt, dass er schwul ist?«

»Der, schwul?! Woher soll ich das wissen?«

»Das ist dein bester Freund. So was merkt man doch.«

»Hast du was gemerkt?«

»Ich als Frau doch nicht. Aber du. Das spürt man doch, dass jemand was für einen empfindet. Überhaupt … ihr geht alle zwei Wochen miteinander in die Sauna. Macht ihr da was miteinander? Bist du bi?«

»Du hast sie wohl nicht mehr alle. Das mit Männern muss er in Berlin gelernt haben, als er dort studiert hat. Während der Jahre in der Schule war das ein ganz normaler Typ. Und hat sich auch für Mädchen interessiert.«

»Und das soll ich dir glauben? Ich habe nichts gegen Schwule. Aber dass du mir nichts gesagt hast, ist verdächtig.«

»Wie kann ich dir etwas sagen, was ich nicht weiß? Leg das Smartphone wieder auf die Kommode! Und lass dir bloß nichts anmerken, wenn er kommt!«

»Ich fahre gleich nachher in die Stadt und treffe mich mit Marion. In der Straßenbahn durchforste ich das Smartphone. Ich will wissen, ob da auch ein Video mit dir drin ist.«

Der Freund versuchte, ihr das Gerät wegzunehmen. Sie drückte es an sich.

»Wage es nicht, mich anzufassen!«

»Du wirst vergeblich suchen. Von mir kann da nichts Verfängliches drin sein.«

»Ich werd's herausfinden.«

Während der Straßenbahnfahrt entdeckte sie nichts Anstößiges mehr in dem Smartphone. Sie traf sich mit ihrer Freundin Marion in der Säulenhalle des Königsbaus. Sie besuchten miteinander mehrere Modegeschäfte und wanderten dann zur Calwer Straße. Dort nahmen sie vor einem italienischen Restaurant im Frauenbereich Platz, geschützt durch einen Sonnenschirm.

Die Frau des Freundes nahm das Smartphone aus ihrer Handtasche, rief das Video auf und reichte Marion das Gerät.

Die starrte eine Weile auf das Display, dann rief sie aus: »Das ist doch …!«

»Ja, der beste Freund meines Mannes. Und der hat mir nie gesagt, dass sein Freund schwul ist. Das ist doch sehr verdächtig. Außerdem gehen die beiden alle zwei Wochen miteinander in die Sauna. Warum Sauna? Die könnten doch auch golfen oder so was. Was meinst du? Ist dir an meinem Mann irgendwas aufgefallen?«

»Was soll ich dazu sagen? Das musst du selbst am besten beurteilen können.«

»Na ja, ich bin halt zu nah an ihm dran. Wir haben schon häufig Sex, guten Sex. Aber manchmal hat er keine Lust. Besonders wenn er in der Sauna war.«

»Es gibt natürlich schon viele Ehemänner, die Interesse an Jungs oder sonstigen Typen haben.«

»Sehr beruhigend.«

»Ich sage das nur allgemein, hat nichts mit deinem Mann zu tun.«

Marion schaltete das Gerät ab und steckte es in ihre Handtasche.

»Was machst du denn da?«, protestierte die Frau des Freundes. »Ich muss das zurückbringen.«

»Es ist gewissermaßen beschlagnahmt.«

»Was?!«

»Du hast mich über eine Straftat informiert. Ich muss als Assessorin bei der Staatsanwaltschaft dem nachgehen.«

»Erlaube mal! Ich habe dir das höchst vertraulich gesagt.«

»Auch wenn ein Staatsanwalt privat von einer Straftat erfährt, muss er sich dienstlich damit befassen.«

»Das kann doch wohl nicht wahr sein! Du bist meine beste Freundin. Das kannst du mir nicht antun. Mein Mann bringt mich um.«

»Das traue ich ihm nicht zu.«

»War nicht wörtlich gemeint. Das ist ja derart peinlich. An sich mag ich den Freund meines Mannes. Wie stehe ich vor den beiden da?«

»Ich kann dir nur eins sagen: Jetzt ist Wochenende. Ich bin erschöpft und will meine Ruhe haben. Ich werde mich erst am Montag im Amt näher mit dem Smartphone befassen und es dann wohl der Kripo für weitere Ermittlungen übergeben. Ich kann dich nicht daran hindern, mit deinem Mann darüber zu sprechen.«

Sicher war natürlich nicht, ob die Assessorin bei dieser Linie blieb oder ob sie sich doch sofort an die Kripo wandte. Sie kannte den Namen des Referendars. Wer der andere in dem Video war, wusste sie noch nicht.

Nun sprach Joe. Er habe den Referendar vor einigen Tagen abends in ein Restaurant eingeladen, weil sie in gutem Zusammenwirken einen Schriftsatz in einer schwierigen baurechtlichen Sache gefertigt hatten. Joe lud den Referendar dann noch zu einem Drink in seine Wohnung ein. Und da sei es eben passiert. Es sei ihm zwar nicht so recht gewesen, dass der Referendar mit dem Smartphone ein Video gemacht habe. Aber er habe ihm vertraut.

Der Referendar ergänzte, er mache eben gerne Videos, wenn er mit jemand Sex habe. Er überspiele es dann rasch auf seinen Computer und von dort auf einen externen Speicher, den er verstecke. Auf dem Smartphone werde das Video dann sofort gelöscht. In den letzten Tagen sei aber einiges los gewesen, auch wegen des schönen Wetters, deswegen sei das Video mit Joe noch auf dem Smartphone gespeichert.

Ich fand es höchst unangebracht, dass Joe mit einer Person, die ihm zur Ausbildung zugewiesen war, intim wurde, ob männlich oder weiblich. Aber ich sprach es nicht aus.

»Sie werden herausfinden, dass ich der Partner auf dem Video bin«, befürchtete Joe. »Einige Staatsanwälte kennen mich. Ich vertrete dich ja immer mal wieder. Also was sollen wir tun?«

»Ich habe in solchen Fällen bis jetzt Freispruch oder Bewährung erreicht«, erwiderte ich. »Aber ich kann hier keine mildernden Umstände erkennen. Wird in dem Video auch Analverkehr gezeigt?«

Joe und der Referendar sahen sich an.

»Schon so ein bisschen«, bekannte der Referendar.

»Ganz schlecht«, erklärte ich. »Wenn ihr nicht ins Gefängnis wollt, müsst ihr verschwinden.«

»Aber wohin? Meine Mutter hat bei Sillenbuch ein Gartenhaus. In einem Landschaftsschutzgebiet. Sehr einsam.«

»Nein, das können die finden. Ihr müsst erst mal raus aus Deutschland.«

»Zürich? Straßburg?«

»An der Schweizer Grenze können Kontrollen sein. Straßburg ist gut. Dort mietet ihr euch in ein günstiges Hotel ein. Ihr nehmt natürlich eure Computer mit. Joe, ich vertrete dich. Ich empfange deine Mandanten, dann führe ich sie in dein Büro und sie erzählen dir am Computer in Stuttgart, was ihr Problem ist. Du hörst das in Straßburg an, machst den Schriftsatz, mailst ihn der Kanzlei und ich unterzeichne ihn. So könnten wir uns eine Weile behelfen. Und vor dem Verwaltungsgericht trete ich dann auf. Im Übrigen werde ich so oft wie möglich schriftliches Verfahren beantragen.«

»Schlimm ist es für ihn«, fand Joe. »Er kann seinen Vorbereitungsdienst nicht fortsetzen. Willst du nicht hierbleiben? Vielleicht kriegst du nur einige Monate Knast.«

»Da gehe ich nicht rein. Lieber arbeite ich in Straßburg als Lagerist. Und aus dem Vorbereitungsdienst werfen sie mich sowieso raus.«

»Meinst du nicht, dass uns die Franzosen ausliefern?«, fragte Joe.

»Nie und nimmer! Dort regiert die Nationale Front. Die hassen die deutsche moslemische Regierung. Die arbeiten mit uns nur noch auf wirtschaftlichem Gebiet zusammen.«

»Vielleicht können wir zurückkommen, wenn die Landtagswahl vorbei ist«, hoffte Joe.

»Versprich dir davon nicht allzu viel! Auch wenn es eine Koalition der nichtmoslemischen Parteien gibt, können die an den Strafgesetzen nichts ändern. Das ist Bundesrecht. Joe, ihr solltet euch beeilen. Habt ihr schon was gepackt?«

»Er relativ wenig. Er hat nur rasch was zusammengerafft, in ne Sporttasche und nen Rucksack gestopft und ist dann zu mir gekommen. Ich hab einiges in meinen Wagen gepackt, zu mir kommen sie nicht so schnell. Ich hab gemeint, erst mal das Gartenhaus. Aber du hast recht, wir fahren gleich nach Straßburg.«

Ich begleitete die beiden bis zu Joes geparktem Wagen. Ich umarmte Joe. Er war mir über Jahre hinweg ein guter Kollege und Freund gewesen.

»Grüß den schönen Mario von mir!«, sagte der Referendar. »Sag ihm, ich setze den Vorbereitungsdienst in Berlin fort!«

Sie stiegen ein. Joe fuhr an, ich winkte. Der Exodus setzte sich fort.

57

Mir graute vor dem Montag, an dem ich meinen Kollegen eröffnen musste, was geschehen war. Würden sie mir gar Vorwürfe machen, weil ich Joe gewissermaßen aus dem Land gejagt hatte? Würde es Streit geben, wer für Joe vor dem Verwaltungsgericht auftrat, wenn ich verhindert war?

Am Sonntag ging ich nicht ins Inselbad, sondern ins Höhenfreibad Killesberg. Ich wollte Mario nicht begegnen. Wie sollte ich erklären, dass der Referendar nicht bei mir war? Anlügen wollte ich Mario nicht und andeuten durfte ich nicht das Geringste. Als Mitglied der Sittenpolizei war Mario noch gefährlicher als die Assessorin bei der Staatsanwaltschaft.

Am Montagmorgen bat ich die verbliebenen Kollegen, in mein Büro zu kommen. Ich berichtete, was ich von Joe und dem Referendar erfahren hatte. Sie sahen mich an und schwiegen.

Ursula war die Erste, die aus der Erstarrung auftauchte. »Der Referendar hat mir vom ersten Moment an nicht gefallen. Das ist ein ganz fieser Typ. Was macht der sich an Joe ran? Wohl, um von ihm gut benotet zu werden.«

»In diesen Kreisen machen sich eher die Älteren an die Jüngeren ran«, unterstellte Hartmut. »Joe hätte uns mit einer solchen Eskapade verschonen können. Das bringt die gesamte Kanzlei in Verruf.«

Ein Lächeln huschte über Ursulas Gesicht und sie sah mich dabei an. Am liebsten hätte sie wohl gesagt: Red du nicht von Eskapaden, Hartmut!

In der Tat, wenn Hartmut noch wegen Ehebruchs mit seiner Sekretärin aufflog, war die Arbeit in der Kanzlei kaum mehr zu bewältigen.

»Es ist, wie es ist; wir müssen jetzt zusammenhalten«, mahnte Martin. »Heutzutage kann jeder in was rein geraten.«

Ich hoffte, er meinte nur seinen Sohn und hatte nicht selbst auch geheime Laster.

»Ich finde die Lösung gut, Daniel, die du mit Joe abgesprochen hast«, fügte Martin hinzu. »Du oder wer sonst von uns da ist, führt die Mandanten, die öffentlich-rechtliche Probleme haben, in Joes Büro und dort sagen sie ihm am Computer, was los ist. Joe berät sie und fertigt, falls nötig, einen Schriftsatz und mailt ihn hierher. Und wenn die Mandanten mit ihm Kontakt hatten, können sie danach von zu Hause aus mit ihm kommunizieren.«

»Es gibt viele Leute, die wollen ein reales Gespräch mit einem Anwalt«, widersprach Ursula, »nicht mit einem Gesicht auf dem Bildschirm.«

»Mit so ein paar Verkrusteten sprechen wir dann halt hier in der Kanzlei«, meinte Hartmut.

»Und was mache ich mit meinem Urlaub?«, fragte ich in die Runde. »Henriette will, dass ich vier Wochen zu ihr rüberkomme.« Ich erwähnte nicht, dass ich meine »neue Heimat« kennenlernen sollte. »Aber das geht jetzt nicht. Ich kann höchstens zwei Wochen weg, jedenfalls bis sich alles mit Joe und den Mandanten eingespielt hat.«

»Dann soll sich eben die gnädige Baronesse ins Flugzeug setzen«, spöttelte Hartmut. »Die verblödet sonst sowieso in ihrer amerikanischen Provinz.«

Ursula lachte laut, Martin lächelte kaum merklich, war wohl von Hartmuts derben Worten peinlich berührt.

»Soll ich mit Henriette etwa in Stuttgart bleiben?«, lamentierte ich. »Es ist doch jetzt alles ausgebucht.«

»Suchet, so werdet ihr finden«, erwiderte Hartmut.

Am Spätnachmittag kam Hartmut zu mir ins Büro.

»Ich hätte da was für dich«, verkündete er.

Es hing mit Nuri Sheref zusammen. Der wollte auf keinen Fall mit seiner Familie in die Türkei reisen, zumal er da seine Freundin nicht mitnehmen konnte, die seine Eltern verachteten. Andererseits befürchtete Nuri, sich mit seiner Freundin zu langweilen, wenn er zwei oder drei Wochen nur mit ihr zusammen war. Daher schlug er Hartmut und dessen Frau vor, eine gemeinsame Reise zu unternehmen.

Hartmut hatte sich in den vergangenen Jahren im Sommer stets an FKK-Stränden aufgehalten. Oliver bezeichnete es jedoch plötzlich als schwere Sünde, wenn Männer und Frauen nackt herumlägen. Auf Sylt und an der Ostsee war FKK noch erlaubt, aber nach Geschlechtern getrennt. Damit war Oliver einverstanden. Doch Nuri konnte mit seiner Freundin nicht in Deutschland Urlaub machen, ohne ein Strafverfahren zu riskieren.

Also hatte Hartmut das Naturistenzentrum Cap d'Agde ausgewählt. Da gab es zwar keine Geschlechtertrennung, aber Hartmuts Frau versprach Oliver, mit ihm täglich an den Textilstrand zu fahren. Nuris Freundin lehnte Naturismus ab. Daher buchte Nuri zwei Hotelzimmer in Cap d'Agde außerhalb des FKK-Bereichs. Ahmed, den Nuri als Chauffeur bis zur Grenze brauchte, wollte im Naturistenzentrum wohnen und dort nach Französinnen Jagd machen.

Hartmut lächelte. »Alles ziemlich kompliziert. Kommst du noch mit? In diesem Strandhotel in Cap d'Agde sind zwei Hotelzimmer gebucht, falls Nuri doch von irgendwem verfolgt wird, und wenn's nur die Presse ist. Also ein Zimmer für Nuri, eins für die Freundin. Es sind Doppelzimmer. Nuri braucht nur eins. Das andere stünde Henriette und dir zur Verfügung. Offiziell hättest dann du mit Nuri ein Zimmer, Henriette mit Nuris Freundin. Was hältst du davon?«

»Nicht übel. Ich werde es Henriette schmackhaft machen. Ausflüge nach Montpellier, Universitätsstadt, und Nîmes, römische Bauten. Ich glaube schon, dass sie anbeißt.«

Am folgenden Wochenende ging ich doch wieder ins Inselbad. Ich nahm mir vor, zu Mario zu sagen, der Referendar habe Urlaub und sei verreist.

Als Mario auf mich zutrat, sagte er sofort: »Ein Kollege hat mir das Video gezeigt. Ich hab gleich gemerkt, dass dein Assistent n bisschen schwul ist. Ich hab damit kein Problem, als Privatmann. Es ist sowieso ganz ulkig. Typen bewundern mich mehr als Tussis. Die wollen selbst bewundert werden, da stört es sie eher, wenn ein Mann auch gut aussieht. Was anderes: Leo Kaufmann hat mich angerufen, aus Spanien.«

»Woher hat er deine Nummer?«

»Hab ich ihm gegeben, in seiner Wohnung. Damit er mir vollends traut. Er hat mich eingeladen in sein Haus, Nähe Valencia. Da gibt's mehrere Gästezimmer. Er hat gesagt, ich muss nichts mit ihm machen. Er will mich nur um sich haben. Ich darf auch Tussis mitbringen, vom Strand und so. Ist das Bestechung, wenn ich die Einladung annehme?«

»Er ist rechtskräftig verurteilt, du hast im Verfahren korrekt ausgesagt. Er wohnt jetzt in Spanien. Du kannst nichts mehr für ihn tun. Ich kann nicht erkennen, was da Bestechung sein soll. Ich müsste aber noch im Kommentar nachlesen, wenn du eine verbindliche Auskunft haben willst.«

»Erfährt sowieso niemand. Und du bist als Anwalt zur Verschwiegenheit verpflichtet.«

Ein Verdacht beschlich mich. »Und wenn das Ganze eine Falle ist?«

»Was?«

»Na, die Einladung. Du hast ihn zweimal reingeritten und seine Gutgläubigkeit missbraucht. Er hätte Grund, sich zu rächen.«

»Er findet mich megageil.«

»Schon, das hat er auch mir gegenüber zum Ausdruck gebracht. Aber vielleicht hat er da unten ein paar Typen, die dich zusammenschlagen, wenn du nachts von der Disco zurückkommst.«

Die Heiterkeit wich aus Marios Zügen. »Hm.«

»Vielleicht sehe ich auch Gespenster.«

»Ich könnte ja zu ihm so beiläufig sagen, dass ich mit dir als Anwalt über diese Reise gesprochen habe, wegen Bestechung und so.

Und du hast mich gebeten, dass ich dir von Spanien erzähle, wenn ich zurückkomme. Dann weiß er, dass du dich einschaltest, wenn er eine linke Tour macht.«

»Könnte funktionieren. Mario, mach ein paar schöne Sprünge für mich! Nicht nur vom Zehner. Da vergisst man jeglichen Ärger.«

58

Auch eine Reise anzutreten, war in diesem Land nicht ohne Tücken.

Unproblematisch war es für Hartmut. Er lud Ehefrau, Oliver und Erdal, der unbedingt mit seinem Freund und nicht mit seinen Brüdern die Ferien verbringen wollte, in den Mercedes.

Henriette lieh den VW ihrer Mutter und nahm Nuris Freundin mit. Wäre ich auch eingestiegen, hätten mich womöglich Polizisten unterwegs aufgefordert, den Wagen zu verlassen. Unverheiratete in dieser Weise beieinander stellte sich als Vorbereitung zur Unzucht dar. Dies war zwar noch keine Straftat, aber eine Störung der öffentlichen Ordnung und rechtfertigte polizeiliches Einschreiten.

Also holte mich Ahmed ab. Es war einer jener ekelhaft schwülen Tage, die es in Stuttgart oft im Sommer gibt. Ahmed hatte daher ein ärmelloses Trikot, Bermudashorts und Turnschuhe an. Ich war immerhin noch mit Segeltuchhosen und einem weißen Hemd verhüllt. Ahmed nahm mir den Trolley und die Sporttasche ab. Ich schlug vor, nicht auf der Autobahn nach Straßburg zu fahren, weil zwischen Karlsruhe und Kehl immer so üble Staus seien, besonders jetzt in den Ferien, sondern quer durch den Schwarzwald Richtung Gaggenau und von dort aus über die nächste Rheinbrücke ins Elsass und dann südwärts. Er wollte es mit Nuri besprechen.

Der saß auf der Rückbank eines Audi und hatte sich hinter einer großen Sonnenbrille und unter der Kapuze einer grauen Joggingjacke versteckt. Damit er deswegen nicht verschmachtete, hatte er sonst nur eine Sporthose und Flipflops an.

Ich machte noch geltend, dass man auf der Autobahn eher von der Polizei kontrolliert wurde als auf den Landstraßen im Schwarzwald.

Das leuchtete Nuri ein. »Wenn die mich erkennen, haften die

gleich einen Sender an den Wagen und spionieren uns dann im Hotel aus. Und ich habe den nächsten Prozess.«

»Das dürfen die doch gar nicht im Ausland«, wandte Ahmed ein.

»Das ist denen doch egal. Für die in Berlin bin ich ein Staatsfeind.«

»Was man im Ausland macht, geht die doch gar nichts an«, meinte Ahmed.

»Doch«, widersprach ich. »Leges ossibus inhaerent.«

»Was?!«

»Wörtlich: Die Gesetze haften an den Knochen. Auch für das, was man im Ausland tut, gilt das deutsche Strafrecht.«

Nuri forderte mich auf, neben ihm Platz zu nehmen. »Wenn ich allein hier hinten sitze, glotzen sie mich besonders genau an. Falls uns doch Polizisten in die Quere kommen.«

Er gab mir die Hand und sagte höflich: »Nett, dass wir mal wieder zusammen sind. Das letzte Mal war, glaube ich, im Stadion bei der Auspeitschung. Das war echt das Beste, was mir in meinem Leben passiert ist.«

Ich fasste es als Scherz auf und lachte.

»Nein, im Ernst. Vorher war ich so ein Mittelfeldspieler, den die Fans in Stuttgart gekannt haben. Seither kennt mich fast jeder in Deutschland und in der halben Welt. Es hat mir jede Menge Werbeverträge eingebracht, von Firmen, die weltweit tätig sind. Anzeigen mit mir gibt es in Spanien, Frankreich, in den USA, in Japan, China und so weiter. Damit verdiene ich viel mehr als beim VfB. Und kann mir dauernd einen Bodyguard leisten. Den habe ich Ihnen zu verdanken. Ahmed ist viel mehr als ein Bodyguard. Er ist wie ein Ehemann.«

»He, Nuri, red nicht so nen Mist! Daniel meint sonst, wir hätten was miteinander.«

»Ach was, das versteht der schon richtig.«

Ich schlug vor, dass wir uns duzten; das dauernde Hin und Her zwischen Sie zu ihm und du zu Ahmed sei verwirrend.

Nuri war einverstanden und hauchte mir einen Kuss auf die Wange.

»Das ist dafür, dass du mich mit Ahmed zusammengebracht hast.«

Der Wagen verließ die bebaute Zone und glitt zwischen Bäumen dahin, Richtung Leonberg. Nuri streifte die Kapuze ab.

»Ahmed, achtest du auch immer darauf, ob dir einer hinterher fährt?«, erkundigte ich mich.

»Immer. Aber die haben uns noch nicht gefunden.«

»Ahmed sucht jeden Morgen das Auto ab«, ergänzte Nuri, »ob da irgendwas dran ist. Es ist über Nacht in der Tiefgarage bei unserem Haus abgestellt. Aber man weiß ja nie. Er kriecht auf dem Boden rum und leuchtet die Unterseite mit der Taschenlampe ab.«

»Sehr gut«, fand ich.

»Dann fährt er mich durch die Gegend. Und wenn ich beim Training bin, kauft er ein, putzt die Wohnung, räumt auf ... und nörgelt nicht an mir rum wie meine Freundin, weil ich alles Mögliche rumliegen lasse, er schafft's halt weg. Er bedient die Waschmaschine, bügelt die T-Shirts und so. Er kann auch Knöpfe annähen. Und kochen kann er auch. Bei uns gibt's nicht nur aufgewärmte Pizza. Olivers Mutter sagt immer wieder, wir sollen mehr Gemüse essen und weniger Fleisch, stattdessen Fisch. Machen wir inzwischen. Eine Tussi kann auch echt gut kochen. Die macht uns einmal in der Woche n Abendessen. Und dann zu dritt. Das ist auch geil. Zwei Typen und ne Tussi. Hast du das schon gemacht?«

»Nein.«

»Sie fährt da voll darauf ab«, fügte Ahmed hinzu. »Ich halt ihr immer Maul zu, wenn sie schreit. Wegen Nachbarn.«

»Mit den andern Tussis geht jeder in sein Zimmer«, erklärte Nuri. »Wohnzimmer und Küche sind gemeinsam. Manchmal will ich abends meine Ruhe haben. Da setzen wir uns vor die Glotze wie jeder andere auch. Wir haben den gleichen Geschmack, fast. Wir mögen harte Actionfilme und natürlich Sport. Wenn mal ne Oper kommt, zieh ich mir das rein. Dann kann ich mit Olivers Mutter darüber sprechen. Ahmed schläft dann meistens ein. Verdi ist geil, ›La Traviata‹, so die erste Hälfte, später wird's übel, wenn die Violetta dauernd stirbt. Und Doni… Doni…«

»Donizetti.«

»… ist geil, ›Die Regimentstochter‹. ›Carmen‹ ist megageil, da könnt ich mitsingen. ›Lohengrin‹ gefällt mir auch. Also ich bin nicht so doof, wie ich aussehe.«

»Aber nicht doch!«, wehrte ich ab.

»Ihr lernt das alles auf dem Gymnasium und von euren Eltern. Ich hole das jetzt nach. Dafür sorgt Olivers Mutter.«

»Ich unterhalte mich auch gerne mit ihr«, bekräftigte ich.

»Meine Stellungnahmen an die Presse und die Interviews bereite ich immer mit ihr vor. Und wichtige Mails beantworte ich mit ihr zusammen. Und alle Verträge mit Firmen prüft Hartmut, er verhandelt auch mit denen. Und Ahmed checkt im Internet, was in der Presse über mich steht. Was Nettes sagt er mir beim Abendessen. Und miese Sachen danach. So wenn der Vizekanzler über mich schimpft. ›In Stuttgart gibt es einen Fußballspieler‹, hat er neulich gesagt, ›der soll lieber mehr Tore schießen, als sich in die Politik einmischen, von der er nichts versteht.‹ Und ein andermal hat er gesagt: ›Der wirbt für den Islam. Aber ein Islam, bei dem jeder tun kann, was er will. Das ist nicht der wahre Islam. So redet nur einer, der der Unzucht verfallen ist.‹ Da hat er recht. So hat uns Gott gemacht. Was soll daran falsch sein?«

»Aber wir essen kein Schweinefleisch und wir trinken keinen Alkohol«, warf Ahmed ein.

Nuri lachte. »Das ist doch was. In die Moschee würde ich auch gerne gehen. Aber da erkennen mich die Leute. Und vielleicht stürzen sich dann irgendwelche Verrückte auf mich und wollen mich erwürgen.«

»Die würde ich zusammenschlagen«, verkündete Ahmed.

»Das ist mein Ahmed. Der ist immer für mich da. Er steht morgens als Erster auf. Frisch geduscht kommt er in mein Zimmer und weckt mich auf. Wenn ich aus dem Bad komme, ist schon der Kaffee fertig und alles steht bereit. Morgens bin ich meistens noch nicht ganz wach und will nicht viel reden. Wir schalten das Radio ein, Musik, Nachrichten. Und ich freue mich, dass ich nicht allein bin.«

Von Rastatt aus fuhren wir zu einer Brücke, die den Rhein überquerte. Auf der Mitte der Brücke zog Nuri die Joggingjacke aus. Er hatte darunter ein blaues ärmelloses Trikot an.

»Ab hier haben deutsche Polizisten nichts mehr zu sagen«, stellte er fest. »Echt gutes Gefühl.«

In Straßburg fuhr Ahmed zu dem Hotel, in dem Zimmer für uns reserviert waren. Hartmut mit Familie, Henriette und Nuris Freundin waren noch nicht da.

»Ich sag's ja, der Stau«, triumphierte ich.

Wir warteten im Foyer des Hotels.

Zwei Blondinen erschienen. Die eine hatte eine helle Hose aus dünnem Stoff an und eine weiße Bluse, die nur Kopf und Hände unbedeckt ließ, Henriette; die andere trug ein sandfarbenes Kleid, das bis zu den Knöcheln reichte und hochgeschlossen war, wohl Nuris Freundin.

Wir drei Männer standen auf und eilten ihnen entgegen. Ich umarmte Henriette und küsste sie. In Deutschland wäre diese Geste wohl als Erregung öffentlichen Ärgernisses gewertet worden.

Henriette zupfte an ihrer Bluse. »Eine Unverschämtheit, dass man sich im Hochsommer so einpacken muss.«

»Aber echt«, bekräftigte Nuris Freundin.

Sie hieß Doris. Wir vereinbarten, dass wir uns alle duzten.

Und schon stieß auch Hartmut mit Familie zu uns. Oliver stürzte gleich auf Nuri zu und umarmte ihn. Hartmut und die beiden Jungen trugen T-Shirts und Bermudashorts, während seine Frau in ein langes Gewand gehüllt war.

»Man merkt, dass wir aus einem moslemischen Land kommen«, sagte ich lächelnd.

»Wir werden uns sofort verwandeln«, erklärte Henriette. »Ich ziehe ein sehr leichtes Sommerkleid an, tief ausgeschnitten und är-mellos.«

Doris wandte sich Nuri zu. »Hättest du was gegen Hot Pants?«

»Mir egal.«

»Ich mache es mir auch leichter«, erklärte Hartmuts Frau.

Das Hotel befand sich in der Innenstadt. Wir wanderten zum Münster.

»Gotisch?«, sagte Nuri zu Hartmuts Frau.

»Richtig. Der zweite Turm fehlt, niemand weiß, warum.«

Wir betraten den kühlen Innenraum und staunten über die kühne, himmelwärts strebende Architektur.

Wir betrachteten noch die barocke Fassade des Palais Rohan und begaben uns dann zu dem Restaurant, in dem wir mit Joe und dem Referendar verabredet waren. Sie saßen schon an einem großen Tisch.

Hartmut und seine Frau setzten sich zu Joe auf die Fensterbank. Hartmut forderte Henriette mit einem ironischen Lächeln auf, als Baronesse und damit ranghöchste Person an einer Schmalseite das »Präsidium« zu übernehmen. Ich ließ mich bei ihr übers Eck nieder. Neben mir Doris, dann Nuri und die beiden Jungen. An der Henri-ette entgegengesetzten Schmalseite Ahmed. Oliver hatte darauf be-standen, neben Nuri sitzen zu dürfen. Der dankte es Oliver, indem er ihm übers Haar strich und auf die Wange küsste.

Joe sagte: »In den Nachrichten vorhin kam, dass …«

»Ich würde das erst nach dem Essen sagen«, unterbrach ihn der Referendar.

»Jetzt hast du schon gegackert«, drängte Hartmut, »spuck's voll-ends aus!«

»In Stuttgart ist was passiert. Aber ich will euch nicht den Appetit verderben.«

»Mach schon!«, beharrte Hartmut.

»In der Stiftskirche hat sich einer in die Luft gesprengt. Ziemliche Schäden am Gebäude.«

»Du meine Güte!«, rief Henriette aus. »Da geht meine Mutter oft rein, wenn sie in der Stadt ist. Sind auch Leute umgekommen?«

»Ja, er hat die Sprengladung in einer Besuchergruppe gezündet. Ältere Leute, die einen Ausflug nach Stuttgart gemacht haben. Es gibt auch ein Bekennervideo. Ein junger Deutscher, ein Konvertit.«

»Dafür kommt er ins Paradies«, bemerkte ich, »wo zweiundsiebzig Jungfrauen auf ihn warten.«

»Zweiundsiebzig Frauen für einen Typ?«, vergewisserte sich Oliver.

Erdal schaltete sich ein. »Das ist nur so ein Gerede unter Islamisten, hat mein Vater gesagt, damit sich die Typen richtig für ihren Glauben einsetzen.«

»Es gibt keine Paradies«, erklärte Hartmut in barschem Ton. »Für den jungen Idioten gibt es jetzt nichts mehr, absolut nichts. Das Paradies muss man auf der Erde suchen, in diesem einen Leben, das man hat. Ein gutes Essen ist das Paradies. Oder wenn wir morgen am Strand liegen.«

»Oder wenn ich's mit ner Tussi mache«, ergänzte Nuri.

»Wie soll ich das verstehen?«, meldete sich Doris, anscheinend von Misstrauen getrieben.

»Du bist doch eine Tussi. Oder?«, gab Nuri zurück. »Und wenn ich n Tor geschossen hab, das ist das Paradies. Oder wenn der VfB gewonnen hat. Oder wenn ich mir mit Ahmed nen Actionfilm reinziehe.«

»Unsere schöne Stiftskirche!«, jammerte Hartmuts Frau. »Hoffentlich hat er sich im Kirchenschiff hochgesprengt und nicht im Chor. Nur der hat den Zweiten Weltkrieg einigermaßen heil überstanden.«

»Das ist doch ein eklatanter Organisationsmangel«, schimpfte Hartmut. »Nach dem Anschlag auf die Moschee in Zuffenhausen war so was doch zu erwarten. Die evangelische Kirche hätte eine Einlasskontrolle einrichten müssen.«

»Bei so gefährlichen Burschen wäre das Aufgabe der Polizei«, fand Hartmuts Frau.

»Die müssen im Kräherwald und im Schlossgarten umherschleichen, um junge Leute zu erwischen, die Unzucht treiben«, giftete ich.

Erdal kicherte.

Ahmed sagte: »Alle Spinner in Flugzeuge packen, an Fallschirm binden und abwerfen über Arabien, Afghanistan, Pakistan. Da gehören sie hin.«

»Gut, Ahmed!«, lobte Nuri. »Und meinen besonderen Freund, den Vizekanzler, nicht vergessen.«

Ein Kellner trat an den Tisch. »Messieurs dames, vous avez choisi?«

Hartmuts Frau bat, er möge später wiederkommen. Sie übersetzte Teile der Speisekarte. Ich las Balzac, Maupassant, Zola, Sartre, Camus und so fort im Original, aber an französischen Speisekarten scheiterte ich.

Später sagte Joe: »Straßburg ist doch auch eine schöne Stadt. Hier kann ich mal auf der Straße meinen Partner küssen, ohne dass die Polizei einschreitet. Wir sind jetzt noch in einem Hotelzimmer, sehr einfach. Ab September bekommen wir ein Zweizimmerappartement. Und mit den Mandanten am Bildschirm, das geht gut. Hab ich bis jetzt schon mit einigen gemacht. Und die Fachliteratur ist ja auch weitgehend elektronisch verfügbar. Und die Kollegen gehen für mich zum Verwaltungsgericht. Es funktioniert. Ich bin euch sehr dankbar.«

59

Am nächsten Morgen stieg Doris zu Ahmed und Nuri in den Wagen, ich zu Henriette. Le Front National machte es möglich, trotz des auch in Frankreich sehr hohen moslemischen Bevölkerungsanteils.

Da Henriette die geübtere Fahrerin war, besonders über längere Strecken, blieb sie am Steuer. Sie, Hartmut und Ahmed bemühten sich, hintereinander zu bleiben.

Auf der Fahrt nach Süden besichtigten wir in Orange den römischen Triumphbogen und in Avignon den Papstpalast.

Danach fuhren wir zügig weiter, um endlich unser Ziel zu erreichen.

In Agde aßen wir alle in einem Restaurant zu Abend. Dann suchten Henriette, Doris, Nuri und ich das Hotel auf, in dem Zimmer für uns reserviert waren, Hartmut und seine Familie sowie Ahmed fuhren zum Naturistenzentrum weiter.

Die ersten Tage verliefen nach dem gleichen Muster.

Henriette und ich standen als Erste auf, frühstückten, begaben uns an den nahe gelegenen Strand und verkrochen uns unter einen Sonnenschirm. Später erschienen Doris und Nuri. Er stürzte sich gleich ins Wasser, ich folgte ihm. Wir schwammen eine Weile und joggten danach ein Stück am Strand entlang, um abzutrocknen. In der Mittagshitze zogen wir uns auf die Zimmer zurück.

Am späteren Nachmittag nochmals an den Strand, zurück ins Hotel, umziehen, zu einem Restaurant in Agde. Dort fanden sich auch unsere Naturisten ein.

Nach dem Abendessen bummelten wir in der Stadt umher. Hier bot sich die Gelegenheit für Zweiergespräche.

Ahmed schwärmte von zwei Frauen aus Lyon, die am Strand zu

ihm hergekommen waren, schon am ersten Tag. Er hielt sich kaum mehr in seinem Appartement auf, sondern verbrachte die Nächte bei den beiden Frauen, die ihn bis an die Grenze des Möglichen forderten. Sie schliefen aus und die Frauen bereiteten ihm ein üppiges Frühstück, Croissants, Ziegenkäse, Oliven, Tomaten, Eier. Dann gingen sie zu dritt an den Strand. Die beiden waren etwas älter als er, aber das machte ihm nichts aus. Auch sprachen sie nicht Deutsch und er weder Französisch noch Englisch. Am Strand übersetzte Hartmuts Frau immer mal wieder, was sie einander sagen wollten.

Hartmuts Frau war froh, dass Erdal mitgekommen war. »Ich habe Oliver in Stuttgart versprochen, mit ihm jeden Tag an den Textilstrand zu fahren, weil er die gemeinsame Nacktheit von Frauen und Männern für sündhaft hält. Aber Erdal hat ihm gut zugeredet. Er findet es wunderbar, ohne Badehose zu schwimmen. Und er hat Oliver gesagt, er sei der gleichen Auffassung wie Nuri; die Verhältnisse damals in Arabien waren einfach völlig anders als heute. Und ohne Erdal würde sich Oliver wohl langweilen, nur mit den Eltern, phasenweise jedenfalls. Erdal ist ein sehr lieber und wohlerzogener Junge. Er fragt immer, wenn er etwas aus dem Eisschrank nehmen will und bedankt sich jedes Mal, wenn man ihm was auf den Teller tut. Und morgens am Strand da müssen die beiden erst mal eine Weile lateinische und französische Wörter wiederholen und ich spreche zwischendurch französisch mit ihnen. Dann gucken die beiden auch nicht so rum. Es ist nicht ganz einfach mit zwei Jungen in der Hochpubertät an einem Nacktbadestrand. Ich schicke sie immer wieder ins Wasser, damit sie sich abkühlen. Und es gibt einige Jungs und junge Männer, die Beachvolleyball spielen. Da dürfen sie öfter mitmachen. Das lenkt auch ab. Es sind ja zwei hübsche Jungen, die anderen gleich sympathisch sind. Nun ja, so kommt man durch den Tag. Und dann ist schon bald Abendessen. Und da ist Oliver nur noch wichtig, vom großen Nuri beachtet zu werden. Aber der unterhält sich eben am liebsten mit mir. Wir tauschen auch jedes Mal einige spanische Sentenzen aus, wie dir vielleicht schon aufgefallen ist.«

Hartmut äußerte sich kritisch über seinen Sohn. »Er hat halt schon ein bisschen den religiösen Wahn. Er wollte seinen Gebetsteppich mitnehmen. ›Wir haben schon genug Gepäck‹, hab ich zu ihm gesagt. ›Willst du etwa fünfmal am Tag vom Strand in unser Appartement rennen, um zu beten?‹ Erdal hat mir dann geholfen. Er hat gesagt, dass er auch keinen Gebetsteppich mitnimmt, Ferien seien Ferien. Erdal ist überhaupt lockerer als Oliver. Gestern Abend hat mich Erdal gefragt, ob er im Bad Papiertaschentücher nehmen darf, er hat keine mehr. Ich war ganz besorgt. ›Bist du erkältet?‹, hab ich gefragt. ›Dann holen wir was in der Apotheke.‹ Er hat so seltsam gelächelt. ›Es ist für was anderes.‹ Darauf ich: ›Nimm so viele du willst! Aber dein Vater … hat er das nicht verboten?‹ Und Erdal: ›Schon, aber wir machen es trotzdem, meine Brüder und ich. Mein Vater hat ja oft genug Nachtdienst. Einmal in der Woche schlägt er uns für das, was wir hinter seinem Rücken tun. Abends nach dem Duschen warten wir dann auf ihn. Und er zieht jedem von uns mit dem Ledergürtel ein paar rüber. Nicht schlimm. Mein älterer Bruder kriegt am meisten ab, weil er verantwortlich ist, wenn der Vater nicht da ist.‹ Also so was finde ich nicht gut. Nie würde ich meinen Oliver schlagen, auch wenn ich mich über ihn ärgere. Das bringt absolut nichts. Da ist nur die Atmosphäre in der Familie gestört. Ich bin da völlig einig mit meiner Frau. Das mit Erdal ging dann noch weiter. Er hat so rumgedruckst, noch einen Wunsch hätte er. Ob er von der Bodylotion im Bad nehmen darf. ›Zu Hause nehmen wir dafür Socken‹, hat er gesagt, ›meine Brüder und ich. Die wirft man am nächsten Morgen in die Wäsche. Aber hier mit den Flipflops trägt man ja keine Socken.‹ Da hab ich ihm die Flasche Bodylotion in die Hand gedrückt und ein Päckchen Tempo. ›Nimm das mit in euer Zimmer und zeig es auch Oliver! Und sag ihm, er soll es mit dem Islam nicht übertreiben!‹« Nach einer Weile fügte er hinzu: »Was ich nicht begreife, ist, wie es diesen Moslems in einer Epoche unglaublicher technischer Errungenschaften gelingt, junge Leute so zu beeinflussen.«

Am Freitag der ersten Urlaubswoche kam plötzlich schon in der Nacht ein Sturm auf und morgens trieben dunkle Wolken über uns hinweg.

Da legten wir einen Kulturtag ein und fuhren nach Nîmes. Hartmut gelang es, auch Ahmed zu informieren, der gerne mitkam, weil er bei dieser Witterung auch tagsüber der Gier der beiden Frauen ausgesetzt wäre. Auch er brauchte Pausen.

Vor dem vollständig erhaltenen römischen Tempel in Nîmes sagte Hartmuts Frau: »Die Menschen haben sich schon immer alles Mögliche über höhere Mächte zusammengereimt. Die Germanen hatten den Wotan, die Griechen Zeus, den die Römer als Jupiter übernommen haben, und all die anderen Götter wie Aphrodite und Apollon oder Freia und Baldur.«

»»Der Mensch schuf sich Gott nach seinem Bilde‹, sagt Ludwig Feuerbach«, bemerkte ich.

»So ist es«, bestätigte Hartmuts Frau. »Der ägyptische Pharao Echnaton war wohl der Erste, der nur von einem Gott ausging, wie später die Juden mit Jahve. Aber über das hinaus, was Astrophysiker herausgefunden haben, weiß kein Mensch Näheres. Wenn jemand sagt: Ich glaube das, bedeutet das nicht, dass es deswegen richtig ist. Und trotzdem schlagen sich die Menschen immer wieder die Köpfe ein, weil sie unterschiedliche Weltanschauungen haben. Das war hier in Südfrankreich im Mittelalter ganz schlimm. Da hat sich die Sekte der Katharer gebildet. Sie haben zum Teil schon abstruse Auffassungen gehabt. Zum Beispiel war Sexualität für sie etwas Teuflisches. Entsagen mussten allerdings nur diejenigen, welche die höchste Stufe der Vollkommenheit erreicht hatten. Aber das rechtfertigt nicht, dass man sie ausrottet, wie das auf Veranlassung von Päpsten und französischen Königen geschehen ist. Bei diesen sogenannten Kreuzzügen gegen die Katharer gab es Massenmorde der übelsten Art. Diese Päpste, besonders so ein Innozenz, wenn ich das noch recht weiß, waren viel schlimmer als bei uns der Mohammed Meier. Also, Oliver und Erdal, nehmt euch an Nuri ein Beispiel! Er kann nicht nur gut Fußball spielen. Er ist religiös, trotzdem hält er sich nicht sklavisch an Regeln, die vor eineinhalb Jahrtausenden in einem völlig anderen gesellschaftlichen Umfeld aufgestellt wurden. Und er ist der Auffassung, dass man anderen seine religiösen Überzeugungen nicht aufzwingen darf, am wenigsten steht das dem Staat zu. Also, ihr beiden, orientiert euch an unserem Nuri!«

Oliver nahm das zum Anlass, Nuri zu umarmen. Der strich ihm lächelnd übers blonde Haar.

60

Sonntags, an der Wende zur zweiten Urlaubswoche, geschah etwas Unerwartetes. Wie üblich schwammen Nuri und ich eine Weile, joggten dann am Strand und kehrten zu Henriette und Doris zurück, die unter einem Sonnenschirm lagen und sich unterhielten.

Plötzlich blieben ein Herr und eine Dame mittleren Alters vor uns stehen. Der Herr starrte Nuri an und begann zu lächeln.

»Sie sind doch der Nuri Sheref vom VfB Stuttgart.«

Nuri saß da, sah den Mann an und rührte sich nicht.

Ich fasste mich als Erster und erwiderte: »Er ist der jüngere Bruder von Nuri. Die beiden sind nur ein Jahr auseinander und werden oft verwechselt. Wenn der VfB verloren hat, wird er, der Bruder, in der Stadt angepöbelt und kann doch gar nichts dafür.«

»Frappierende Ähnlichkeit«, fand der Herr. »Ich hätte wetten können …«

»Ja, erstaunlich.«

»Spielt er auch Fußball?«

»Nur so mit Kumpels, nicht im Verein«, antwortete Nuri nun.

»Ich finde dat jut, dass Ihr Bruder diesem sojenannten Mohammed Meier immer mal wieder Zunder jibt. Dieser Meier is ja n echte Kotzbrocken.«

»Sie kommen aus Köln?«, stellte ich fest.

»Aus der Nähe. Hört man dat?«

»N bisschen. Wir Stuttgarter haben ja auch unseren Akzent.«

Die Dame sah zu Henriette und Doris hin. »Und dat sind de Freundinnen?«

Auch das noch! »Die eine ist meine Cousine«, behauptete ich, »die andere ne Freundin von ihr. Wir müssen im Auftrag der Familie auf sie aufpassen. Zwei Blondinen im Süden, das ist gefährlich.«

Die beiden Ehepartner lächelten. »Und wie kommt es, dat Sie beide zusammen hier sind?«, wollte der Rheinländer wissen. »Is ja nit dat jleiche Alter. Hier zufällig kennenjelernt?«

Diese Frage hatte ich schon eine Weile befürchtet. Aber ich hatte eine Antwort. »Ich kenne ihn vom Fitness Club. Wir haben uns dort angefreundet. Ich habe ihn zunächst auch für Nuri Sheref gehalten.«

Er lachte. »Eben! Wir wollen nit weiter stören. Schönen Tach noch!«

Als sie ein Stück entfernt waren, sagte Nuri leise: »Ob die uns das abgenommen haben! Ich glaube ja nicht, dass sie Denunzianten sind. Aber ein Anruf bei der Presse. ›Bei uns am Strand ist der Nuri Sheref.‹ Dann schwirren hier morgen jede Menge Pressefritzen rum. Das ist besonders für Doris gefährlich. Die Kripo hat sie ja bis jetzt nicht gefunden. Wir können an diesem Strand nicht bleiben.«

Da die Strände an Sonntagnachmittagen ohnehin überfüllt waren, fuhren wir nach Montpellier. Wir bummelten durch die Stadt und besichtigten die Kathedrale St. Pierre und den Triumphbogen, der zu Ehren Ludwigs XIV. errichtet worden war. Nachdem er das Toleranzedikt von Nantes seines Großvaters Heinrichs IV. aufgehoben hatte, flohen sehr viele Hugenotten, vielleicht auch Vorfahren meiner Großmutter väterlicherseits. Auf der Place de la Comédie, die von der Oper und anderen prunkvollen Gebäuden umgeben war, setzten wir uns in ein Straßencafé und hielten »Kriegsrat«.

Nuri fand, wir sollten ab morgen zu unseren Freunden an den Naturistenstrand gehen und Doris und Henriette sollten sich nicht so haben.

»Dort ist es noch gefährlicher«, widersprach Henriette. »FKK ist bei Deutschen sehr beliebt. Und an Nordsee und Ostsee darf man solche Strände nur noch nach Geschlechtern getrennt besuchen. Da ziehen die Leute eben nach Süden.«

»Die fahren eher nach Dalmatien oder Spanien oder Griechenland«, meinte Nuri. »Außerdem ist es am Naturistenstrand so: Die Leute gucken erst auf meinen Schw... Penis, dann auf meine Muskeln und vielleicht noch einen Moment auf mein Gesicht. Und ab jetzt setz ich dauernd ne Baseballmütze auf und ne Sonnenbrille.«

»Ich hab dir gesagt, dass ich an keinen Nacktbadestrand gehe«, quengelte Doris.

Ärger zeichnete sich in Nuris Zügen ab. »Ich weiß nicht, was du hast. Ihr beide habt gute Figuren. Ihr braucht euch nicht zu verstecken. Und was gibt's bei einer Frau schon zu sehen? N bisschen Brüste und ne Spalte, wenn eine rasiert ist. Da ist es bei Typen ganz anders. Sie schätzen dich ab, ob er groß genug ist, fett oder schlank, beschnitten oder nicht, und wenn beschnitten, ob high oder low. Ich war noch nie an so einem Strand. Ich weiß nicht, wie ich reagiere. Ob ich reagiere. Das Problem habt ihr Mädchen nicht. Ich meine, gemischte Sauna kenne ich. Hab ich ganz gut verkraftet.«

Ich versuchte, Doris und Henriette zu besänftigen. »Ihr könnt den Unterteil eures Bikinis anbehalten. Das machen Frauen, die unpässlich sind. Ihr könnt auch Blusen überstreifen. Ihr seid blond und müsst euch vor der Sonne schützen. Nur Männer dürfen auf keinen Fall eine Badehose tragen. T-Shirt ja, wenn sie frieren. Aber der Unterleib muss bei Typen unbedeckt bleiben, sonst gelten sie als Spanner.«

»Also, so machen wir's, wie's Daniel gesagt hat«, entschied Nuri.

Beim Abendessen entstand ein Leuchten in den Gesichtern von Oliver und Erdal, als Nuri verkündete, wir würden ab morgen auch an den FKK-Strand kommen.

Hartmut sagte: »Selbst wenn dich an unserem Strand jemand erkennt und die Presse informiert, können die Journalisten mit ihrem gesamten technischen Gerät nicht bei uns einfallen; so was ist im Naturistenzentrum verboten. Am Textilstrand bist du ausgeliefert. Wenn dich da eine Horde Journalisten umringt, kannst du als Person des öffentlichen Lebens gar nicht viel machen. Der Informationsanspruch der Öffentlichkeit, den die Presse vertritt, überwiegt da wohl das Recht auf informationelle Selbstbestimmung.«

Am folgenden Morgen hielten wir uns an Hartmuts Wegbeschreibung. Wir gingen an der Westseite des Naturistengeländes geradeaus und kamen durch den Bereich Port Nature mit einem Appartementgebäude zur Linken und Bungalows zur Rechten.

Von einer Düne führte ein Weg zum Strand hinab. Oliver und Erdal liefen uns entgegen. Nuri und ich hatten Sporthosen und T-Shirts an, Henriette und Doris die Unterteile ihrer Bikinis und Blusen, wie ich empfohlen hatte. Nuri und ich zogen uns nun aus, um nicht unangenehm aufzufallen.

Es gab einen Bereich, der durch Tücher abgegrenzt war und in dem sich aneinander gereihte Matten und Sonnenschirme befanden. Hartmut wies uns darauf hin, dass wir da Sonnenschirme für den Tag mieten konnten. Wir ließen zwei Schirme aufstellen, jedoch außerhalb der abgesonderten Zone.

Nuri, die Jungen und ich rannten gleich mal ins Wasser und joggten danach. Jetzt im August lagerten unzählige Menschen am Strand.

Über Mittag konnten wir Ahmeds Appartement nutzen, da er sich bei den Französinnen aufhielt. In Ahmeds Wohnraum gab es eine breite gepolsterte Eckbank, die auch als Schlafgelegenheit diente. Die überließen wir Henriette und Doris zum Ausruhen. Nuri und ich wanderten im Einkaufszentrum umher. Hier durften wir uns mit Sporthosen bekleidet aufhalten. Viele liefen aber auch nackt herum.

Ich schlug Nuri vor, was zu trinken. Wir setzten uns vor einer Bar an einen Tisch im Schatten. Der Inhaber des Lokals kam mit einem freundlichen Lächeln zu uns her. Ich bestellte ein Gläschen Portwein. Nuri sagte zu mir, er wolle ein Glas Orangensaft. Ich übersetzte es. Plötzlich hob Nuri abwehrend die Hand.

»Was hast du bestellt?«

»Ein Glas Portwein. Das ist etwas stärker als gewöhnlicher Wein. Schmeckt ausgezeichnet.«

»Das soll er mir auch bringen.«

»Also keinen Orangensaft?«

»Nein, Portwein. Ich will das mal versuchen. Aber nicht Oliver und Erdal sagen.«

Also bat ich um »deux verres de porto«.

Nuri lehnte sich zurück und lächelte. Er sah auf die Leute, die an uns vorbeizogen, nackt oder in Badekleidung.

»Hier kann man's aushalten«, erklärte er.

»Hoffentlich bleibt es so in Frankreich«, erwiderte ich. »Auch hier gibt es zahllose strenge Moslems, die nur durch Verfassungsrecht, Polizei und Militär in Schach gehalten werden. Frankreich könnte auch mal kippen. Allerdings gibt es auch viele Leute, deren Vorfahren aus Tunesien, Algerien und Marokko stammen, die sich aber als Franzosen fühlen und gewissermaßen völlig assimiliert sind.«

»Bei uns muss sich was ändern. Ich lebe gerne in Deutschland, aber ich will meine Freiheit wiederhaben. Ich setze auf die Ökologische Partei und die Freiheitlichen. Ich weiß noch nicht, welche ich wähle. Hab ich dir schon gesagt, dass beide Parteien an mich herangetreten sind? Ich habe ihnen erlaubt, mit mir zu werben.«

»Nuri, du wirst noch zum Nationalhelden.«

Am Nachmittag boten Oliver und Erdal ihren französischen Freunden Nuri als Partner beim Beachvolleyball an, die den athletischen jungen Mann natürlich sofort akzeptierten. Nuri nahm eine Weile am Spiel teil und war auch mit den Armen und Händen sehr gewandt. Plötzlich fing ein Spieler von Nuris Mannschaft den Ball auf, behielt ihn, stand hinter Nuri und rief: »Venez! Regardez!«

Er deutete auf Nuris Rücken. Dort gab es schon noch einige längliche Narben, besonders an Stellen, an denen die Haut aufgeplatzt war. Die Volleyballspieler versammelten sich hinter Nuri, wobei ihn zwei an den Armen festhielten. Nuri schien sich losreißen zu wollen, bemühte sich allerdings nicht sehr. Rufe schwirrten durcheinander: »Fouetté ... Footballeur allemand ... Son nom? ... Sheriff ... Ah oui!«

Einige umarmten ihn und küssten ihn auf die Wange. Dann hoben ihn zwei hoch und setzten ihn nach einer Weile wieder ab.

Oliver rannte zu mir her und bat mich mitzukommen und zu übersetzen, er verstehe nicht alles. Seine Eltern waren gerade im Wasser.

Mehrere junge Typen schrien auf Nuri ein. Er solle zu Olympique Marseille kommen, nein zu Olympique Lyon. Er solle endlich den französischen Präsidenten besuchen, der ihn eingeladen habe; dann könne er gleich bei Paris Saint-Germain bleiben. In Frankreich könne er es mit so vielen Frauen machen, wie er wolle, da werde niemand ausgepeitscht.

Ich übersetzte es. Nuri lachte und legte die Arme um die Schultern der beiden jungen Männer, die ihn hochgehoben hatten.

»Sag ihnen, dass es mir in Frankreich sehr gefällt! Vielleicht komme ich mal zu ihnen. Aber erst muss ich die Regierung in Berlin noch richtig ärgern.«

61

Henriette holte mich in der Kanzlei ab. Nach dem Ende unseres Frankreichaufenthalts war sie noch einige Tage in Stuttgart, besonders um gräfliche und freiherrliche Verwandte zu besuchen. Das erwarteten die Eltern von ihr.

Wir bummelten auf der Königstraße und hofften, dass uns kein Polizist fragte, ob wir verheiratet seien.

An Platanen hingen Plakate für den Landtagswahlkampf. Auf einem lächelte uns Nuri entgegen; am unteren Rand stand: »Ich bin Moslem. Aber die Erhaltung der Natur ist das wichtigste.« Es war eine Werbung der Ökologischen Partei.

Ein anderes Plakat zeigte Nuris Rückseite, den entblößten Oberkörper mit Striemen. »Wer ausgepeitscht werden will, muss die moslemischen Parteien wählen.«

Verantwortlich zeichnete die Freiheitliche Partei.

»Unser Nuri hält sich an Nietzsche: Gefährlich leben!«, bemerkte ich. »Hoffentlich lauern sie ihm nicht in seinem spanischen Trainingslager auf.«

Jemand näherte sich, ein blonder Typ. Mario! Er lächelte. Ich nahm an, er würde grüßend vorbeigehen, da ich in Begleitung war. Doch er blieb stehen.

»Das ist Mario, einer der besten Turmspringer des Inselbads.«

»Ich bin nur Mittelmaß«, widersprach er.

Ich wies auf Henriette. »Baronesse Falkenberg, meine Verlobte.«

Verlobung minderte die Unsittlichkeit, falls er auf Polizist machte.

Henriette gab ihm die Hand.

Mario deutete auf ein Plakat mit dem lächelnden Nuri. »Es bewegt sich was. Dein Mandant sorgt ja mächtig für Aufregung.

Gestern Abend hat Mohammed Meier wieder über Nuri Sheref geschimpft. Habt ihr das mitgekriegt?«

»Nein.«

»Er hat gesagt … in ner Talkshow … dass Sheref seine Popularität missbraucht, um der moslemischen Sache zu schaden. Er sei ein Agent der CIA. Außerdem arbeite er mit der faschistischen Front National zusammen. Und er sei ein ganz schlechter Fußballspieler und durch und durch sittlich verkommen.«

Henriette lachte. Ernst werdend sagte sie: »Ich hoffe sehr, dass sich durch diese Landtagswahl wenigstens ein bisschen was ändert. Ich kann ja nicht mal mit ihm in ein Café gehen. Aber die Franzosen sind nicht so blöd wie die Deutschen … wie die in Deutschland Lebenden.«

Mario sah auf unsere Gesichter. »Schöne Bräune. Warst du mit ihr in Frankreich?«

»Wir waren in Biarritz«, behauptete ich. »Ihre Eltern waren auch dabei, um über Sitte und Anstand zu wachen. Das ist heutzutage ja so wichtig.«

Henriette war jetzt wohl gewarnt, dass sie nicht zu viel verraten durfte.

»Und du, warst du schon in Spanien?«, erkundigte ich mich.

»Im September fliege ich runter. Ich kann jetzt während der großen Ferien nicht weg. Die verheirateten Kollegen haben Vorrang.«

»Ich muss auch wieder arbeiten, damit Kollegen von mir verreisen können.«

»Zumal ja jetzt einer bei euch fehlt. Aber es soll sich nach der Wahl einiges ändern. Die Geschlechtertrennung in Restaurants und Cafés wird aufgegeben, nicht in Discos und Kneipen. Nicht in den Schwimmbädern und anderen Sportstätten. Nicht in den Schulen. Jugendliche sollen nicht mehr öffentlich ausgepeitscht werden, nur noch Stockschläge im Polizeigewahrsam. Polizisten sollen auch nicht mehr Leute belauern, ob sie Unzucht treiben. Man will diesen Fällen nur noch nachgehen, wenn eine Anzeige von außen kommt. Auch die Partei des rechten Weges in Stuttgart schwenkt um. Sie sind in Panik, dass sie zu viele Stimmen verlieren. Wir bekommen Erlasse vom Innenministerium, die in diese Richtung gehen, obwohl der Minister ja einer vom ›rechten Weg‹ ist. Also keine verdeckten Ermittlungen mehr wegen Unzucht, auch nicht gegen Schwule. Und Paare auf der Straße sollen nicht mehr angesprochen werden, ob sie verheiratet sind.«

»Immerhin.«

»Wenn wir uns das nächste Mal treffen, können wir wahrscheinlich miteinander in ein Café gehen.«

Mario verabschiedete sich. Nach einigen Schritten drehte er sich um und rief: »Am Wochenende bin ich wieder im Inselbad, wenn das Wetter schön ist. Vielleicht trifft man sich.«

Ich lächelte und winkte ihm zu.

»Ein außergewöhnlich hübscher Mensch«, stellte Henriette fest. »Aber er arbeitet beim Staat. Man muss bei ihm sehr vorsichtig sein.«

»Er ist Polizist.«

»Auch das noch! Gut, dass du ›Biarritz‹ gesagt hast. Da war ich gewarnt.«

»Aber er hat mich im Gerichtssaal vor wütenden Islamisten gerettet.«

»Ach der ist das! An sich ein sehr sympathischer Typ.«

»Wenn die Leute tatsächlich so wählen, wie die Meinungsforscher voraussagen, wird es besser im Land, in Baden-Württemberg jedenfalls. Du kannst nach Stuttgart zurückkommen.«

»Abwarten! Ich fürchte, dieser neue Landtag wird nur ein Intermezzo sein. Wir bewegen uns unweigerlich auf ein neues Mittelalter zu. Diejenigen, die sich hemmungslos vermehren, werden die anderen beherrschen und ihnen eine rückständige Weltanschauung aufzwingen; aber sie nutzen technische, medizinische und wirtschaftliche Errungenschaften der Minderheit ohne Scham. Darwin, wie ich immer wieder sage, eine moderne Form des Kampfs ums Dasein, den die Skrupellosen gewinnen.«